获安徒生奖作家

小 书 房

〔英国〕埃·法杰恩◎著

陈玉墀　潘　辛◎译

北方联合出版传媒（集团）股份有限公司

辽宁少年儿童出版社

ⓒ （英）法杰恩　2012

图书在版编目（CIP）数据

小书房／（英）法杰恩著；陈玉墀，潘辛译．—2
版．—沈阳：辽宁少年儿童出版社，2012.8
（获安徒生奖作家作品系列）
ISBN 978 - 7 - 5315 - 1394 - 0

Ⅰ.①小… Ⅱ.①法… ②陈… ③潘… Ⅲ.①儿童文
学—长篇小说—英国—现代 Ⅳ.①I561.84

中国版本图书馆 CIP 数据核字（2012）第 201622 号

小书房

（英）法杰恩　著　陈玉墀　潘辛　译

出版发行：北方联合出版传媒（集团）股份有限公司
辽宁少年儿童出版社
出版人：许科甲
地址：沈阳市和平区十一纬路 25 号
邮编：110003
发行（销售）部电话：024 - 23284265
总编室电话：024 - 23284269
E-mail：lnse@ mail. lnpgc. com. cn
http：//www. lnse. com
承印厂：北京海德伟业印务有限公司

责任编辑：马　婷
责任校对：那一文
责任印制：吕国刚

幅面尺寸：155mm×225mm
印　张：13　　　**字数：**160 千字
出版时间：2012 年 12 月第 2 版
印刷时间：2012 年 12 月第 1 次印刷
标准书号：ISBN 978 - 7 - 5315 - 1394 - 0
定　价：25.80 元

作家简介

　　埃莉诺·法杰恩（1881—1965），系 1956 年国际安徒生奖获得者。她是英国女诗人，女童话作家。她生于伦敦，父亲本杰明（1838—1905）是一位颇有点名气的作家，母亲玛格丽特是一位美国演员。童年时代法杰恩没受过正规的学校教育，她喜欢父亲在家中的藏书，她从小就爱不释手地广泛阅读父亲的藏书，获得了丰富的文学知识，七岁时就能用打字机开始写故事了。十六岁那年她和长兄、音乐家哈里合写了歌剧《佛罗里达》，上演后获得成功。她广泛利用英国民间故事从事自己的创作。她的第一本娱乐性故事和童话集《小书房》如同英国卡洛尔、米尔恩的儿童文学作品一样，在英国和全世界受到广大儿童和成人的喜爱。

　　法杰恩除了写童话故事，还和她的二哥赫伯特合写剧本《国王和王后》（1932）、《阿卡迪的形象》（1938）等，此外还有大量诗歌作品。

内容简介

　　这是第一届国际安徒生奖获得者、英国女作家埃莉诺·法杰恩的作品集，共有 27 个娱乐性故事和童话。

　　《小书房》中最出色的一篇童话为《国王和麦子》，写古埃及国王在麦田旁遇到一个农家孩子，国王问他：国王和他父亲相比，谁更富有。孩子说他父亲的麦田比国王的黄金衣服要贵重得多。国王盛怒之下，下令烧毁麦田。可适得其反，国王的愿望没能实现。国王的权力再大，也不能违反自然界不可抗拒的法则。

　　她的所有童话，构思新奇，语言朴素，风格清新隽永，充满诗情画意，字里行间荡漾着一种甜美的深沉，具有诱人的艺术魅力和引人入胜的意境，给人们以美的享受和永久的启迪。

目录
Contents

国王和麦子

从前村里有个蠢货，但他绝不是一般的所谓乡村白痴。他是小学校长的儿子，是个早熟的孩子，对这种孩子，人们可以抱以种种希望，或者不抱希望。他的父亲对他抱有很大的希望，强迫他一天到晚念书；可是，待孩子长到十岁，父亲看出，希望已成泡影。倒并非是孩子的聪明一下子变得迟钝了，而是他的智慧竟全部丧失殆尽。那么，他真是这样吗？他坐在田间，不说话，笑个没完，说不上什么时候才松口开腔；要不他就滔滔不绝说个不停，直到他说完为止，就像那陈旧的百音盒，大家认为它已坏，然而，偶尔踢它一脚，它却又响起来。没人清楚，在什么情况下这么踢一脚会使蠢威利开腔。他对书本压根儿不再感兴趣。有时，他父亲把他的喜爱读物放在他的眼前，但他对那些古老的故事和记载，只漫不经心地瞟上一眼，便走开去拿起了报纸。一般，他又会很快放下报纸；不过偶尔，他的眼睛似乎被某段文章，通常是些小人小事吸引住，他还会一个小时地盯着不放哩。

他的父亲厌恶村里人给自己的孩子取了这么个名字，但大家呼唤这名字时是颇亲昵的，甚至还自傲地把他指点给来客们看。他长得非常漂亮，黄褐色的头发，白皙的皮肤，脸上长满金黄色的雀斑，一双天真烂漫淘气的蓝眼睛，怪有趣的小嘴唇，笑起来着实讨人喜欢。他们第一次指给我看时，他已经十六七岁了。那时，我正在村里消度我的八月份。头两个星期我跟他打招呼，他仅仅报以一笑；但有一天，我躺在一块已收割四分之三的麦地边上，懒洋洋地望着正中央那块缩得很小的麦田，蠢威利跑来在我身旁躺下。他看也不看我，就伸过手来，用手指触了一下我表链上的一块刻有甲虫的宝石。突然，他开口说起话来。

我小时候在埃及，耕种我父亲的麦田。播种后，我总是守望着那块田地，直到它长出绿叶来，然后，随着岁月的流逝，我又看着它们从绿叶变成麦粒，绿田变成金黄色一片。年复一年，当田间满是金黄色的谷粒时，我就想，我的父亲拥有全埃及最富有的财宝。

那时的埃及国王有许多个名字。最短的一个叫拉,所以我就用这个名字来称呼他。国王拉住在城里,拥有荣华富贵。我父亲的田地在城外,故而我从未见到过国王,只听人讲述王宫里的故事,有关他的华丽服饰,皇冠珠宝,以及装满钱财的金库。说他吃饭用银盘,喝酒用金杯,睡觉用紫绸床幔外加珍珠镶边。我喜欢听人讲述国王拉,因为像是在听神话故事里的国王似的;我不信他是个跟父亲一样有血有肉的真人,我也不信他的金披肩会跟我们的麦田同样地永存着。

一天,烈日当空,我父亲的麦田里,麦子已长得高高的,我躺在麦子的阴影里,从一株麦穗上掰着麦粒,一粒一粒地吃。正当此时,我听到头顶上有男人的笑声,往上一望,看到一个我所见到最高的高个子,正俯视着我。他的胸前挂着一大堆卷曲的黑胡子,他的两眼,目光炯炯,凶猛似鹰;他的头饰和长袍在阳光中闪闪发亮,我识得他就是国王。在稍远处,我看到他的卫从们骑在马上,其中的一个牵着国王交给的御马。一时间,我们俩相互打量着,他往下,我朝上。随即,他重新笑起来,说道:"你悠然自得,看来很自满,孩子。"

"是的,国王拉。"我说。

"你吃着麦粒,像是在享受一顿美筵佳肴。"

"一点不错,国王拉。"我回答。

"你是谁,孩子?"

"我父亲的儿子。"我回答。

"你父亲又是谁?"

"埃及最富有的人。"

"你怎么知道的呢,孩子?"

"他拥有这块田地。"我说道。

国王把他明亮的眼睛向我们的田间一扫,又说:"我拥有整个埃及。"

我便说:"那太多了。"

"怎么!"国王说,"太多!不会太多的,我比你的父亲更富有。"

我听后,连连摇头。

"我说我是对的!你父亲穿什么衣服?"

"像我这样的衬衫。"我摸了摸我的棉布衬衣。

"看我穿的是什么！"国王猛力挥开他的金披肩，以致他刮痛了我的脸颊。"现在你再说你父亲比我富有？"

"他的金子比你那金披肩更多。他有比它更贵重的东西。"我说道，"他有这块田地。"

国王脸色发青，勃然大怒。"我把这田地烧了，怎么样？看他还有什么？"

"明年还能长出麦子来。"

"埃及国王比埃及麦子更伟大！"国王拉叫嚷道，"国王比麦子更贵重！国王比麦子活得更长！"

这话在我听来，一点不确切，我又摇摇头。于是，在国王的眼神里看得出，一场风暴似乎即将爆发。他转向卫役，粗暴地喊道："烧掉这麦田！"

于是，他们在这块田的四边点燃了火；焚烧时，国王说："瞧你父亲的这些金子，孩子。它们从来没有这么光亮过，以后再也不会光亮了。"

没等金黄色的麦田烧黑，国王就离开了；他走时，叫喊着："看现在是谁更贵重，麦子还是国王？我国王拉比你父亲的麦子活得更长。"

他骑上了马，我看他离去，他的金披肩在阳光的照耀下闪闪发亮。我父亲从茅屋里悄悄地走出来，低声道："我们完蛋了。国王拉为什么要烧掉我们的麦田？"

我无话对答，因为我也不明白。我走到茅屋后边的花园里，哭了起来。我伸手拭眼泪，这才发现手掌里还握着半个吃剩的麦穗。这是我最后的财宝，半个麦穗，成千上万个金黄色的麦穗就剩下这么一点了；我担心国王也要把它拿走，所以就用手指在泥土里挖了许多洞，在每个洞底投入一颗麦粒。第二年，到埃及的麦子成熟季节，十棵可爱的麦穗耸立在我花园里的葫芦和花丛中。

那年夏天，国王死了，要举行隆重的安葬典礼。按照埃及风俗，国王的遗体卧躺在一间密封的奠室中，里面装满珠宝、华袍和各类贵重家什。在陪葬品中还必须有麦子，免得他在升天途中挨饿。他们派人出城来取麦子，那人来去都路过我家的茅屋。时值炎夏，他在回城时来我家稍事休息，告诉了我们，他携带的这捆麦子是陪葬国王的。由于又热又累，他很快就睡着了。他睡时，他的话在我的脑海里回荡。我似乎又瞧见了国王拉，他站在我的跟前，说："埃及的国王比麦子更贵重！埃及的国王比麦子活得更长！"于是，我急忙奔到后花园，割下我那十棵麦穗，放进那个熟睡的为国王收集的一捆麦子里。那人醒来，取了那捆麦子就回城去了。当国王拉被隆重地安葬时，我的麦子便跟他埋葬在一起。

蠢威利轻轻抚摩着我表链上那块刻有甲虫的宝石。

"讲完了，威利？"我问道。

"还没有。"威利说，"几千年以后，其实就在去年，几个在埃及的英国人发现了国王拉的墓地，掘开墓室，在众多的珍宝中，躺着我的麦子。那些珍宝一接触阳光，都变为粉末，而我的麦子却毫不变色，依然如故。那几个英国人带了一些回英国，他们经过我父亲的屋子，就跟许久以前那个埃及人一样，停下来休息片刻。他们告诉我父亲，他们带着些什么东西，并拿出来给我父亲看。我拿来一看，正是我的麦子。"威利对我笑了，笑得那样欢乐。"一颗麦粒黏在我的掌心。我就把它种在这田的正中央。"

"喔，要是它长了出来，"我说，"那必定就在这一块尚未收割的麦田里。"

我望了下切割机，它已在作最后几分钟的旋转。威利站起来，招呼我随他一起走。我们细心地观看那一小块剩余未割的麦田，他立即指出一株比其他的更高更茁壮的麦穗来。

"就是这一株？"我问。

他哈哈地笑了起来，像个顽皮的孩子似的。

"它确实比其他的麦子更贵重。"我说道。

"是啊，"蠢威利说，"而埃及的国王呢？他不是已死了几千年了吗？"

国王的女儿哭着要月亮

（一）

一天晚上，国王的女儿望着窗外，一心想要月亮。她伸出手去抓，但够不到。

所以，她跑上顶楼，站在一把椅子上，推开天窗，登上皇宫的屋顶。可是，仍然够不着。

于是，她爬上最高的烟囱，紧紧抱住烟囱帽，但还是够不到。因此，她哭起来了。

一只蝙蝠飞过，停下来问："国王的女儿，你在哭什么呀？"

"我想要月亮，"她说，"但我抓不着。"

"我也抓不着，"蝙蝠说道，"即使我够得着，我也没这么大的权力可以把它从天空中摘下来。不过，我可把你的愿望告诉夜神，也许她会把月亮摘下来送给你。"

蝙蝠飞去告诉夜神了，国王的女儿继续抱着烟囱帽，望着月亮，哭着要。清晨来到，月亮在晨曦中消失，一只燕子在屋檐下窠中醒来；她问道："国王的女儿，你为什么哭呀？"

"因为我要月亮。"她答道。

"我倒是喜欢太阳。"燕子说，"不过我为你难过，我一定去告诉昼神，也许他能帮助你实现你的愿望。"于是，燕子飞去告诉昼神了。

眼下，皇宫内出现一场骚乱，因为保姆到国王女儿的房间，发现床上竟空无人影。

她马上冲向国王的卧室，砰砰敲门，喊道："醒醒！快醒醒！有人偷走了您的女儿！"

国王歪戴着睡帽，走下床来，在钥匙洞眼里叫道："是谁偷的？"

"擦洗银器的那个男仆。"保姆说，"就在上个星期，不见了一只银盘，偷银盘的人也会偷公主的。没错，准是他，要是您问我的话。"

"我是在问你呀。"国王说，"所以，快把这男仆囚禁起来。"

保姆尽快地奔到兵营，传令给警卫团团长说，快逮捕擦洗银盘的男仆，因为他偷了国王的女儿。团长佩上剑，穿上马刺，戴上肩章和勋章，立即给每个卫兵一星期的假期，让他们回家去告别母亲。

"我们将于四月一日进行逮捕。"警卫团团长说。随后，他便把自己关进了工作室，开始草拟袭击计划。

保姆奔回皇宫，把一切禀报国王；国王满意地搓着双手说：

"关于那个男仆，就暂时到此了，不过得注意，逮捕以前，不能让他得悉风声。现在，我们得想想有关查找公主的事儿。"

他便派人找来了侦探长，把案情告诉了他。侦探长装出极为明智的模样，说："首先要找到某些线索，并取得某些指纹。"

"谁的指纹？"国王问。

"每个人的。"侦探长回答。

"我的也要？"国王又问。

"陛下，您是王国中最最尊贵的人。"侦探长说道，"我们当然要请陛下带头。"

国王听了高兴十分，便伸出了他的大拇指，但是，侦探长在开始取指纹前，先派人去把他手下的全部侦探叫来，要他们到全城去寻找线索。"注意，你们必须个个巧妙地乔装打扮好。"他说。

侦探次长搔搔下巴说："对不起，侦探长，去春大扫除时，我发现伪装用品都已生蛀虫了，所以全被我卖给收旧货的了。"

"那么马上去伪装用品制造厂订购一批。"侦探长说，"通知他们必须迅速交货。"

"我们可以注意选择自己的伪装用品吗？"侦探次长接着问。

"可以，随你们喜欢，只要互不相同就行。"侦探长回答；于是整整一千名侦探回家去思考他们各不相同的乔装打扮去了。结果，他们各自的抉择真是多种多样，可谓无奇不有，他们中有三人伪装成盗贼，又有五人乔装成玩具熊。

在这同时，侦探长准备好了一块墨板，国王正要按上大拇指时，厨娘跑来请求辞职。

"为什么?"国王问。

"因为,我尽了一切所能,厨房里的炉火总生不起来。"厨娘说道,"炉火生不着,我不干了。"

"怎么会生不着火的呢?"国王又问。

"烟囱管里滴水呗。"厨娘答道,"水滴呀滴的,我擦了又擦,擦个不停,毫无用处,水越滴越快。生不着火,怎么做饭,所以我只好走。"

"你打算什么时候走?"国王便问。

"就现在。"厨娘说。

"那你得先留下你的指纹。"国王说。

"疼不疼?"厨娘问。

"一点不疼。"国王说,"倒还怪有趣的哩。"

厨娘留下指纹后,就去整理箱子收拾行李了。全国所有的厨师厨娘们,一听到国王的厨娘辞职,也纷纷辞职;因为国王家里发生了什么事,就为公爵、伯爵、男爵、市长以及所有老百姓的家树立榜样,大家都跟着学。

其后果是——

诸如此类的后果还多着呐,在这一章里是无法说清的。你若想知道这一连串的后果是什么,请看下文。

(二)

蝙蝠飞去寻找夜神,告诉她国王的女儿正哭着要月亮。尽管到处都有夜神的黑影,却很难找到她。不管怎样,他终于在一个树林子里找到了她,她正走来走去查看是否全都安泰。如果某朵花儿还睁大眼睛醒着,她就抚摩一下它的眼睛,使它闭拢;如果某棵树在睡眠中摇晃,她就哄它,使它安静;如果某只鹩鹩在窠里吱吱地叫,她就拍拍它的羽毛,直到它重新进入梦乡。但是,对于在树洞里打瞌睡的猫头鹰,或是栖息在树叶下的飞蛾,那她就叫醒它们,使之飞走。当蝙蝠在她手上停住时,她说:"嗳,孩子,你来干什么呢?"

"我来告诉你国王的女儿想要月亮。"

"那么,她一定要啦。"夜神说道,"我舍不得把月亮给她。回去,照样告诉她。"

"但是，好妈妈，她是哭着要哪。"

"咄！"夜神说道，"要是婴孩在夜间哭着要什么，就给什么，那么做妈妈的就根本得不到休息了。告诉我，你有什么理由，说我一定得给这个孩子哭着要的东西。"

蝙蝠左思右想，试图找出个好理由来，最后，他说："因为她有对灰眼睛，乌黑的头发，和雪白的脸颊。"

"蠢货，那和要月亮有什么关系？"夜神说，"去，去，我忙得很哩。"

她把手上的蝙蝠挥掉，又穿林巡视去了，蝙蝠倒挂在一根树枝上，生着闷气。

一只猫头鹰从一个树洞里伸出头来问："你说她有灰眼睛？"

"是的，"蝙蝠说，"像暮色那样灰。"

一只老鼠从地面的一个裂缝里探出鼻子来问："你说她有乌黑的头发？"

"是的。"蝙蝠说，"像影子那样黑。"

一只飞蛾从树叶边上窥视着问："你说她有雪白的脸颊？"

"是的。"蝙蝠说，"像星光那样白。"

猫头鹰接着说："她是我们的自家人，我们一定得支持她。如果她要月亮，就该得到月亮。夜神错了。"

"夜神错了！"老鼠重复说。

"夜神错了！"飞蛾也响应说。

一阵微风拂过，它捕获到这些声音，将它们传遍世界各地。它上高山，下深谷，翻山越岭，轻声呼啸："夜神错了！夜神错了！夜神错了！"于是，正在黑暗中的动物统统跑出来倾听，什么猫头鹰和狐狸呀，夜鹰和夜莺呀，耗子和老鼠呀，蝙蝠和飞蛾呀，还有徘徊于瓦堆上的猫儿等等。微风把这话吹过三遍之后，它们也开始叫嚷起来。

"夜神错了！"狐狸喊道。

"夜神错了！"夜鹰格格地叫道。

"你听到新闻了吗？"一只耗子对一只飞蛾吱吱地说，"夜神错了！"

"对啊，她是错了。"飞蛾同意道，"我总是这样说的。"

夜莺的鸣叫又长久又响亮，传到了星星的耳朵里，顿时，它们齐声喊起来："夜神错了！"

"你们在说什么？"月亮在天空中问道。

"我们说，我们再说一遍，"晚星说道，"夜神错了，我们将要一直说到天亮。"

"你们是对的。"月亮说，"我以前只是不想这样说罢了，不过没人比我更了解夜神，毫无疑问，她是完全错了。"

谁都没停下来问一问，为什么说夜神是错的；只要人人都这般说，就够了。远离天亮以前，黑暗的后裔们早已对它们的母亲满怀愤怒，决定起来反抗。

"不过，最主要的，必须协同起来，采取一致行动。"月亮说道，"一只飞蛾在这里提出抗议，一只猫儿在那儿嚎叫一通，是无济于事的。要行动，就必须一起行动。必须在同一个规定时刻，我们全体都拒绝支持夜神，宣布今后不再拥护她。"

"对啊，我们必须采取行动，我们必须罢工。我们必须拒绝支持夜神！"蝙蝠、猫、飞蛾、猫头鹰、星星和夜莺不约而同地喊道。

"嘘！"月亮又说，"她会听见的。暂时各就各位，好像什么都没发生过一样；等到四月一日，一切准备就绪时，我们便彻底向夜神表明，她是错的。"

（三）

在黑暗的后裔们作出它们的重大决定后的数小时，燕子正在飞行途中，她要去告诉昼神说，国王的女儿在哭着要月亮。她找到昼神，他刚跨出海面，在沙滩上擦干他金黄色的脚。

"跟云雀一同起身的吧，燕子！"他说，"为何这么早就出来？"

"因为，"燕子说，"国王的女儿哭着要月亮。"

"噢，那跟我无关。"昼神说，"我也不知道，孩子，那和你有什么相干。"

"跟我无关，跟我无关！"燕子喊喊喳喳愤慨地叫道。她绞尽脑汁，试想出个为什么和她相干的道理来，后来她说："啊，父亲，你怎么能说这事跟我不相干呢！国王的女儿有对蓝眼睛，金黄的头发和殷红的脸颊。"

"那么，她全具有了，毋需什么月亮。"昼神说，"嗨！难道你要我，为了揩干国王女儿的眼泪而跟我妹妹夜神闹翻吗？干你自己的事去吧，多嘴的傻孩子，我也要忙我的事了。"他说着，猛跨了一步，从海岸边走到了田野里，把沿路的草木都镀上了一层金色。

礁石间的水潭里，一条鱼伸出鼻子来问：

"她有双蓝眼睛，对吗？"

"跟天空一样蓝！"燕子说。

一朵雏菊倚在岩壁上问道："有金黄的头发？"

"跟阳光一样金碧辉煌，光亮夺目。"

一只海鸥悬在空中，问道："还有殷红的脸颊？"

"跟朝霞一样殷红。"

海鸥随风滑翔下来，尖叫道："那么她是我们的自家人，她要月亮，就该有月亮。假如昼神不帮她取到月亮，就打倒昼神！"

"打倒昼神！"雏菊喊道。

"打倒昼神！"小鱼气呼呼地说。

一股微波在海滩边来回冲打，听到了这些话，当它冲回海中时，喃喃低语道："打倒昼神！打倒昼神！打倒昼神！"

滚滚巨浪，汹涌澎湃，也跟着轰鸣起来，就像大合唱一般，高声狂鸣："打倒昼神！"；霎时间，整个大海，波涛翻腾，喧响着这句话，海潮又把它传送到地球上所有的海岸。每一个浪潮猛冲时，都怒吼："打倒昼神！"于是，五大洲的动物全听到了，各以自己的方式呼应：'美洲的模仿鸟吹哨似地鸣叫，非洲的大象吹喇叭地吼叫，亚洲的眼镜蛇鼓着颈脖嘶叫，澳洲的公驴笑着尖叫，而欧洲的云雀则朝着太阳鸣啭。

"你们在唱些什么？"太阳问云雀道，它们是太阳的宠儿。

"它们在唱：打倒昼神！打倒昼神！打倒昼神！"

"当然，"太阳说，"打倒昼神，是时候了。我们以前怎么从没想到过？"

太阳这么一说，光明的全体后裔都开始动起脑筋来，为什么以前都没想到，并一起考虑如何来把它付诸实现。

"把这事交给我吧。"太阳说，"各尽各的责，但必须一致行动，共同完成。我要亲自制订一个有效的计划，计划一出来，各人就知道各自的分工。你们可准备于四月一日采取行动；在那以前，最要紧牢记在心的是，我们已集体同意这一点：打倒昼神！"

"打倒昼神!"万物俱喊,鸟、兽、鱼、草、花、树、石、木以及水。"打倒昼神!"

它们个个意志坚决,然而没有一个明白这究竟是怎么回事。

(四)

那些侦探一俟乔装完毕,就分散到全城各处去寻觅能找到国王女儿下落的线索。有的漫步大街,有的穿越小巷;有的搜索公园,有的查访贫民窟。他们每到一处,就会发现可疑现象,一经发现,他们便急急忙忙直奔皇宫去禀报国王。不妨举个例子,侦探甲,把自己装扮成一名公园看守人,就在第一个小时,他发现有个衣衫褴褛的流浪汉躺在一棵大树下的草地上打鼾。

"那是个可疑分子,就那个人!"侦探甲暗忖。"从他的整个脸部看得出来!"为了测试自己的推断是否对,他俯身凑着那个打鼾人的耳朵喊道:"国王的女儿在哪里?"

流浪汉睁开半只眼,咕哝道:"先向右,再向左,"马上又打起鼾来。侦探甲顺着路拼命奔去,先向右拐,再向左转,来到一家名为"猪头"的小客店。酒吧柜台上,有十九名水手正由瘦店主和他的胖妻子侍候着喝酒。侦探甲挤向前,要了一品脱黑啤酒作诱饵。他一喝下酒,就扯掉伪装,露出庐山真面目,一只手抓住店主,另一只手抓住他的妻子,追问道:"国王的女儿在哪里?""我们怎会知道?"店主回报说,"随便她在哪里,反正不在这里。""啊,你还想要赖!"侦探甲叫道。"放开手,小伙子!"店主妻子边挣开手腕,边说。"啊,你还想搏斗!"侦探甲又叫道。随即他敞开上衣,暴露了自己的身份,逮捕了他们;为了周全起见,他同时逮捕了那十九名水手,命令他们跟着去皇宫;途中,为了绝对谨慎,以防万一,他特地在公园里停下抓获了流浪汉。然后把他们一起押送给国王。

"这些人是谁?"国王问。

"是群嫌疑分子。陛下。"侦探甲说道。"这一个,"他指着流浪汉说:"说您的女儿在这两人的小客店内。"他指着店主和他的妻子说,"而这两人都说这一人瞎说。"于是,他又指向流浪汉说道,"反正,其中有一个是在说谎。"

"喔,真可惜!"国王说,"那么,这几个呢?"他望着那十九个水手说。

"这几个当时在酒吧间里。"侦探甲说道,"很可能是同谋。我想最好加以提防。"

"干得出色。"国王说,"你该升级。把这些嫌疑分子投进牢里;假如他们在四月一日前不能证实自己的清白,那就处死他们。"

此事暂告一段落,国王立即提升侦探甲,刚处理结束,乔装为顾客的侦探乙走了进来,后面跟着一名布商,四十三名女售货员,一名保姆和一名躺在童车里的婴儿。

"这些人是谁?"国王问道。

"都是可疑人物,陛下,"侦探乙说,"我注意到这辆童车在这布商的店外停了半个小时,而车里的婴儿哭得太令人怀疑了,他又不让我知道有什么不对头。故而我走进店去,看到保姆正在柜台上买一码什么东西。我便问她:'那是什么东西?',她对我说:'不关你的事!这是我的事!'我说着就抓起那东西,一看原来是这个。"说着,侦探乙从口袋里取出一码蓝色的松紧带。

"那是派什么用场的?"

"啊,陛下,我就是这么问她!她却骂我不怀好意,不是好人,拒绝回答。既然她不肯供认,我当然逮捕她了,同时,出于谨慎,我把布店里所有的人全都一起逮捕了,包括那个婴儿。"

"干得好。"国王微笑道,"除非他们能证实与本案无关,否则统统于四月一日斩首。"随后,他便把保姆、婴儿、布商和四十三名女售货员一齐关入牢里,并开始给侦探乙升级。但刚进行了一半,侦探丙来了,他乔装为一名邮递员,身后跟着四百零两名私房户主。

"这些人是谁?"国王问。

"都是些怀疑对象,陛下。"侦探丙说,"他们都曾收到过名字和地址书写错误的信件,而为了避嫌疑,他们都在信封上写了'查无此人!'字样,投回邮筒。于是,我到他们每一家重重地敲门,等他们一开门,便逮住了他们,就是你现在看到的这些人,要他们讲清楚那些信究竟写给谁,打哪儿寄来,和里面写些什么内容。"

"好极了!"国王高兴地喊道,"要是到四月一日他们还不讲,就把他们处死。你也该提升。可曾有哪个国王拥有的侦察队伍像我的这样精明能干!"

在以后的一个小时里,乔装成检票员的侦探丁带进来九百七十八人，人们都已买好火车票，显然都是要离开本城的；还有乔装为公共图书馆管理员的侦探戊也带来了二千三百五十名小说读者，他们曾向公共图书馆借阅过侦探故事。毫无疑问，他们都是可疑分子，故而均被投进监狱，直到他们能为自己辩解无罪为止；否则，国王说，一律于四月一日斩首。

就这样，搞到了半夜；正当国王准备上床就寝时，只听得皇宫里响起了一阵巨大的杀声，夹杂着急促的脚步声，只看到女管家手握一把小刀冲进宝殿，一名二等女侍紧追在她的脚跟边。那女管家边冲向宝座，边拼命地打手势，但没等她登上宝座，二等女侍已快步赶上，把她抓住，并塞住了她的嘴。

"喔，我的天哪！"国王惊呼道，"这是怎么回事？"

二等女侍站起来，摘下帽子；她的假发也就随之落下，露出了侦探次长的秃头。他气喘吁吁，指着那个倒在地板上挣扎而讲不出来话的女管家，说："这是个特嫌分子，陛下。我刚才化装成一个陛下的二等女侍，走进您女儿的房间去寻找线索。我趁无人看到时，悄悄潜入，立即发现有人先我而入。地毯上撒满了金属屑，公主的每个抽屉和橱门的锁都被撬开！不用说，情况不妙呀，我继续侦查研究。我躲在窗帘的后面偷看，又故意突然拉开橱柜。最后，我搜看床下，竟然看到一只黑色呢毡大拖鞋，里面有一只脚，旁边另有一只脚套在另一只拖鞋里。我把两只脚拖出来，拖到灯光下，不料发现，这两只脚竟然连着您陛下女管家的身躯。她飞也似的逃跑；我猛追，追赶的结果，您都看到了。"

"我是看到了，不过，"国王说，"她不是我的女管家。"

"不是吗！"侦探次长大叫道，"那事情就糟了。她大概是个罪大恶极的危险分子，拐走了您的女儿，又回来偷东西。我想我们可以蛮有把握地说，陛下，我们完全抓得对头！"

国王欣喜万分。那个假的女管家被判于四月一日处死。侦探次长升了级；然后，宫廷里的人全上床歇息去了。

可是，宫廷外的人，没一个安睡的；因为此刻，人人都知道，有一千名乔装了的密探放哨在各条街头巷尾，你随时有可能被这些莫明其妙的人逮捕。凌晨以前，全城半数的老百姓禁闭家门不外出，另外半数则正在千方百计地逃离。

（五）

　　约翰尼·詹金逊是国王军队中的鼓手，他敲着鼓回到母亲的草屋门前，他连门也不敲，只是连续不停地把鼓咚咚咚打出一种特殊的声调，他母亲闻声奔出。一见是他，她乐不可支，伸开双臂，搂住他的颈脖，叫唤："想不到是你，约翰尼！真想不到是你呀！"好像她有点不相信自己的眼睛似的。

　　"是我，妈妈，是我。"约翰尼说，"晚饭吃什么？"

　　"爸爸，爸爸，快来呀！"约翰·詹金逊太太喊道；随即，约翰·詹金逊先生手拿铁锹从后花园里赶来，他一看到儿子就扑通一声坐在第三级石阶上装起烟斗，以此掩饰自己激动的心情。

　　"约翰尼，你怎么会回来的？"母亲问道，"我想你不是在二十里外的城里吗？"

　　"我有一星期的假期，妈妈。"约翰尼答道，"每个士兵都有。"

　　"为什么，约翰尼？"

　　"啊！"约翰尼显出一副了不起的样子，说，"这个么，他们没说。不过，我们都能猜出，有什么大事临头了。"

　　"战争，你说是吗？"约翰·詹金逊先生低声问。

　　"还会是什么呢，爸爸？"约翰尼回答。"因为，其他还能是什么呢？"

　　"跟谁打仗，约翰尼？"詹金逊太太又问。

　　"哎呀，他们不让知道，秘密得很哩，妈妈。"约翰尼说道，"不过，谁挡得住大伙不猜想？有的想，是跟北方的国王打仗，有的想，是跟南方的国王打仗。但是，我的想法是……"他顿住了。由于，他压根儿还没想过咧。

　　"你不会说，约翰尼，"詹金逊太太喘着气说，"你决不见得想说，同时跟两方面打仗吧！"

　　"为什么不呢？"约翰尼睁一只眼，闭一只眼地问。嘿，打这时起，他倒真是这样想的。

　　"那太可怕了！"詹金逊太太悲叹道，"我们总不能一下子同时打败两方，总不能！"

　　"相信我们，妈妈！"约翰尼把鼓咚地击了一下，夸口说，"我们只要有美味的食物充实体内，然后，就能对付一切。晚饭吃什么？"

詹金逊太太把围裙往头上一抛，大声哭喊道："晚饭没什么吃的，约翰尼，什么都没有。厨师辞职了。"

"但听我说！"约翰尼叫道，他这才真的焦急起来，"我们根本没请厨师呀！这家里，是你在从事烹调呀，妈妈！"

"噢，就算是这样！"妈妈擦干眼泪，带挑战性地反驳道，"我倒要说，谁烹调，谁就是厨师，那么，我想我也能跟其他厨师一样辞职的吧！"

"因为现在都这样，约翰尼。前天，国王的厨师辞了职，在二十四小时内，全国所有的厨师全停止了烹调。如果，国王的厨师不再烹煮，而我们仍继续在烧煮，那就是不忠于皇上了。就这么回事。"

约翰尼在第三级石阶，父亲的身旁坐下，说："这么一来，我的假期给毁了，完蛋了。其他小伙子的假期也全给取消了。你们得相信，一个小伙子休假期间的饭餐，对他具有多么重大的意义。"

"不光是休假期间的小伙子。"詹金逊先生边说边吸着烟斗来掩饰他的情感，"还有其他人呐。"

"到了午饭时间，你干些什么，爸？"约翰尼问。

"我到下面的小酒店里去吸烟。"詹金逊先生答道。

"那么，就让我们一块儿去吧。"约翰尼说道。于是父亲和儿子便忧伤地走下小径去。

到了小酒店，他们看到全村的男子都聚集在那里了。眼下，妇女们都不做饭，那儿成了男人们唯一可去的地方。对妇女的不满情绪正在逐渐高涨。由于男人们愈来愈饥饿，他们也就愈来愈愤怒；而妇女一方，却显得愈益顽固。

"早饭没什么吃吗？午饭没什么吃吗？喝茶时间也没吃的？"一到用餐时间，男人们便大叫大喊。

"国王在早餐、午餐和喝茶时间，都没什么吃的！"妇女回击说，"国王怎么样，你们也怎么样，够好的了。"

因此，在全国所有的小酒店里，男子都聚集在一起，愤怒地谴责妇女；继而作出一项决定，只要妇女不做饭，他们便不工作。"联合必胜，分裂必败。"约翰尼的父亲说，"四月一日起，我们集体罢工。"这话在王国里，像野火般地从这一小酒店烧向那一小酒店；男子汉个个同意。

然而，在小酒店里谈着话的，不单是妇女一个话题；因为，时下里，士兵都休假回家来了，所以，他们同时还热烈地谈论着战争。每个回来的士兵，又都跟鼓手约翰尼一样，自命不凡，好像只有他一个人了解事情的真相；有的说去跟北方的国王打仗，有的则说去跟南方的国王打仗。

"唉，"另有人说，"是跟东方的国王呗。"

"不对！"第四个说，"是西方的国王！"

"重新猜！"第五个人嘲弄地说，"你们说的都不对，是去跟黑人的国王打仗，'这是兰斯班长亲口告诉我的。"

"让兰斯班长见鬼去吧。"第六个人嘲笑道，"军士长悄悄告诉我说，是跟白人的国王打仗！"

于是这个国王、那个国王争论个不休，非常激烈；世上各个君王的名字都被士兵们提到了。君王的密探们听后，急忙把这新闻带回自己的国家；于是，全世界所有的国王，一得知这项消息，就下令各自的军队紧急集合，战舰备于四月一日起航。

（六）

四月一日来到了。

国王喝着咖啡，说道："今天是那批嫌疑犯斩首的日子。"

警卫团团长边往面包上涂黄油，边说："今天是逮捕那个擦银器男仆的日子。"

全国所有男子都说："今天是我们开始停工的日子。"

世界各国的国王齐声说："今天是我们开战的日子！"

太阳唤起光明的后裔们，说道："打倒昼神的时刻到了。"

月亮召集黑夜的后裔们，说道："证实夜神错误的时刻到了。"

可是，接下去，全球开始层出不穷地出现耸人听闻的反常事情。

首先是，警卫团团长发动军队逮捕那个男仆，军队不肯干。于是团长到军队去，拔出佩剑，问："为何不干？"

鼓手约翰尼挺身而出，说道："因为，团长，士兵也是男子，眼下，全国男子都已一齐罢工。"

"对呀，对呀，个个男子！"军队高呼道。

团长把马刺咔嚓一蹬，问："为什么？"

"因为，只要国王的厨娘不给他做饭，全体妇女就不给咱们做饭，而没有一个男子汉能空着肚子干活。等国王的厨娘一回来烧煮，我们得以饱餐一顿后，大伙才能恢复工作。"

"是呀，是呀，饱饱的美餐一顿！"军队高呼道。

团长火冒三丈，把身子一晃，摇得胸前的勋章哗啦作响，转身回去禀告国王说，一定得不惜代价把厨娘叫回来。

厨娘被叫来了，她望了望厨房里的炉子，说烟囱里仍在滴水，火还是烧不着，因此，拒绝回来烧煮。

于是，国王说："派人去把水暖工找来！"水暖工回话说，水暖工虽是水暖工，但同样也是男子，时下男子汉个个停工，直至妻子重新做饭为止，所以他也不为任何人修理水管。

随即国王派人去找侦探次长，因为侦探长消失得无影无踪，无人知晓他究竟哪里去了。侦探次长到来时，国王命令他把那个不肯烧煮的厨娘和那个不肯修理的水暖工逮捕起来，不料侦探次长竟搔搔下巴，说："很抱歉，我不能。"

"为什么不能？"国王问。

"是这样的，陛下，一个侦探可以是个侦探，而同时也是个男子，可是，不到我妻子重新做饭，我不能继续侦查。"

"但今天准备斩首的那些人怎么办？"国王喊叫道。

"那就让他们暂且留住头吧。"侦探次长说，"因为刽子手说，这一切都很好，不过刽子手也是个男子，不是吗？要等到他的妻子重新做饭。"

国王用手指塞住了自己的耳朵，一下子呜咽起来。但马上又放开手指，说："什么声音？"

一点不奇怪！是炮声和号角声响彻天空，保姆冲进来禀报说，世上所有的君王在向城里进军，海岸全被他们的舰船团团包围了。

"救命呀！救命呀！快命令全军出击！"国王呼叫道。可是团长朝他耸耸肩膀，说："他们不会服从！"

"那我们完蛋了。"国王呻吟道，"没人来救我们了。"

说时迟，那时快，他刚在说时，太阳突然消失。

接着，云雀不朝上飞，而向下窜，雏菊枯萎了，狗像猫似的咪咪叫，星星下地行走，一只耗子跑来把国王推下宝座，一只海鸥飞来坐在他的脚凳上，中午，时钟敲着午夜的钟点，西方出现破晓黎明，风以另一种方式劲吹，海潮向后涌去，公鸡为月亮升起而啼鸣，月亮朝外翻着升起，露出她漆黑的身子，昼神彻底垮了，夜神也全错了。

就在这一切乱了套，乱成一团糟之际，门打开了，国王的女儿穿着睡衣走进房里来。

（七）

国王飞奔过去，把她一把搂进怀里，哭喊道："我的女儿呀，我的女儿呀，你在哪里？"

"我一直坐在烟囱帽上，爸爸。"国王的女儿回答道。

"你干吗坐在烟囱帽上，我的宝贝？"

"因为我想要月亮啊。"国王的女儿说。

保姆抓住她的肩膀，狠狠地摇晃着说："你把睡衣都弄湿了，你这个顽皮的小姑娘。"

"那是被我哭湿的。"国王的女儿说道，"我整天整夜地哭，从来没停过。我哭得泪水直往下淌，还往烟囱里淌去。"

"真的吗！"厨娘惊叫一声，她急忙奔到厨房去。烟囱里已不再滴水，她便生起火来，赶紧做饭。

与此同时，耗子和海鸥急急匆匆去向黑暗和光明的后裔们报告，它们齐声喊道：

"国王的女儿是棕色头发、棕色眼睛和棕色的皮肤！"

黑暗的后裔们一块儿向蝙蝠喊了起来："你对我们说她有黑头发，灰眼睛，和雪白的皮肤！"

"我想我在黑暗中搞错了。"蝙蝠喃喃地说。

"可是你告诉我们她有金黄的头发、蓝眼睛和玫瑰红的皮肤哪！"光明的后裔们对着燕子叫道。

"我怕是被曙光炫花了眼睛啦。"她尖声尖气地说。

光明和黑暗的后裔们于是说道："这使我们多难堪。我们一直在支持着一个外人。我们必须重新把昼神扶植起来，并告诉夜神她是完全正确的。"

说到做到。星星都回上了天空，海潮自行转顺了，时间也纠正了过来，一切恢复了正常；最后，太阳又出来了，照耀着全世界的国王，他们正驾驶着舰船在尽快地返回祖国。因为他们都说，从未见到类似的情况，你总不能在如此乱七八糟，万事颠倒的状况下去开战吧，是不？

好消息传到了皇宫里国王那儿，他兴奋地鼓掌对警卫团团长说："现在他们都已回去，我们不再需要动用军队，所以，可让军队去逮捕那个擦洗银器的男仆了。"

"为了什么，陛下？"

"为了拐走公主呀。"

"可是他并没有拐走我呀。"公主说。

"喔，他倒是没有。"国王说，"那就得放他走。同时，我想，我们还应释放那批本来也要斩首的人。"

"统统放掉，除了那个我在公主卧室里发现的假管家。"侦探次长说，"因为她确实是个嫌疑犯。"

随后，他就去把流浪汉、水手、保姆和婴儿、布商、女售货员、房主、火车旅客、小说读者以及所有其他关进牢里的人一齐释放了。但是，他揪住假管家的头发，来到国王跟前，不料，他刚拖到，那头发竟掉了下来，侦探长的光头暴露无遗。于是，他们赶快解开他的手铐，取出塞在嘴里的东西。他吐了口唾沫，向国王说：

"我伪装得多好！没有人认出我来，甚至连侦探次长也没有。"

"你该升级！"国王说道，"不过，你去公主的卧室干什么？"

"当然是为寻找线索去的；但我刚用小刀撬开锁，就听到有人来了——"

"就是我！"侦探次长说。

"所以我很自然躲到床底下去。"

"我就在那儿发现了你！"侦探次长自夸地说。

"啊，不过我在那儿还发现了另一件东西！"侦探长说，"这个！"他从他的又大又黑的衫衣里拿出来一只银盘子。

"哎哟！"保姆喊了起来，"就是丢失的那只；要是不丢失，我永远也不会怀疑那个男仆拐走公主的。所以，这是你的过错，都得怪你。"她转向公主说道："你拿这个去干什么，你这个顽皮的小姑娘？"

"因为，这个盘子又圆又亮，太美了。"公主回答，"我要它，我就是要它。"

"你就留着它吧。"国王说,"只要你答应我一件事。"

"好,我答应。什么事?"公主问。

"再也不要哭着要月亮。"

"我想我不会了!"小公主说道,"月亮很可怕。我已看到了她的里边,漆黑一团。所以我下来了。午饭吃什么?"

接着,全国各地都在问,"午饭吃什么?"随后,妇女们刷锅做饭,男人们返回工作,太阳重新又从东方升起在西方下落;随后,全世界也就马上忘掉,由于国王的女儿哭着要月亮而接踵发生的这一切。

年轻的凯特

好久以前，老道小姐住在镇边一幢狭小的房子里，年轻的凯特是她的小女仆。一天，凯特被派上楼去擦洗顶楼的窗户，她在擦洗时，可望见镇外的大片草地。所以，等她工作完毕，就对老道小姐说："女主人，我可以到外边的草地上去吗？"

"喔，不能去！"道小姐说，"你不该到草地上去。"

"为什么不，女主人？"

"因为你会遇上绿女人的。把门关上，缝补去吧。"

到了下个星期，凯特又上去擦窗，在她擦时，看到了流经山谷的小河。因此，她干好活后，就问道小姐说："女主人，我能到下面的河边去吗？"

"喔，不行！"道小姐说，"你决不能到河那边去！"

"为什么不能，女主人？"

"因为你会碰到河王。把门闩上，擦铜器去吧。"

再下一个星期，凯特在擦洗窗户时，瞧见了生长在山边的树林，于是她工作结束后，又去问道小姐说："女主人，我是否可以上树林？"

"喔，不可以！"道小姐说，"永远也别上树林里去！"

"喔，女主人，为什么呢？"

"因为你会碰到跳舞郎，快放下窗帘，削土豆去吧。"

老道小姐从此再也不差凯特上顶楼去了，整整六年，凯特待在屋子里缝补袜子，揩铜器，削土豆皮。后来，道小姐去世了，凯特只得另找人家。

她新找的人家是在山坡另一边的镇上，凯特没钱乘车，不得不步行前往。但她不走大路，急忙走进田野里，第一眼就看到了绿女人正在种花。

"早安，凯特。"她说，"你往哪里去？"

"上山到那边的镇上去。"

"你应该走大路，要是你想快的话。"绿女人说，"因为谁不停下来种朵花，我就不让他穿过这块草地。"

"我愿意干。"凯特说，随即拿起绿女人的泥刀，栽了一株雏菊。

"谢谢。"绿女人说，"现在你可以采几朵你喜欢的花儿。"凯特摘了一束花，绿女人接着说："你每种一朵花，就可采摘五十朵。"

随后，凯特来到有小河流淌的山谷里，她首先看到的是在芦苇丛里的河王。

"你好，年轻的凯特。"他说，"你往哪里去？"

"上山到那边的镇上去。"凯特说。

"你要是有急事，该走大路。"河王说，"因为谁不停下唱支歌，我就不让他在我的河边走过。"

"我乐意唱。"凯特说着，就在芦苇丛里坐下唱起歌来。

"谢谢。"河王说道，"现在听我唱。"

他随接唱了一支，又一支，一直唱到黄昏时分才唱完。他吻了她一下，说："你每唱一支歌，就得听我唱五十支。"

然后，凯特走上山顶，来到了树林里，她最先见到的就是跳舞郎。

"晚安，年轻的凯特。"他说，"你去哪儿？"

"去山那边的镇上。"凯特说。

"要是你想在黎明前赶到，就该走大路。"跳舞郎说，"因为谁不停下来跳个舞，我就不让他穿过我的林子。"

"我非常高兴跳舞。"凯特边说，边翩翩跳起她的拿手舞。

"谢谢。"跳舞郎说，"现在看我跳吧。"

于是，他跳呀跳的，跳到月亮上升，又跳到月亮消失，跳了整整一夜。当黎明来到时，他吻了她一下，说道："你每跳一支舞，就可看到我跳五十只舞。"

年轻的凯特随后继续上路到了镇上，在另一幢狭小的房子里给老德露小姐当女仆，她从来不准她到草地、树林或河边去，每晚七点钟就锁上大门。

这样过了一段时间，年轻的凯特结了婚，生了几个孩子，也有了自己的女仆。不过，每日工作完毕，她总打开大门，说："孩子们，去吧，到草地上去，到河边去，或上山去，我不会见怪的，在那里你们可有幸遇见绿女人、河王和跳舞郎。"

孩子们和小女仆听后，便都出去了。很快，凯特就会看到他们连唱带跳地回家来，双手捧满鲜花。

无名花朵

一天，村民的女孩，克里斯蒂，走到她母亲花园外边的草地上，摘了一朵花。这已是很久以前的事了，不过也不是那些遥远得很的旧事；那就是说，它既非发生在今天，也非发生在遥远的原始时代，而是发生在这中间的某一天。

克里斯蒂快活极了，因为她摘到的那朵花非常美丽，她跑去找母亲，她正在浇圆形花坛里的石竹花。

"妈妈，"克里斯蒂喊道，"快来看，我找到了一朵美丽的花儿！"

当克里斯蒂要她看东西时，她母亲是从来不会说没工夫的，所以她放下手壶，取过花来。

"这花开得真好看呀！"她说。

"真好看，妈妈，是吗？"克里斯蒂说，"它叫什么花？"

"唉，"母亲说，"这是——这是——哎哟，你看我不知道这花叫什么名字！你得去问父亲。"

克里斯蒂奔到村民那里，他正在修补篱笆，她便举起花朵，问："这花叫什么名字，爸爸？"

"让我看看。"村民放下锹头说。他对着花观察了约摸一两分钟，然后搔搔头皮，说，"嗯嗯！我以前知道，可现在忘了它的名字。不过，交给我好了，我正要去找老爷的管家，问问捕鼠夹的事，可能他知道的，他精通树木。"

克里斯蒂的父亲跟管家交谈正事完毕，他就拿出那朵花来。"这朵花叫什么名字？"村民问道。

管家端详着那朵花，嗅了又嗅，一再琢磨，但结果还是说："我在树林中，田野里。沼泽地里，或矮丛树篱上，都从未见到过这种花。我不知道这叫什么花。不过，我正要上宅屋去，就让我带去问问老爷的秘书，他是位聪明的年轻人，戴着眼镜读过很多很多的书。"

可以说，我们这位老爷的秘书，绝大多数的事物他都研读过，关于花，也不例外。确实，他在老爷的书房里，编写的有关花的书本，一应俱全。故而，管家找到了他，问他："我这儿有朵花，想知道一下它的名字。"秘书立即回答："给我看看，我会告诉你那是什么花。"

不料，他一瞧，就知道自己说漏了嘴，夸口太早了。

"这才怪呢！"老爷的秘书说，"世上的各种花名，不管是学名还是俗名，我统统知道，就是不知道这朵花叫什么。放在我这儿吧，我来查查看，这究竟是什么花。"

管家便把花留给了秘书，秘书把它压扁晒干，花了整整一年时间试图查出答案来。他向国内最聪明的学者请教，这件事传到了国外，于是，海外的聪明人士全都为这朵花的名字绞尽脑汁。但是最终还是一无所获。

这样过了一年以后，秘书来对管家说："你给我的那朵花根本就没有名字。"

"哪朵花？"管家问道，他已经忘得一干二净了。秘书提醒了他，又说："全世界最智慧的人只有一种看法，就是我们都知道，亚当为上帝创造的所有花朵取了名，既然这朵花从伊甸园时起就没有名字，毫无疑问，它在创世时被忘记取名了，而上帝只记得把它再造出来。由于亚当从未给它取过名，它现在也就无名了；因此，那些聪明人就把它毁掉了——试想，怎么能有某件东西存在，却无名？

"我真是无话可说的了。"管家答道，"我想你说得对。"后来他再次碰到村民时，便说："你的那朵花根本就没有名字。"

"什么花？"村民问，他的记忆力很差。管家提醒了他，又补充说，它已被聪明人毁掉了。

"好吧，那不要紧。"村民说；当夜晚餐时，他对小女儿说："归根结底，你的那朵花似乎没有自己的名字。""可是我的那朵花呢？"克里斯蒂问。

"已被聪明人毁掉了。"村民回答。他不再多讲，从那天起，除了克里斯蒂外，也就没有人再记得曾经有过这样一朵花。

不过，在她的一生中，即使到了她已是一个年迈的老妇人时，克里斯蒂有时还会对自己或旁人说：

"当我是个孩子时，我找到过一朵十分美丽的花。"

而当大家问她是朵什么花时，她总是笑着回答："只有上帝能告诉你们；因为它没有取过名字。"

金　鱼

　　从前有条金鱼，他生活在海洋里，在那个时候，所有的鱼都生活在海洋里面。他日子过得非常快活，只有一件事情需要当心，那就是，躲开漂浮在水中的渔网，那东西有时在这儿，有时在那儿。不过，所有的鱼都受到了他们的父亲奈普图海王的警告，必须躲开渔网，在那些日子里，他们一律遵照海王吩咐的去做。所以，金鱼生活得挺愉快，日复一日地在碧绿的海水里游逛：有时游到海底，贴近沙土、贝壳、珍珠、珊瑚和大礁石，那里的海葵长得像一簇簇鲜艳的花朵，海藻像红、黄、绿三色褶裥裙或扇子似地飘荡着；有时他往上游得高高的接近海面，在那儿，一个个白浪相互追逐嬉耍，大浪像一座座玻璃山笔直竖起，又哗地跌落下来。当金鱼游到高达海面时，他有时会看到，在他上面的浅蓝色海水中游着一条大金鱼，他有着跟自己相仿的金黄色，不过身子圆圆的和海蜇差不多。有时，远处的水不是浅蓝色而是深蓝色的，那时，就会瞧见一条银鱼，这在海底是从来不曾碰见过的，她也常呈圆形，虽然她侧游着在水中穿梭时，他能看到她伸出的银鳍。我们的这条金鱼对大金鱼颇有些嫉妒，但对银鱼却一见钟情，渴望能游到她的身边。每次他试着这样做时，总会出现一种使他透不过气来的奇妙感觉，接着他一喘气，便沉下海去，深得他再也见不到银鱼了。于是，他几浬几浬地游来游去寻找她，满怀希望，也许她会游到下面他自己的水域来；可是，从来就没有幸运找到过她。

　　一个夜晚，他在异常平静的水里游着，看到尖顶上面有个静止不动的巨鱼黑影。他的腹下有片又大又长的鳍伸入水里，但他其余的鳍都高出水面。金鱼认识海里的每条鱼，却从未见过这样的一条鱼呢！他比鲸鱼还大，跟章鱼喷射出来的墨汁一样黑。他绕着大鱼兜了一圈，用爱打听的小鼻子碰碰那个大黑影。最后，他问："你是哪一种鱼？"

　　那个大黑影笑道："我根本不是鱼，是条船啊。"

　　"你不是鱼，那在这儿干什么？"

"眼下，我什么都不干，因为我停着哩。不过，等风一起，我就扬帆驶向全世界。"

"世界是什么?"

"比你所见的一切还要多。"

"那我也在这个世界里吗?"金鱼问。

"当然在啰。"

金鱼高兴得跳起来。"好消息! 好消息!"他叫道。

一条海豚游过，停下来问:"这里为何在叫?"

"因为我在这个世界里!"

"谁说的?"

"船鱼说的。"金鱼答道。

"呸!"海豚说，"要他证实!"说着就游走了。

金鱼不再跳跃了，他的欢乐被疑虑所代替。"世界怎会比我所见的更多?"他问船，"要是我真的是在这个世界里，我应该能看到它的全部——否则，我怎能相信?"

"你必须相信我的话。"船说，"像你这样一个渺小的家伙，永远别想看到世界上更多的东西。世界有个边，但你永远也望不到它;世界有许多稀奇古怪的异乡僻地，你永远也看不着;世界像橘子那样圆圆的，可是你永远也看不清它究竟有多圆。"

接下去，船继续谈论着世界另一边的各种事物，谈到男人、女人和孩子，谈到花和树木，谈到尾巴上长有蓝色、金色和绿色的眼睛的鸟儿，又谈到白色和黑色的象，还谈到了屋角上挂着响铃的庙宇。金鱼渴望见到这一切，他伤心得直哭，因为他永远望不到另一边的那些东西，因为他永远也看不到世界究竟有多圆，因为他不能马上见到世界上所有稀奇古怪的一切。

瞧，船儿还要那样嘲笑他!"我的小朋友啊，"船说，"即使你是那儿的月亮，嗨，即使你是太阳自身，你也只能在同一时间看到那些东西的一半。"

"谁是那儿的月亮?"金鱼问。

"除了高悬在天空中的那个银色的光滑的东西外，还会是谁呢?"

"那是天空吗?"金鱼问道，"我还以为那是另一个海洋哩。那个就是? 我把它当成银鱼了。那么，太阳又是谁?"

"太阳嘛，就是那个白天滚过天空的金黄色圆球。"船答道，

"听说，它是月亮的爱人，是它把光亮送给月亮的。"

"但是，我要送给她整个世界！"金鱼大声疾呼，并竭尽全力跃向空中，然而，他非但跳不到月亮身边，相反一喘气堕入海中。他像块小金石直沉到海底，在那里足足躺了一个星期，哭得死去活来。那船所讲的一些事是他难以理解的，但却使他满怀渴望和欲念——他渴望着占有银色的月亮，渴望着成为一条比太阳更强大的鱼，渴望能看到整个世界的从顶上到底部，从这边到那边，从里到外的全部奇迹。

且说奈普图海王，海下土地全归他统治。眼下，他恰巧穿越一片红白相间的珊瑚林，听到一阵犹如喘气又似喷气的哼哧声；他从珊瑚丛间向外张望，只见一条肥大的海豚正鼓起他那光滑的肚皮在大笑。近旁就躺着那条金鱼，泡在泪水之中。

奈普图海王像慈父一般喜欢分享孩子们的欢乐和忧伤，所以他停下来，问海豚道："什么事使你这样开心？"

"嗬！嗬！嗬！"海豚喷着气说，"我是在对那伤心的金鱼发笑。"

"金鱼有什么伤心事？"奈普图海王问。

"他确实有呐！他已经哭了七天七夜，因为，嗬！嗬！嗬！因为他不能跟月亮结婚，不能胜过太阳，不能占有整个世界！"

"那么你呢？"奈普图海王问，"难道你没有为这些事流过泪？"

"从来不！"海豚又喷着气说，"哼！为了太阳和月亮流泪？他们只不过是遥远的两小滴。为那没法看到的世界流泪？不，父亲，我才不呢！要是我的晚饭在遥远的地方，我会为它而哭；当我死亡临头时，我也会为之而哭；除此之外，我一概说声呸！"

"要有各种各样的鱼才成得了大海。"奈普图海王边说边俯身拿起金鱼，用手抚摩着他。

"来吧，孩子。"他说，"眼泪可以是个起始，但绝不能成为一件事的结束。眼泪成不了大事。你真的希望同月亮结婚，真想要胜过太阳并占有整个世界？"

"我真的希望，父亲，我真的想要！"金鱼哆嗦着说。

"既然你一定要，那你只能让他们抓进渔网里去——你看见那边飘在水里的那个东西吗？你觉得他可怕吗？"

"只要他能带给我渴求的一切，我就不怕他。"金鱼勇敢地说。

"经历一切危险，然后你就可得到你所渴望的一切。"奈普图海王允诺道。他让金鱼从他的手指缝里一滑，只见他勇敢地直向那个等待着的渔网游去。等渔网把他兜住，奈普图海王又伸出手，把另一条小鱼从网眼里塞了进去；随后，他捋着他绿胡子，继续阔步走进那些大大小小的孩子中间去。

那么，金鱼又怎么样了呢？

他被抛进停在渔网上边的渔船里；而且捕进同一网里还有一条银鱼，圆圆的身体，她那光滑的鱼鳍像月光下的云雾，着实可爱。"好漂亮的一对！"渔夫暗忖道，便把金鱼和银鱼一齐带回家，让小女儿高兴高兴。为了使她能更好地高兴一场，他去买了一只球形玻璃缸，在缸底撒上黄沙、贝壳以及小卵石，又放进一枝珊瑚和一簇水草。然后，他在缸内灌满水，丢入了金鱼和银鱼，随后把这个玻璃缸放在小屋窗前的一张桌上。

金鱼欣喜若狂，游到银鱼跟前呼喊道："你是天穹下降的月亮！瞧，这世界多圆啊！"

"接着，他从玻璃缸的一侧望出去，看到了花园里的花和树木，他又从另一侧望出去，看到了壁炉台上渔夫从国外带回的玩意儿，用乌木雕的黑象和用象牙雕的白象；再从缸的第三面望出去，他瞧见了墙上的一把孔雀羽毛扇，那上面有金色、绿色和蓝色的眼睛；随后，他从缸的第四面望出去，瞧见一个架子上放着一只挂满铃铛的中国小庙宇。而他朝缸底一望，见到的是他自己所熟悉的世界，珊瑚、沙土和贝壳。于是他又朝上望，只见一个男人、一个女人和一个小孩正在缸边对着他微笑。

他快活得不觉往上一蹦，向他的银色新娘唤道："喔，月亮鱼呀，我比太阳更伟大！因为我给你的，不是半个世界而是整个世界，上上下下，里里外外，所有的珍稀事物全部包括在内！"

奈普图海王的顺风耳朵能听四面八方，这时他在海底摸着胡髭，说道：

"让这样一个小家伙待在大海里，真是太遗憾了。他需要一个更适合他身子的世界。"

从那以后，金鱼的世界就是一个玻璃球形的鱼缸。

小 猎 犬

（一）

当裴·乔利的父亲去世时，他的遗产可以说是一无所有。但也不尽然，因为他至少还有平时坐的椅子。不过乔利家居住的那间棚屋不属于他们自己，而是租的。约翰·乔利为庄园主伐木，居住那间棚屋就抵作部分工资。另外，每星期五可再领取三先令。连那把伐木斧头也不是乔利先生自己的。

裴从小在树林里长大，没有受过什么教育，只会用双手干活，并且酷爱动物；他也热爱自己的父亲，经常帮他伐木，尽管庄园主和他的管家根本不知道有他这么个人呢。

一个星期四的晚上，老乔利先生病倒了，而且，他上个星期所领的工资已经用完。他坐在那把旧椅子上，说："裴呀，我看我快要到另一个世界去了。"翌日，他便卧床不起，于是裴干了一整天大人所干的活，干完后，他到管家那里去领父亲该得的先令。管家问道："你是谁？"裴回答："我是约翰·乔利的儿子。"

"为什么约翰·乔利不亲自来拿？"

"他病倒了。"

"那么在他病愈之前，谁干他的活？"

"我干。"裴说。

管家给了他三个先令，姑且随他去；但在脑海深处，却在盘算，假如约翰·乔利去世，那真是谢天谢地，这下可安排自己妻子的老舅去接替空位了。管家一直认为赡养那位老舅是个累赘，是笔负担。约翰·乔利倒也拖延了一个月之久，在这段日子里，裴像个妇女那样地服侍他，又把他所有活全部干好。由于家中有病人，三个先令不够开支，裴只得变卖家具，让父亲能过得稍稍舒适一点。到了第四个星期四，家中除了那把椅子和母亲的结婚戒指外，一切都已卖光，老约翰·乔利也终于在草地下安息了，裴有生以来第一次考虑起自己的前途来。

他并没考虑多久，时下，他正值十八岁，是个强壮的年轻小伙子，全身柔软灵活得像只松鼠，皮肤犹如松树的红树皮，可他的双手，除了会伐木外，别无其他的技能。因此，他决定继承他父亲的工作。

星期五晚上，他跟往常一样去领取工资，他对管家说："爸爸再也不能给你们伐木了。"

"怎么回事？"管家问道，心里却在暗自打着如意算盘。

"他已到另一个世界去了。"裘解释道。

"啊！"管家说，"那么，我家主人的这个伐木工职位，过了五十年，如今空缺了。"

"我想来填补这个空缺。"裘说。

可是管家正在暗自庆幸，心想，摆脱老舅的机会终于来到了，于是他撅起嘴，搔着鼻，摇摇头，说："那是需要个经验丰富的人。"他说着，便数了三个先令，道声晚安，把裘打发走。

裘不是个善于争辩的人；他深知自己有伐木经验和技艺，就是年轻了点儿，但只要管家这么认为，那他的另一番想法也就徒劳无益。他回到棚屋里，望着父亲的那把椅子，暗忖："唉，我不能把它随身带着，我又不愿卖掉它，我也不肯把它劈了当柴烧，下一个伐木工总要有样东西坐坐的吧，何况这把椅子又喜欢留在它的老地方，就像我一样。不过，没有法子呀，再见了，旧椅子！就这样，裘把三个先令和一枚戒指装在口袋里，离开了这个他一生住过的唯一的家。

（二）

对裘来说，离开老家在大路上步行好几里也是有生以来从未有过的事。他热爱树林，超过其他一切，所以根本不想走出林子；如今，父亲死后还不到四十个小时，他已在大踏步穿越世界，用他明亮的眼睛来观看，用灵敏的耳朵来倾听外边世上的一切。究竟朝哪个方向走去，他心中无数，于是，他告诫自己，随着第一个听到的声音而去。刚一竖起耳朵，他便听到远处有熟悉的斧头的砍伐声。那声音实在遥远得很，犹如来自另一世界。不过，在裘听来，却是够清晰的，所以，他就朝着那个方向走去。

星期六中午时分，他听到了另一个更使人不安的声音，那是一只狗的哀鸣声。裴加快步伐，拐过一条小巷，看到一个乡村小池塘。池塘周围站着一群青少年，其中一个的手中牵着一只小犬，他正要把它淹入水中去；而小犬的妈妈，一条着实漂亮的粗身矮脚西班牙猎犬，在旁苦苦地哀叫。使那个少年不得不分散一半注意力去把它踢开，其余几个少年则围着看戏，并不插手。等裴到场，那个淹狗的少年失去了耐心，把西班牙猎犬最后一踢，想要把小犬向池中心抛去，被裴一把拖住手臂。裴说："不准这样！"

那个年轻少年粗暴地回过头来，一见是个比自己更高大的更强壮的青年，只得收起自己的一副凶相，愠怒地说：

"为什么不？小犬生来就是要被淹死的，不是吗？

""有我在的地方就不准。"裴说，"你不能淹死它。"

"你打算把它买下吗？"小伙子问。

"你要多少钱？"裴问。

"你有多少？"小伙子又问。

"三个先令。"裴回答。

"成交！"少年说道。他把小猎犬交给了裴，抓住三个先令就跑开了，其他几个少年也大叫大笑地跟着跑了，要数拿钱的一个笑得最响。那条西班牙猎犬用后腿立起，把前爪扑在裴的胸前，舔着他那双温柔地抱住它的小犬的手。

裴望着它那对充满柔情的棕色眼睛，说："我会照料你的孩子的，快跟你的主人去吧。"

随即有一个少年转过头来说："他不是它的主人！他是今天早晨在他父亲的草堆里发现这条狗和这只小犬的！"于是，这伙少年对着这个白付钱却捞不到好处的傻瓜，发出最后一次哄然大笑，就蹦蹦跳跳跑得无影无踪了。

"好吧，"裴说，"这么可爱的一只小犬和一条漂亮的母狗，对我可是有用的，不算个坏交易。从今天开始，你们俩就跟我的命运连在一起了。"

他把那只小犬紧裹在怀里，等它安定下来，他感到一阵欢喜，因为他明白，这小犬从今天起属于他个人的了，不会再是他人的。他继续赶路，口袋里空无一文，那条漂亮的粗身矮脚的西班牙猎犬紧随在他的脚跟旁。

（三）

既然裘身无分文，只得饿着肚子走了大半天。黄昏时分，那个从没停止过的、遥远的伐木声变得越来越近，他不觉来到一个树林子。这是他离开自家的绿色树林以来，首次遇上的，他高兴地走进树荫里，觉得像是又回到了老家。

没走多久，他就听到猫儿的叫声，轻微得像他小犬的低吠。循声而去，他很快找到一只小猫，它像照在小溪上的太阳那般金黄，它的眼睛像滴滴蜜糖那样清澈。它的四腿发抖，摇摇欲倒。当裘把它抱起时，它显得快活极了；它那小小的身体，柔如绒毛，几乎被裘用手一把捏拢来，使别人一点也看不见。天气是那么的冷，裘把它放进上衣内，它躺在小犬，的旁边，舒适地叫唤。

夜幕正在降临；时下，那在裘听来比音乐还要美的伐木声已经近在百米之内。他站住静听了一会，全然是为了高兴。突然传来一棵大树倒下的声音，紧接着是一阵呻吟声。他再也站不住了，急忙赶到出事地点。只见那棵倒地的大树下面，压着一个老人，酷像他的父亲。在昏暗中裘差点把他当成约翰·乔利本人。不过，怎么会呢？他跑上前去，才看清那位年迈的伐木工只是跟他的父亲十分像而已，就像一般的老人都很相似一样，他们俩身材相仿，干的又是同一个职业。

"你伤得厉害吗？"裘问。

"要等拿掉压住我的树，才能知道究竟伤得怎样。"老人说。一根粗大的树枝横在他的右臂上。裘找到了老人的斧头，砍断树枝，救出了老人。然后，他轻轻触摸老人的右肢，发现胳膊已断；不过，他经常给野兔和椋鸟接肢接翅，所以懂得该怎么办。仅几分钟工夫，他就使老人感觉良好，于是把老人从地上扶起，并问送他回哪儿去好。

"我的棚屋离此不到五十步路。"老人说。在他的指点下，裘把他背回了家。那间住屋跟裘的老家相差无几，只是屋内布置稍好罢了。一个屋角里有只狭床，铺着色彩鲜艳的床罩，裘把老人放在床上躺下。随后，他不经询问，便着手生火，烧水，为老人准备晚饭，他从食柜里和架子上寻找食物和瓦壶，顷刻间，茶壶里就冒着热气，面包上已涂好肉汁果酱，而那老人却静躺着，正以黄鼠狼般的敏锐目光注视着他。

待病人的饭准备妥当，裘便解开上衣，取出小犬和小猫。西班牙猎犬安详地躺在壁炉前给它们俩喂奶；而她的两眼则关注着裘的一举一动，她的那对眼睛跟老人的同样明亮。

裘随即问道："我可以找到喂母狗的水和残羹剩饭吗？"

"屋外有个水泵，架子上有根肉骨头。"老人回答。

裘找到了肉骨头，又打来一锅水，一齐放在西班牙猎犬的身旁。

"现在，"老人说，"为你自己拿副杯盘吧。"

裘照着做了，然后津津有味地吃起面包和喝起热茶来。

"要是你愿意躺在壁炉前的话，"老人又说，"欢迎你睡在这里；而且，假如你愿意留在这里，等到我的胳膊痊愈，那么，你可暂时接替我的工作。"

"你干什么工作的？"

"国王的伐木工。"

"你怎么知道我适合做这工作呢？"

"难道你砍木救我时，我没看清你是如何握斧的吗？"老人说，"我完全相信你适合干这工作。不过，明晨你一定得去向国王禀告一声，你在代我干活。"

（四）

裘在壁炉前的地毯上睡得很香，一早及时起身，照管好老人、动物和棚屋；把一切安排妥当后，他就询问去王宫的路。老人告诉他，王宫坐落在正北三英里的市中心；他劝裘随带皇家斧头，那柄上有皇冠印记，可以作证。就这样，裘开始了他新的冒险。

刚走完一英里路，他听到一声轻微的猫叫声，回头一看，见是那米黄色的小猫跟来了；它不肯回去，于是他把这只美丽的小动物藏在上衣内，继续赶路。待走完二英里路，他已出了树林。走完三英里时，他第一次见到了自己国家的首都，一走近，他对眼前鳞次栉比的房屋、商店、教堂、塔楼、庙宇、角楼、圆顶、尖顶以及风标等惊讶不已，同时发现整个城里却是乱哄哄的。街上挤满了人，有的在奔跑，有的俯身弯腰，有的趴在地上，个个都伸出鼻子探索着每一个角落，每一扇门栅窗格和每一条墙缝裂隙。到了城门口，一个高大的哨兵用步枪挡住了他，问道："干什么的？"

"那有什么相干？"裘问。

"没什么相干。"哨兵说，"但不管是干什么的，我接到命令，一律不准进出。"

"很好。"裘说，他以为这是城里的规矩；不像在树林里，你是可以随意进出的。然而，正当他转身想走时，哨兵一把抓住他的肩膀，叫道："你怎么拿着一把皇家的斧头？"

裘便把经过简要地述说了一遍，哨兵随即放开城门，说："你干的是国王的差使，你应该进城。假如有人询问你，你就出示这把皇斧，它跟护照一样管用。"

人人都在集中精力忙着窥探打听、查寻，所以，没人走过问裘有何权利进得城来。裘越走近王宫，骚乱也就越厉害；等他到达时，竟发现王宫简直处于混乱状态，贵族和侍从们奔来跑去的，绝望地绞着双手。他一次又一次地穿过庭院和走廊，也没有人注意他，直到最后，他来到了国王的觐见室。室内没有别人，只见一个姑娘在哭泣。她那雪白的衣裙和浓密的头发，使裘想起了他的那条西班牙猎犬。他不忍心看她这么伤心，就走上前去问道："要是你哪儿受伤，让我看看，也许我能医治。"

姑娘止住抽泣，答道："伤得实在厉害哪。"

"在哪儿？"他说。

"在我的心里。"她说。

"那是个难医治的部位。"裘说，"怎么受伤的？"

"我丢失了我的小猫。"姑娘说着，又开始哭泣起来。

"我来送你一只小猫，作为补偿。"裘说。

"我只要我自己的小猫。"

"这是只非常美丽的小猫，是昨晚刚从树林里捡来的。"裘说，"她身上的花纹像橡树上的花，她的眼睛像蜜糖般的金黄色。"随即他从上衣里取出小猫来。

"这就是我的小猫呀！"姑娘惊叫起来。她不哭了，从他手里一把抓过那个金黄色的小绒球，不停地吻它。接着，她奔过去拉了拉大厅中央金铃上系着的一根金链。马上觐见室内拥满了人，从厨房小厮乃至国王大人，一齐跑来看发生了什么事。因为，那只金铃只是在发生了紧急事时才拉响。

那姑娘不是别人，正是公主本人，她站到国王的皇座上，把小猫举得高高的，让大家都能瞧见，然后高呼道："这个男孩找到了我心爱的小猫！"全室欢乐沸腾；这一消息像野火般地从觐见室传到庭院，又从庭院传到街上。不到五分钟，所有的人都回到自己的工作岗位上去了，城门也大开了，国王问裘·乔利，想得到些什么作为报酬。

裘挺想得到公主，因为她和他那条小猎犬真是极其相配的一对；她的头发恰巧和它的耳朵一样颜色，而她那双温柔的棕色眼睛，如他的两条西班牙猎犬那样柔情地望着他。但是，当然，想要得到公主是不可能的，因而他回答说："我想，在原先那个皇家伐木工病愈之前，我来当皇家砍木工。"

"你不会终身当皇家伐木工的。"国王说道。这话使裘迷惑不解，不过，他太羞怯，不敢直问国王这话是什么意思，同时他认为，国王是有权随意说话的，甚至胡说也行。

"把斧头还给我。"国王接着说，"我看出那是把皇家斧头，把双膝跪下，并低下头来。"

裘想国王不会为着某个缘故，或者无缘无故砍他的头的吧；他还是遵照吩咐跪了下去，感到自己两肩之间被斧头碰了一下。"站起身来，皇家砍木工！"国王下令道，"今后每月一次到护林人的住屋听取命令，你的首要任务是每天为公主的房间挑选最优等的壁炉用柴。"

没有比这差使让裘更高兴的了；他拨开额发，朝公主一笑，可惜她扭过头去把鼻子埋在小猫的绒毛里，对着它的耳朵正悄悄地说话。于是，他又对着国王拨了下额发，随即原路回家，发现棚屋内一切跟他离去时一样正常。

"一切顺利？"老人问。

"实在太顺利了。"裘·乔利答道，"那只小猫竟然就是公主的小猫，因此，国王命我当皇家的砍木工，在你病愈以前。"

"他是这样说的？"老人问，并好奇地一笑。

"我这么认为。"裘说。

"那么，就算是这样吧。"老人说道，"现在，既然我们俩要在一起待上一段时间，你就得叫我爸爸，因为我曾经有过一个儿子，他是我的好孩子，为了他，我喜欢听到这个名字。"

（五）

爸爸康复所需的时间，比裘所预料的要长得多。月复一月，他的胳膊骨折总不见愈合；再加上，他似乎受惊太猛，所以从不下床。渐渐地，裘已习惯于躺在壁炉前，根本不去想是否很快能再睡在那里；新工作也已变成了老工作，这样一天又一天地，不觉过了一年。眼看小猎犬已长大，同它的妈妈一样漂亮美丽，不过，裘还是把它看作小犬，这仅仅是为了把它们俩区分罢了。老狗大部分时间都躺在室内壁炉前，或去室外晒太阳；小猎犬则终日跟随裘工作，这是他心头最大的欢乐。从他被任命的那天起，裘一直待在树林里。除了林边护林员的住屋外，他从未走得更靠近城市一步。每月一日的清晨，他必定在那儿出现，并总会见到护林人，在同一个王宫里的美貌侍女闲谈，她名叫贝蒂，显然是喜欢在开始一天的工作之前，出来在朝露中溜达溜达。

她走后，护林人便把一个月的任务交付给裘；无论他在哪个地区砍伐，他必须每天特地为公主的房间扎好一捆壁炉用柴。他把能找到的最香木料砍成劈柴捆好，还要附上一小扎按季节而异的花束。春天是樱花和紫罗兰；夏天是钟柳、野玫瑰和忍冬；秋天则用最漂亮的树叶和浆果；甚至在冬天，也要送她一束乌头属植物。

裘十九岁生日那天，恰巧是六月一日，他跟往常一样来到护林人的小屋，发现身穿条纹绸上衣的贝蒂，这天说话要比往常快而急促。

"是啊，"她正说着，"是这么个情况，不是什么别的！她就是想要某样东西，可没人知道她要什么，因为她不肯说。她有时忧郁，有时唱歌，有时撅嘴，有时嬉笑，像一年四季那样变化多端，就是不愿对父亲讲，不愿对母亲讲，也不肯告诉保姆，更不肯告诉我！医生说，要是她还得不到那样东西，不论那是件什么东西，她就会衰弱下去，最后在渴望中死去。"

"结果怎么办呢?"

"唉，准备这么办：国王说，谁能了解到公主心里想要什么，并给她所要的东西，那么，谁就可得到他希望要的东西，无论什么都行！本月的末了一天，王宫里将举行集会，人人都可献上自己的想法，啊哟！敲八点了！不能再闲聊下去了，否则我会被辞退的。"

护林人吻了她一下才放她走，她因而打了他一记耳光，随即溜之大吉。护林人笑笑说："倒是像个丫头！"然后转向裘，交代了本月的任务。裘一路往回走，脑海里尽在想有关任务的事，同时还在深深地为公主担忧，因此，好长一段时间，他根本没去牵挂小猎犬。而小猎犬呢，也一直没在他身旁嬉耍，等他想起它吹哨时，它也不像平时那样蹦跳着奔来；这是任何一条热爱主人的狗，在听到呼唤声时，不管愿意不愿意，都必须要做到的。由此可见，在那个时候，小猎犬想必是跑到远处去了。

不过，半个上午过去后，它又出现在裘干活的地点，兴高采烈，情绪高涨；虽然那天他们回家后，到傍晚它不肯吃晚饭，要不是小猎犬在白天那个异乎寻常的高兴劲儿，裘肯定要放心不下的。

那天夜里，裘躺在半熄的炉火前的地毯上，做了个奇怪的梦：是个我们在半睡半醒时所做的梦，梦里的一切像是活灵活现发生在自己的周围，而不是在脑子里。在梦中，裘就像醒着那样，清清楚楚地看到，他的小猎犬和它的妈妈西班牙猎犬，鼻对鼻地躺着，妈妈狗把头平放在她两只长有细毛的爪中间的地板上，却还睁开一只美丽的棕色眼睛望着她的孩子。裘在梦中听到两条母子猎犬在相互谈心，它们的谈话是这样的。西班牙猎犬先问：

"怎么回事，儿子？胃口不好，不想吃东西？"

"不，妈妈！我今天吃得太饱了！"

"那么，在哪儿吃的？"

"在国王的院子里。"

"你去那儿干什么？"

"去会见一个朋友。"

"什么样的朋友？"

"一只猫。"

"你不害臊！"

"不，妈妈！她是我的好姐妹。"

"喔，原来是那只猫。"

"是啊，她是公主的猫呀。"

"她现在怎么样了？"

037

“像蜜糖那样一身金黄色。”

“她还吐不？”

“吐的，吐露秘密。”

“什么秘密？”

“她告诉我说公主在想心事。”

“她怎么知道的？”

“公主把她搂近脖子，然后朝着她的耳朵告诉她的。”

“谁的脖子，谁的耳朵？”

“是公主的脖子，猫的耳朵。”

“那么，公主在想什么心事？”

“她想要封情书。”

“喔，”西班牙猎犬说着，一下子忽然睡着了；而裘自己必定也睡熟了，因为他没有再梦见什么。

早上，他想起了他所做的梦，里边的事情如此真切，这使他迷惑不堪。难道仅仅是个梦？他的疑虑在他的眼神中流露了出来，因此，爸爸从睡榻上问：“什么事使你困惑不安？”

“我做了个梦。”裘说道，“我不知道是否该照梦里所说的去做。”

“照梦里所说的去做是否是件好事？”爸爸问。

“它将把一个姑娘从衰亡中挽救过来。”

“那么，照着它做会有什么坏处吗？”

“我看不出有什么坏处。”裘说。

“那就照着去做吧。”爸爸说。

于是，裘在上午出工前，就坐下写了一封情书。他不善于书写，所以写了封短信，尽量简单扼要。

他写道：

我心爱的！

我爱你，因为你和我的小狗一样可爱。

裘·乔利

他折信时，把信纸弄得又皱又沾满墨迹，幸好还相当看得清，而且有了里面所写的内容，算得上是封出色的情书了；所以，裘颇为自满，把它带到工作场地，然后放进一束扎给公主的粉红色石竹里。事后他就没有再去想它，一直到了七月一日，他去护林人那里，正碰上贝蒂边走边说着：

"谢天谢地，事情总算了结了！昨天出席集会的人都来让他们猜公主想要什么，不料公主却对着众人微笑说：'各位不必猜了，我已得到了！'不过她仍然没说究竟是件什么东西；那也无妨，反正她现在又像云雀那般快活了，医生也不再来了。"

（六）

又一个年头在平安无事和心满意足中度过。工作顺利，两条猎犬茁壮成长，小屋里颇为舒适，食品始终丰富；尽管爸爸依旧卧床不起，裘还是睡在地板上。到了六月一日，他二十岁生日那天，他又一次由小猎犬陪随来到护林人的小屋，见贝蒂已先在那里了。鸟儿在枝头叶丛引颈高歌，朝露在草地野花上晶莹闪烁，裘暗忖，在这样一个美好的时刻，谁不想快快活活地在户外散步呢？可是今天，当贝蒂喋喋不休地谈论着新闻时，她却不像往常那样高兴。

"对啦！"她正在说，"一年以前恰恰就是那么个情况，现在一切再重演一遍。跟那时一样，对她一点办法都没有；在这世界上她只要一样东西，究竟是什么，不得而知！尽管她的父亲问她，母亲问她，保姆又问，我也问！医生天天换药方，可都毫无成效，所以她说，若是她再得不到那样东西，长此下去，她会在渴望中死去。故而这个月的最后一天，又将再次举行集会，由于她自己不肯说，不得不让别人来说公主要的是什么，谁能给她所要的东西，谁就可得到自己所要的，无论什么东西都行。啊，天哪，护林人，又敲八点了！你这个讨厌鬼，总拖住我唠唠叨叨说个没完，公主吃巧克力的时间到了！"

她一下子飞跑出去，不过护林人还是抢先送了她一个热吻，她为此回敬了他一巴掌；他只得摇摇头，说："好一个出色的丫头！"裘接好任务后，忧心忡忡地走回。要是公主想再得到一封情书，他已写不出话来了；而第一封信显然对她已不再有效。他陷入烦恼之中，再次没有注意到小猎犬不在自己的身旁。到了那天的晚些时候，它又出现了，又吠又跳，又摇尾巴，非得裘放下斧头跟它胡闹一阵子不可，才肯罢休。然而入晚，它又一点东西都不吃了，这在十二个月以前，也曾发生过一次，如今裘想起来了。那时的一切又回到了他的眼前，历历在目，甚至当他躺在壁炉前的地毯上昏昏入睡时，他又梦见并听到了西班牙猎犬和小猎犬在悄悄说话，就像一年以前那样。

"嗨，小猎犬，你怎么不啃肉骨头，有什么不舒服？别对我说你患了瘟热病啊！"

"没有，妈妈！我吃饱了国王的肉。"

"你在哪儿弄到那些肉？"

"在国王的厨房里。"

"那你到国王的厨房里干什么？"

"去会见一个朋友。"

"什么朋友，说实在的？"

"一只猫。"

"淹死你去！"

"为什么，妈妈？她是你的养女哟。"

"噢，是她！她现在长得怎么样了？"

"全身像蜜糖般金黄。"

"但要吐，毫无疑问的？"

"不错，吐露了秘密。"

"还说公主在想些什么？"

"是的。公主不愿告诉别人，却告诉了她。"

那眼下她又在想什么？"她想该是她得到一枚戒指的时候了。"

"喔，"西班牙猎犬叹了一声。她的双耳往两眼前一扇，她又睡着了，裘的梦也就做完了。

但是到了早上，梦中的一切又重新在他的脑海里复话，清清楚楚，就像真事一样。是否真有其事？他判断不出；爸爸又在床头问道："你有什么烦恼？"

"昨晚我做了个怪有趣的梦。我不知道该不该照着去做？"

"要是你照着去做，后果将怎么样？"

"可挽救一位姑娘的性命。"

"若不做呢？"

"她可能会死。"

"我说，就照着去做吧。"爸爸说。

于是，裘在扎当天送给公主的花束时，就把母亲的那枚结婚戒指套进一枝野玫瑰的花茎上，并小心翼翼地缚在其他几根花枝中间。随后，他尽量把此事忘得一干二净，直到一个月后，他听到贝蒂在护林人屋门口的台阶上滔滔不绝地说：

"就是嘛，是阴暗的日子，乌云终会散去，经过长时间的搅拌，黄油也会溶解。在昨天的集会上，还没等谁开口说话，公主就像小孩似的嬉笑着说：'你不必苦思冥想了，我已得到了我所要的东西！'她再也没多说一个字，所以我们仍然都蒙在鼓里，不过，那也无妨；医生已不再来，国王和皇后也不再烦恼了，公主已在欢乐地歌唱！"

（七）

一年过后，到了裘二十一岁生日那天，那个侍女又得再次讲述她的伤心故事了。那天早上，裘抵达护林人的小屋时，她正在无限悲哀地诉说：

"她吃也不吃，睡也不睡！她的脸色变得像新枕套那样苍白！她躲在房间角落里哭泣，有时对着天空痴望，我们要给她做点什么时，她总回绝说：'不要，谢谢'；可是，有时她又会双臂抱着她那只米黄色小猫呆坐好几个小时，急得医生直扯自己的头发，她父亲心烦意乱，无所适从；她母亲神经错乱，几乎发狂，而她的保姆一个劲地喊'哎呀，我的天哪！'连我也无法弄清她到底要什么来着。不过，有一点我是明白的，假如她不能很快得到她所要的东西，他们就将为她准备坟墓了。国王已下令在本月底的最后一天，再举行一次集会，同时谁能给公主所要的东西，谁就可得到自己所要的东西，无论什么都行！八点，敲八点，八点钟了，我该回去工作了；闲谈到此为止，护林人，必须如此！"

她拔腿就跑，但护林人把她一把拉回吻了一下，她也拉了把他的头发，随即奔去；他点点头说："多好的丫头！"便把任务交给了裘。裘想到坟墓一事，心情十分沮丧，因此，直到他干完了活，才觉察小猎犬不在身旁。过了一会儿，小猎犬偷偷地走来，尾巴垂在两条后腿之间。裘施尽一切办法，也逗不起它的劲来，由于裘也情绪低落，所以那一天过得很不快活。那晚他们两个闷闷不乐地回到家中，谁也没吃晚饭。裘在炉火前躺下后，爸爸注意到了这一切，问道："胃口不好？"

"是，有一点。"裘回答，接着就精神恍惚地入睡了。睡梦中，他听到西班牙猎犬在对她的儿子重复问着这个问题。

"胃口不好吗，小猎犬？你怎么了？有只尺蠖钻进你的耳朵里去了吗？"

"有点像，妈妈。"

"你肯定又在皇宫里吃得太饱了。"

"没啃一根骨头，没吃一块肉。我只不过是去那里看个朋友。"

"喔，你在那儿有朋友？"

"一只猫。"

"给自己背上个臭名，然后吊死！"

"咦，妈妈，她就是我们的那只黄色小猫呀。"

"我们的米黄色小猫！她近来怎么样？"

"像蜜糖般金黄。"

"我想她还在吐吧。"

"只吐露秘密。"

"谁的秘密？"

"公主的秘密。"

"公主现在又想要什么？"

"她要我。"

"你！她怎会知道你的呢？"

"那只米黄色小猫把我带进了她的闺房。"

"轻佻的猫！我跟她脱离关系，不认她了！像你这样一条有自己狗窝的猎犬，竟然进入闺房去！"

西班牙猎犬用两只前爪掩住了自己的眼睛，随后，裘在时醒时睡的梦幻中，再也没有听到什么话。

到了早上，他扪心自问，刚才自己到底是在做梦，还是醒着？不管是梦或不是梦，他总若有所失，陷入了困境，爸爸是不会不觉察到的。

"有什么心事，儿子？"

"昨夜我做了梦，使我左右为难。"

"要是你这样做了，会怎么呢？"

"那就无需准备一座坟墓了。"

"如果你另有做法呢?"

裘抚摩着小猎犬那柠檬色的耳朵,说道:"那会使我心碎。"

"那不是也得为你掘个墓穴了?"

"我希望我能克服。"

"你不将是第一个,"爸爸说,"带着一颗破碎的悲伤的心去度过你的余生;墓穴一旦挖了,就成为事实,无法挽回了。"

"完全正确!"裘答道。

他走出屋工作去,呼唤小猎犬跟随他,等一天的活干完,他给公主扎了一束从未有过的、特别好的劈柴,并把小猎犬也一起缚上。小猎犬两眼忧伤地望着他,想跟裘回家,可那劈柴拖在它的身后。可是裘·乔利却说:"待在这里!"说着便迅速地穿过树林走开了。

(八)

那时是裘有生以来最悲伤的一个月。他试着显得开心点儿,为了爸爸,也为了露班牙猎犬;爸爸倒挺安静,西班牙猎犬则郁郁不欢,她在想念小猎犬啊。裘只得默默地忍受着内心的痛苦。那个月的最后一天终于来到,正值六月份酷暑的一天,树林里烈日炎热炙人,爸爸说:"裘,一个人不能一年到头地工作。休假一天吧!"

"我休假,干什么去?"

"到城里去逛逛吧。"

这才使裘想起,城里众多的浏览物中,还有他那条心爱的小猎犬。一想到能看到它的那对棕色的眼睛,并再听到它欣喜的狂吠,使裘的心情轻松愉快起来。他决定遵从爸爸的劝告;他工作顺手,抽去一天时间是没问题的。

于是他就动身出发。一出树林,大路上熙熙攘攘,尽是人群,他不觉一怔,仔细想想,原来这天是集会的日子。他随着人流拥进了皇宫;这一天无论谁都有权利进宫,何况,他还可看到他的小猎犬。他怀着一颗赤诚的心,第二次通过这扇皇宫大门,和其余的人一起进入觐见室。

宫殿里早已聚满了人;裘挤在人群中,只能望见国王和皇后的头,以及卫兵的枪尖。号角吹响了,接着一个传令官叫大家安静。

等全场静下来后，他喊道：

"在场的有谁知道公主要什么，请快说！"

没等有人说话，公主的嗓音先响了起来，像叶丛里的阳光那么欢快："不必要了，我已得到我所要的东西了！"

"什么东西？"国王问。

"谁给你的？"皇后又问。

"我不愿讲是什么东西，也不愿讲是谁给的。"公主说，"大家都请回去吧。"

传令官吹起号角，人群便散去。人们走后，只剩下裘一人站在大厅中央，他这才看到了两只巨大的宝座，又看到了公主坐在国王的身边，她双臂抱着米黄色小猫，小猎犬蹲在她的膝盖旁。突然间，小猎犬一阵狂叫，跃身跳过地板，将两只亮晶晶的前爪扑上裘的双肩，舔他的脸，又是吠叫，又是哀鸣，好像它的心都快要裂开似的。裘紧紧搂住它，哭了。

宫殿里顿时乱成一团！人人在问："怎么了？这人是谁？出了什么事？"公主站起身来，从那只米黄色小猫的头上望过去，半哭半笑，国王问道："你是谁？"

"我是您的皇家伐木工。"裘说。

"噢，我记起来了！那条狗朝你跑过来像是跑向它的主人。"

"他以前是它的主人。"公主说，"不过，现在是我了。这男孩把它送给我了，我想要的东西就是这条小猎犬。"

"那么我得遵守我的诺言！"国王说道。他点头叫裘走近前来。"你想要什么，伐木工？说出来，就归你。"

公主望着裘，裘也望着公主，只见她一身白裙，一头柠檬色头发。可是他心中明白，他万万不能要这他最最想要的东西。他只得抛开这个念头，说："我很想得到一条特别好的褥垫，这样我就不必再睡在地板上了。"

"你可得到一条王国里最好的褥垫。"国王说。

但是公主马上叫道："他应该再得到一件东西，因为去年也是他给了我所要的东西！"随即她举起了那只旧日的结婚戒指。

国王遵守诺言，就转向裘，又问："你还想要什么？"

裘把小猎犬紧抱在怀中，但是他不能要它，因为，若是他要走了小猎犬，公主就将在渴望中死去。所以他又不得不把这个念头抛置脑后，说："我来这儿时，把父亲的一把旧椅子留在远处老家里。我希望能在那把椅子里坐上一个晚上，假如这对别人没什么妨碍的话。"

国王仁慈地微笑着说："今晚上就去把椅子拿来给你，我们会另放一把王国里最好的椅子在那里的。"

他做了个手势，示意谈话结束，可是公主比刚才更急切地叫道："不，父亲！他还得要第三件东西，因为两年前，他送给了我这个。"于是她从衣裙里掏出那封陈旧而沾满墨迹的情书，眼下，那张信纸已经变得比以前更皱得墨迹斑驳了。国王接过信，惊奇地把纸打开。对着宫殿里的全体人员大声朗读起来：

"我心爱的！
    我爱你，因为你和我的小狗一样可爱。

裘·乔利"

公主羞得把脸蛋藏在米黄色小猫的身上。

"你就是裘·乔利?"国王问。

"是的，先生。"裘回答。

"这是你写的?"

"是的，先生。"

"真是这样吗?"

裘望了望白色身子、柠檬色头顶的小猎犬，又朝着身穿白裙、柠檬色头发的公主望去，然后第三遍回答："是的，先生。"

"那么，"国王说道，"你就该要求一件你在这世上最想得到的东西。"

裘热切地望着小猎犬，在它的两眼中间重重地吻了一下。随即又向公主望去，可惜她没看他。他一定得说些什么呀，最后，只得慢吞吞地说："既然我不能要回我的小猎犬，那我就要那只米黄色的小猫。"

"喔!"公主立即叫了起来，"你不能光要小猫而不要我!"

"那么，"裘说得更加急速，"你也不能光要小猎犬而不要我!"

"那就这样吧!"国王说，"半年你们一起住在伐木工的小屋里，半年一起住在皇宫里；不管你们住在哪里，小猎犬和小猫总和你俩在一起。"

就在那天晚上，裘·乔利把他的新娘带回小屋去，米黄色小猫在她的怀抱中像架飞机似地发着呼噜声，小猎犬快活而天真地围着他们俩蹦来跳去。壁炉里炉火熊熊，桌上已摆好了晚餐，床上铺着一条柔软的褥垫，在炉火旁放着老约翰·乔利的那把椅子。然而那条西班牙猎犬已一去不复返，爸爸也永远不见了。当裘后来询问时，人家才告诉他，原来的皇家伐木工早已在裘·乔利到达此地的一个月以前去世了，那个职位一直空着，等待有合适的人来填补空缺。

穷岛上的奇迹

　　皇后在出海不远的地方有座逍遥岛。当她想寻欢作乐时，就乘坐一艘飘舞着彩旗的三桅帆船，从陆上的皇宫驶往那座岛。她的侍臣和船上的乐师们陪伴她一起来到充满鲜花和音乐的逍遥岛。她在岛上的树底下，整天野餐跳舞。大量的物品从陆上源源地运来，使这个岛变得繁荣富饶。

　　海上稍远处，另有座贫穷的渔岛。那里物品短缺，生活无疑十分艰难。穷岛上土地荒芜，不是岩石，就是沼泽，因此，草木不生，更谈不上开化了。不过，那里倒也有它唯一的一株花，一株白玫瑰小花，是属于小洛伊丝的。她父亲的茅屋就盖在这座石岛正中央的教堂下风处。他积聚了一堆土，在他结婚那天，从陆地带回了一株玫瑰小树，把它栽在茅屋门口。经过他的年轻新娘的细心照料，那株花树才得以生长；她死后，洛伊丝熟悉那株玫瑰已跟熟悉她母亲一样，她仿照着母亲同样细心地爱护它。它长得并不高大，花朵也不多，有时还要受到海风猛烈的吹打，不过，它终于成为岛上唯一的花丛，岛上人都以此为荣。虽说是洛伊丝一人在照料它，但它似乎是属于全岛人的；可以称得上是株岛花。

　　穷岛的周围尽是险峻的礁石，而它的位置又正好使它在面临风暴时首当其冲。所以，有时一连好几天船只不敢出海，陆地上的船只也不能驶近。岛上的居民太贫穷，无力贮藏很多食物，而且又无法生产粮食；因此，一遇上渔船不能出海的日子，本来贫困的生活就显得愈加艰苦了。天气好的时候，男人们都不失时机地尽量捕鱼。妇女们把大部分的鱼腌制起来以备不时之需；其余的部分拿到陆地上去卖，以换取少量钱财，购买面粉、盐和修补渔网用的材料。可是那些男人一直是合用几条为数不多的渔船，抽不出空闲时间来接送妻子，因而妇女们只得等候退潮。那地区的潮水不同寻常，每月一次月满时它退回海洋，留下全部沙子沉积在陆地和穷岛之间，形成一条沙地。这条沙地每次出现相当长一段时间，足够让妇女们背着鱼篮，匆匆走过去卖给沙滩上的商人，并买回一些急需的物品，然后，再成群结队地穿过满嵌石块的沙地返回穷岛，赶在潮水重新涌进把陆地和穷岛切断之前。有时她们很匆忙，来不及完成购买任务就回来，以免被滚滚的浪涛所吞没。

有一晚，那是在退潮以后，皇后从她的逍遥岛上望出去，看到大群妇女正急匆匆赶路回家。以前她从未注意或想到过她们，但是，今晚的情景却深深地打动了她的心。在光秃秃的沙地上，夕阳的灿烂光辉照在小水潭上闪闪发亮，她自己的小岛像颗宝石似的在晶莹发光；她的这座避暑皇宫、花园、喷泉，乃至亭台楼阁都在阳光中闪烁，显得璀璨夺目，她本人身穿银色绸袍，俨然是位仙境中的皇后。而那边，在一片荒地上，赤着脚的女子，穿着褪了色的旧袍，背着篮子，正跋涉回到远处那座像块礁石的穷岛上去；何况还不是什么宝石，只是块普通的砾石。然而，皇后再一想，或许那岛上也有些宝贵的东西。"多悲惨，住在穷岛上，生活好悲惨啊！"她又想道。突然她将双手捂住胸口，叹着气；皇后也要伤心的，也许老百姓连那穷苦的贫民倒也不比她悲伤呢。

她眺望着，不胜感慨；与此同时，小洛伊丝站在远处的穷岛上，也在眺望，同样地不胜感慨，尽管路途遥远，她仍能望见那座宝石似的逍遥岛，她能看见阳光下明亮而小小的皇宫尖顶、圆顶和楼顶，还能隐约听见随风飘来的悠扬的音乐，甚至嗅到花的芳香。"多美啊，生活在逍遥岛上多美好啊！"洛伊丝想着。突然，她俯身嗅嗅自己的那株玫瑰，因为她想，连皇后也不会有比她这株玫瑰更芳香的花。

皇后找来了总管，对他说："我想访问那座穷岛。"

"这将是陛下的一项新消遣。"总管说，"您打算什么时候去？"

"后天。"皇后答道。

翌日，总管派人通知穷岛，说是皇后即将来访。其实，皇后并不要他这么做，只是他自己认为这样做比较合适，可让岛上的居民对这一荣幸能有所准备。这确实非常荣幸。过去从来没有过的。皇后居然亲自光临！他们将如何迎接她呢？他们将在哪里接待她？

"我们在教堂里接待她吧。"牧师说。

那么，他们又如何来招待她呢？教堂是不是该为欢迎皇后而装饰一新呢？男人妇女们聚在一起商量。他们没什么可用来装饰教堂。只有那株玫瑰，那株白花盛开的岛花，可是他们能否掘出来派用场？

"不能。"洛伊丝的父亲说，"假如这样做了，皇后问我们'你们岛上最美丽的东西是什么'时，我们就没有什么东西给她看了。而现在，我们带她去看那株玫瑰花丛，那定会使她高兴的。"

大伙热烈讨论时，小洛伊丝早已上床了。她的脑海里尽想着明天皇后驾到的事。

天刚破晓，人们都聚集到海滩。牧师也在，不过洛伊丝留在后面擦拭教堂门口的石阶，由于昨天夜里下过雨，石阶上溅满了污泥。过了一会，她奔去追上其他的人，怕自己太晚了，正跑着时，突然一滑，她的足踝深深地陷进了小路正中的一个泥潭里。她望着湿漉漉的双脚，不觉大吃一惊，倒不是为自己着想，而是想到这条路是皇后的必经之路，这个泥潭那么大，皇后是跨不过去的。怎么能让皇后陛下踩在泥潭里？向前一望，皇后的金帆船已经驶近。快，得赶快铺上些什么，她马上就要上这儿来了。

皇后刚一上岸，洛伊丝才赶上沙滩上的人们。皇后和牧师谈着话，一一吻着牧师给她介绍的孩子。几名侍臣跟随着她，顺着崎岖不平的道路走向教堂。当他们的鞋子在石块上绊脚时，洛伊丝听到有人在说："真是个被上帝遗弃的地方！"等他们走近那块她尽用心力铺好的洼地时，她的心怦怦直跳。不知她急中生智采用的办法可行？喔，行的，皇后走过去了，脚一点没有弄湿。

教堂内，大家站着唱赞美诗。没有风琴，由牧师带头，所有的人都扯开嗓子歌唱上帝。唱完后，牧师又说了几句话，感谢上帝派皇后看望他们。洛伊丝一直盯视着皇后的美丽脸庞，看到她的眼睛润湿了，就像洛伊丝为了保护她而铺的那块洼地一样。可是，又有谁能使一位皇后不流泪呢？

全场的人唱完另一首赞美诗，走出了教堂。皇后随即问道："我想参观你们的家，看看你们是如何生活的？这里的生活是不是很艰苦？"

牧师正想回话时，洛伊丝的父亲站前一步，用极欢快的口吻回答说："生活到处都艰苦，哪儿都一样，我这样认为。不过，若是拿不出一件美丽的东西给您看，那才是真艰苦。我们这个穷岛倒还有东西呐。"

"你们有何美丽的东西？"皇后问，"我能看看吗？"

"非常乐意，夫人。是一株玫瑰丛。"

人们都挤拢来围住了她，热切地说："是啊，夫人，这么美丽的玫瑰花，你还从来没见到过呢！是白的玫瑰，夫人！它是岛上独一无二的花朵。它正花儿盛开哪，夫人；一共开了九朵，还有三朵正含苞欲放。它是我们全岛的快乐，夫人。我们领您去看看，它就在教堂后边只几步路的地方。"

那些贫苦的老百姓簇拥着皇后绕过屋角，富贵的侍臣跟在后面。等这伙兴奋自傲的人群走到目的地，洛伊丝的父亲带领皇后来到他的家门口，请她看那株玫瑰花丛时，那儿却空空如也，一无所有，只看到一堆拔掉玫瑰丛后留下的松土。穷苦的老百姓个个都傻了眼，纳闷得透不过气来，侍臣们纷纷窃窃地笑；然而，洛伊丝却跪在拐弯处偷偷哭泣。她跪在她那株玫瑰的绿叶和白花旁痛哭，她为了保护皇后不踏湿双足，才急中生智把玫瑰花和叶铺在那个水潭里。

访问结束，皇后乘坐金帆船回逍遥岛去了，穷岛上的生活便依然如故。不过，皇后回去时，却满怀决心。她决定要赠送一架风琴给穷岛的教堂，她决定要给岛上筑路，修建那些简陋的茅屋，还得运数卡车的良土到岛上，使他们每人有个小花园。她坚决要为穷岛做好这些事。可惜一事未成，皇后便与世长辞了。

噩耗传到穷岛，说皇后是因某种莫名的病痛而猝死的；她被埋葬时，他们把她为穷岛而流的伤心的泪也一起埋葬了。除她以外，没有其他人曾为穷岛洒过同情的泪；她死后，也没有人关注过他们。当然，皇后的泪水眼下早已干涸。她对穷岛的悲恸早已被人遗忘，她决定要为穷岛所做的一切也无法再实现。穷岛上的生活也就依然如故；只是它已失去了它的岛花。

没人责怪洛伊丝。大伙说，她做得对；谁都会像她那样去做。

皇后来岛上访问，当然不能让她走在水洼上，现在她既已去世，也就须再走水洼了，他们为此感到高兴。不过，洛伊丝却伤透了心；她既为玫瑰，又为皇后伤心。她的父亲为了安慰她，答应再给买一株，不管价格有多贵。

月满的日子又来临了。海潮又一次退回海去，妇女们又一次结成长队越过光秃的沙地向陆地走去。这一次，洛伊丝的父亲也一起去，衣袋里带着省吃俭用积攒起来的几个钱币。大家卖掉鱼后，购置了一些必需品；洛伊丝的父亲则买了另一株白色小玫瑰花，过些日子它又将成为全岛人的欢乐了。当他正要还价，一名妇女跑来拍拍他的肩膀说："快走！天空看上去怪吓人的。"

他望了一下天空，回答说："不错，我们是得赶紧走了。这种天空我以前只看到一回，后来潮水马上涌进来把妇女统统卷走了。"

全体妇女成群结队在沙地上疾走。那名渔夫匆匆地跟在后面；他们只有一个心愿，那就是赶在海潮冲进前回到穷岛。

而岛上，这时只有一两个姑娘、孩子和牧师。男人们都出海到另一边去了。留在岛上的人看到天空骤然黑下来，预感到了危险的兆头。他们一齐跑到海边，盼望妇女归来。洛伊丝也来了，举目眺望她的父亲。孩子们看到远处又黑又湿的沙地上，他们的妈妈像群小蚂蚁似的正在跑来，她们离开陆地已经很远了，但离岛却还有一段很长路程。随即，大家害怕的事终于降临了。浪涛冲进来包围了穷岛；汹涌澎湃，一浪高一浪，犹如脱羁的野马，奔向远处的那一小簇人群。无望了，没希望了，没有援救了。在他们回转穷岛以前，海涛定然会把他们席卷而去。

牧师跪倒在石块上祈祷，所有的孩子跟着一齐跪下祈祷。只有洛伊丝一人站在他们中间，向前凝望着。这时，逍遥岛上突然闪现出一道淡淡的光芒，只有洛伊丝一人看见；在那道光芒中站立着皇后本人。她是那么遥远，那么梦幻般的，但洛伊丝却看得清清楚楚，就跟以前在教堂里人们歌唱时看到的一样清晰；只不过眼前，她的眼睛不再润湿，而是满脸堆笑，她在朝着洛伊丝笑，手中握着几朵绿叶茂密的白玫瑰。正当滚滚碧波满载着白浪涌到穷岛边上时，皇后把手中的花和叶向水中一掷。海潮继续向前涌，冲满了岛与岛之间所有的空间。但是，奇怪啊！冲满的竟然不是绿色的海潮和白色的浪峰，却是一堆堆的绿叶和白花！玫瑰丛的洪潮把岛与岛连接了起来，妇女们踏着回到孩子的身边，而且双足都保持得干干的，洛伊丝的父亲也带着那棵新买的玫瑰安全地返回岛上。

这一奇迹一直留传到今天。假如你不信的话，可以亲自去一趟穷岛，你会看到那里仍然盛开着玫瑰。

吻梨树的女孩

　　西西里岛的林格洛萨地方，曾住着一个农家小女孩，名叫玛利娅塔。那地区盛产水果，梨树、杏树和艳丽的柿树比比皆是；还有那一年中率先绽开淡红色花朵的杏仁树，常年绿叶的橄榄树以及挂满紫白葡萄的葡萄园。农民的生活就依靠他们的果树，果树就是他们的生命。

　　这个水果之乡位于一座大山脚下，那座山的里边是团火，顶上有个洞口。有时，大山发怒，从洞口向空中喷射火苗和殷红滚烫的石块，要是它非常愤怒，它就会持续好多天往外倾泻一股股火红的熔岩，它像锅中煮沸的粥那样从顶端的洞口溢出；冒出的火焰，跃向空中百丈之高；火焰中还有灼热的岩石从里向外投掷，但它跌落在四面八方，那火红的岩浆从山侧流下来，到一处毁一处，顷刻间把美好的农田变成一片焦土；它所经之处的空气酷热炙人，使人无法呼吸生还。所以，耕种这座山附近土地的农民总是提心吊胆，在大山刚开始发怒的时刻就害怕得不得了；一旦爆发，他们急忙祈祷，祷求圣安东尼快快使大山息怒，使他们的果树免遭毁灭。

　　不过，大山不常发怒，玛利娅塔长到七岁，才首次听到大山大发脾气的咕哝声。那是在一天早上，她的大哥，吉阿科莫刚回家才一两天，她正在自己家的那棵小梨树地里玩耍。那块地位于她哥哥土地的最远端，算是那一带果树中最靠近火山的一棵。它是吉阿科莫在她出生那天栽种的，她喜爱它胜过世上任何其他东西。她会像朋友那样地跟它说话，吉阿科莫有时就取笑她，问她今天那位游戏的伙伴可好。

　　"那小女孩今天心情可快活哩。"当梨树的花盛开时，玛利娅塔会这样回答；或者，在梨树结果时，她便说："那小女孩今天长得挺结实啊。"可是过些日子，等梨子被削皮吃掉后，玛利娅塔有时就答道："小女孩走了，她不再来跟我玩耍了。'

　　"那小女孩什么模样？"吉阿科莫接着问。

　　"喔，她可爱极了；又笑又唱，还不停地跳舞。她身穿绿裙，头上戴花。她到山王那里去了，不过她并不想去。"

于是，吉阿科莫就会嘻嘻地笑，把玛利娅塔的黑色卷发一拉，在屋里做饭的老奶奶露茜亚，则会把她的头往他怀里一推，口齿不清地说："可能是这样，可能是这样，谁知道呢?'

就在那一天，吉阿科莫有事外出，玛利娅塔在那块地里拾花，和她的梨树悄悄谈话时，感到土地微微一震，又听到空中隆隆一响。这跟她平时听到和感觉到的差不多，她自言自语地说着："山王又在发怒了。"不料那响声却使在果树林里干活的男人和妇女们惊得目瞪口呆；他们不约而同地都心惊胆战地凝视着大山。

过了一会儿，他们意识到最害怕的事情已经临头。它可能持续很长一段时间，也可能只有短暂一瞬间，但不管怎样，火红的岩浆已开始从山顶上倾泻下来，马上就会流到果树林立的平地上。

那晚上，老露茜亚对玛利娅塔说："来吧。"

"去哪儿?"玛利娅塔问。

"到村里去，去祈求圣安东尼。把你的花带去。"

玛利娅塔在衣兜里放满了她早上捡来的鲜花，跟着露茜亚一起去村里了。老老少少的农民从四面八方汇集而来，本来住在村里的人早已离家来到教堂跪下双膝。几乎所有的人都带来了鲜花，把它供在圣安东尼像的脚下。

玛利娅塔也把衣兜里的鲜花统统拿出来供在圣像前，然后在露茜亚身旁跪下祈祷。

"我该祈求些什么，露茜亚奶奶?"她问。

"祈求那火不要降临到我们头上。"

于是，玛利娅塔按照吩咐去祈祷，一直到她跪得不耐烦了；她站了起来，发现有几个村里的孩子在教堂高大柱子后面的黑影里玩耍。她出去和他们一同玩了一会，又睡了一会，后来醒了，看到更多的农民携带着孩子，正经过山侧来到教堂，女人们裹着大围巾。男人们披着老式的镶皮红斗篷。有的还背着衣包，拖着家用杂物，这些都是他们逃离即将流到的火河前，匆忙捆扎起来的。

整整一夜，人们待在教堂里，祈求火河停止流淌或转向他处。天刚破晓，他们走出教堂，向大山眺望。第一眼，他们就得知他们的祈祷无效，那火红的岩浆正朝着他们的土地倾泻而下。随着它的逼近，空气已灼热得火辣辣的。

老露茜亚举起双手嚎哭起来，其他很多人也同样如此。后来牧师说道："要有信心，我的儿女们！"同时吩咐几名男子去把圣安东尼的像抬出来，把它放在火河倾注的通道上。那几个男人走进教堂，抬出圣像，将它搬过村去，放在牧师指点的路口。妇女和孩子们捧着鲜花跟随着去，把花堆在圣像的四周，并盖没了圣人的双足。

随后，等天大亮，农民们冲着滚滚热浪，一齐在路口跪拜，牧师举起双手再次祈祷，祈求上天把火流转向他方。

然而，火势依然朝着这个方向袭来。

最后，牧师不得不回头，两眼噙着泪珠，对农民们说："我的儿女们，奇迹可能会出现，不过我不能再让你们在这里多耽搁了。危险太大。你们得把你们的家和果树全交给上天，快走吧。"

农民们无限悲哀地站起身来。他们纷纷回家去收拾一些最主要的东西，离家前还特地到各自的果园去和果树吻别。然后一群群拥到路上，匆忙离开他们从今以后别想再见的家园。每条道路都挤满了逃离火河的人流，露茜亚和玛利娅塔也在其中。

眼下，露茜亚觉得有人在拉她的衣裙。

"露茜亚奶奶！露茜亚奶奶！"玛利娅塔在叫。

奶奶朝下望去。"什么事，我的小宝贝？"

"露茜亚奶奶，他们为什么要吻果树？"

"祝福它们，保佑它们，这是上帝的旨意。"

"露茜亚奶奶，我还没有吻我的梨树呐。"

"喔，可怜的小梨树！"老露茜亚叹息道，"它将会第一个被毁。"

"我一定要回去吻它一下，露茜亚奶奶。"

"不，不能，现在已不可能了。办不到了。你一定感觉得到，空气越来越灼热了。我们必须尽快离开。"

说着，老露茜亚拼命地往前跑，人群前拥后挤，压得她紧紧的——由于紧挨着，一个小身子与另一个小身子无多大区别，她只感到有个小孩紧倚着她的衣裙就是了，没再去多想。她所想的，只有一点，就是得赶紧跑，直到听见路边有人在呼叫她的名字。"露茜亚奶奶！露茜亚奶奶！你在哪里？你在人群里吗？露茜亚奶奶在哪里？"

"我在这儿，我在这儿。"老妇人回答，同时有好多人喊着：

"她在这里!"并有好多双手把她推出去,推到吉阿科莫的面前,他恰巧在回家的路上,碰见了逃难的大批人群,也瞧见了那即将吞食他们家园的火红岩浆。不过,这一刻他焦虑的倒不是自己的房屋,而是小妹妹玛利娅塔。他一见到露茜亚,便喜出望外地问:"感谢上帝!孩子在哪儿?"

"她在这儿。"老妇人边说,边把那个拉住她衣裙的小家伙拉向前来——哎哟,那不是玛利娅塔,是驼背孩子斯蒂法诺。

"咦,怎么搞的?"露茜亚迷惑不解地惊叫起来。"玛利娅塔哪儿去了?"她连声呼喊着玛利娅塔的名字,大家也帮她一起叫,可是,白费力气,玛利娅塔连人影也不见。

突然,露茜亚挥动双臂,大声说着:"我知道了!我知道了!圣人保佑!她回去吻她的那棵梨树去了。"奶奶马上转过身,跌跌撞撞地在人群中为自己和吉阿科莫挤开一条路,这时的吉阿科莫已是吓得魂不附体。大壮汉和老人俩不管前面面临着熔炉般的灼热,只顾沿着通往大山的道路拼命往前冲。他们穿过村庄,跑过花堆里的圣安东尼像,又经过无数个邻居们的果园和葡萄园,最后终于来到山脚下自己的家园。他们没有停下去看一下屋内;尽管热浪袭人,他们直奔园子尽头那个长有玛利娅塔小梨树的角落。

就在梨树底下,他们找到了她,只见她躺着,双臂抱住树干,脸蛋贴在上面,两眼紧闭着。她的身旁有个圣安东尼小像,那是一直放在露茜亚奶奶房间里的,眼下玛利娅塔拿来放在她的梨树跟前,圣像脚边还供着一小堆鲜花。

吉阿科莫向小妹妹俯身摸摸,说:"她睡着了。她的皮肤并不烫。"

"感谢老天爷!"露茜亚奶奶说,"空气好像并不热不可耐。"

他们又一次向大山望去,出乎意料地发现,山脚下的那股岩浆已转向他方,只是沿着他们的园子蜿蜒了一小段路,就停止不流了。

"真是个奇迹啊。"老露茜亚惊奇地说。

玛利娅塔动了一下,睁开眼来,看到她的大哥正向她弯着腰。她一跃而起,用双臂搂住大哥的脖子。

"吉阿科莫!嘿,看到你我多么高兴呀!吉阿科莫,你可知道你不在家时发生了什么事吗?山王发怒了,降下了火河巨流,我到教堂去,带去了鲜花供圣安东尼,吉阿科莫,我整整一夜都跟其他人一起在教堂里。清晨我们出去把圣安东尼像安放在路口并跪在那里，一直到实在灼热不堪，才各自吻别果园逃跑，可是我忘了吻我的梨树，吉阿科莫，所以我回来，先把圣安东尼像拿来保护它，再吻了它，可是实在太热了，我害怕得不得了，小女孩说：'别怕，玛利娅塔，山王会回去的，只要我跟它一起去，我愿意回去，因为你特地赶来吻我，现在你睡吧，快睡，玛利娅塔，不要害怕。'所以我就睡了，山王在哪儿？"

吉阿科莫说："他已回去了，玛利娅塔。"随即他把她搂得紧紧的，并从她的头顶上面望着露茜亚。老妇人也望着他和玛利娅塔，又望望那棵小梨树和大山，然后喃喃地说："可能是这样，可能是这样，谁知道呢？"

西边森林

"我知道你比六月的草地更可爱，
也跟天空的启明星一样光亮。
我渴望可爱的小草，
也思念着光亮的星星，
却没想到你究竟是哪一位。"

（一）

工作日王国的年轻国王正在作诗，他刚写完最末一个字，侍女赛丽娜来敲门了。

"什么事，赛丽娜？"国王不耐烦地问。

"大臣们要见您。"赛丽娜说。

"有什么事吗？"国王又问。

"他们没有对我讲。"赛丽娜回答。

"我在忙着写东西。"国王说。

"他们说要立即见您。"赛丽娜接着说。

"那好，去告诉他们说——"

"我还要打扫楼梯呐。"

国王边抱怨，边搁下笔，走了出去。他下楼时，赛丽娜问："趁您接见大臣时，我想我可以打扫您的房间吧。"

"可以，不过请别动我的书桌。总是要我提醒你这一点。"

赛丽娜只是说："噢，好的。当心楼梯夹条。"

"怎么当心？现在没有夹条了。"

"就是为了没有啊。"赛丽娜说道。

"有时我真觉得赛丽娜有点糊里糊涂。"年轻的国王自言自语地说；他像平时那样常常地犹豫，是否该把她辞退。随即他又记起，他往常也总是这样，她是个弃儿。她出生才一个月时，被人丢弃在孤儿院的石阶上，在那里，她被养育成人，并学会了干服务工作。

十四岁那年，她带着一铁箱衣服来到了皇宫，至今已待了五年，从洗碗碟做起，直到在最高级的卧室里当侍女。如果被国王辞退，那她今后就别想再得到工作，只能回孤儿院去度余生；因此，国王只是怒目对她瞪了一眼，便小心翼翼地走下那没有按上夹条铺上地毯的楼梯，进入了觐见室。

工作日王国需要一位皇后，大臣们就是为这件事一齐来禀告年轻国王的。他们说，皇后当然必须是位公主。

"都有些什么样的公主？"年轻国王问。他的名字叫约翰，因为他出生时，他的父亲老国王说，约翰这名字挺好，取名为约翰的人都很踏实出色，从来不说废话，不干蠢事。工作日王国里的人不相信胡闹，他们只顾自己鼻子底下的工作，从来不管闲事，所以也就看不到周围的一切。他们对待工作可认真哩；替国王选择一位公主成婚是大臣们的一部分工作，而跟这位公主结婚又是国王的一部分工作。国王自幼所受的教育使他深深懂得这一点，所以遇到这一问题时，他显得不慌不忙，只问道：

"都有些什么样的公主？"

首相翻阅着他的名单。

"北山王国有位公主，那个国家在我们工作日王国的上端。南地王国也有位公主，那国家在我们的底下。东沼王国还有位公主，那国家在我们的右边。陛下，您可以任意向哪一位公主求婚。"

"那么西边的森林呢，在我们的左边的？"约翰问，"难道西边没有公主吗？"

首相显得怪严肃的。"陛下，我们不知道西边是什么，因为在人们的记忆中，还没有谁越过阻隔在我们和那个国家之间的篱笆。我们所知道的，西边森林只是大片的荒地，居住着女巫。"

"说不定那里是片富饶的绿地，还居住着可爱的公主呢。"国王说，"明天我到西边的森林去打猎，看个究竟。"

"陛下，那是禁止的！"众臣震惊地大叫起来。

"禁止！"约翰若有所思地重复道；他这才记起他长大后遗忘了的事。在他的童年时代，他父母曾多次警告过他千万不能到西边森林去冒险。

"为什么？"他问母亲。

"那里充满危险。"母亲告诉他。

"什么危险,妈妈?"

"我讲不出,因为我不知道。"她说。

"那你怎么知道那里确有危险呢,妈妈?"

"人人都知道。每一个做母亲的都警告自己的孩子,就像我现在警告你一样。西边的森林里颇有些稀奇古怪的东西。"

"也许那并不危险。"王子说,那是当时的情景;不过,西边森林里那无人知晓的稀奇古怪却始终留在他的脑海里,他一直渴望着想知道。就这样,有一天他跑出去,试图到那边的森林里去;不料他走到了那里,却发现有道很高的木板篱笆,它实在太高,小孩无法从上面望见里边,也实在太密,没有空隙可张望到里边。它把那边与父亲王国接壤的整个西边森林完全隐藏了起来。沿着那道看上去已经年岁很久的木板篱笆,许多孩子正弯着腰或踮起脚,想找条缝隙或使自己变高一点,以便往里窥视张望。小王子同样如此,蹲下了窥视,伸长了脖子张望。可是都无济于事,那木板篱笆实在筑得太高太密了。他只得大失所望地回到宫里,去找母亲。

"是谁围住西边森林,筑起了那道篱笆,妈妈?"他问。

"喔,"她惊愕地大声说道,"你到那里去过了?没人知道是谁,是什么时候筑起那道篱笆。谁也记不得了。"

"我要把它拆掉。"王子说。

"筑起那道篱笆是为了保护你。"她说。

"保护我什么?"小王子不解地问。

既然她自己也不明白,自然就讲不出什么原由来;她只得摇摇头,用手指按住嘴唇。

虽然有这道起保护作用的木板篱,工作日王国的母亲们还是告诫自己的孩子们说那边是个危险地带;而孩子们总是跑去千方百计想找个缝隙偷看一下究竟。没有一个工作日王国的孩子不曾有过到西边森林去的愿望,直至他长大成人结婚后有了自己的孩子。到那时,他便告诫自己的孩子关于那从未见过的危险。

所以,一点不奇怪,当约翰宣布他要去西边的森林打猎时,众臣们都为自己的孩子担心。他们都大声疾呼道:"那是禁止去的!"

"我孩童时代,母亲也这样告诉过我。"约翰说,"明天我们还是去西边的森林打猎。"

"陛下!若是您把篱笆拆掉,全国的父亲和母亲都要起来反对您。"

"我们可以从上面跳过去。"年轻的国王说，"明天我们一定去西边森林打猎。"

他立刻通知赛丽娜为他准备行装，看到她正倚在扫把上，俯向他的书桌，念着他所写的东西。"不准看!"国王厉声喊道。

"噢，好吧。"赛丽娜说着，便走开，开始揩拭壁炉上的灰。

国王等待她再说些其他的话，但她没有，他倒必须说话了。他冷冷地说："明天我要去打猎。我要你把东西准备好。"

"什么东西?"赛丽娜问。

"当然是打猎用的东西啰。"国王边说边想，"她真是个最愚笨的姑娘。"

"那好。"赛丽娜说，"这么说来，你要去打猎?"

"我不是对你说过了吗?"

"你去哪儿打猎?"

"西边的森林。"

"绝对不能去!"赛丽娜说。

"我希望，"约翰异常愤怒地说，"你该懂得我说什么就做什么。"

赛丽娜开始揩拭书桌上的灰尘，她的揩布一挥，把国王写的那张纸掉在地板上了。国王怒气冲冲地拾了起来，犹豫了一下，把脸涨得通红，最后说：

"看来你已念过它了，是不是?"

"嗯!"赛丽娜承认道。

停顿了好长一会儿，国王才说道："怎么样?"

"是首诗吧?"赛丽娜问。

"是的。"

"我也认为这是一首诗。"赛丽娜说，

"好啦，我想你的房间已打扫好了。"说罢，她就自管自地走了出去。

国王对她愤怒已极，便把自己写的那首诗揉成一团扔进废纸篓去，以此来对她出气。

（二）

翌日，他们出发前往西边的森林去打猎。

热情的年轻国王骑着他的白马跑在最前头，他的打猎伙伴和宫臣们跟在后面。很快那道高篱就出现在眼前，不过对国王来说，那道篱现在看上去已不像他孩童时代时那么高了。篱笆边上，仍有那么许多的孩子，低头弯腰，或踮起足尖，试图找到个洞眼窥视，或从上面张望那边。

"让开，孩子们！"国王喊着，便纵马过篱。它像只大白鸟似地飞跃了过去，宫臣们骑着马嘚嘚地跑在后面，却没有一个跳过篱去的。他们当中，有的已当了父亲，平时都曾警告自己的孩子说那边有危险，而眼下却轮到自个儿害怕那边的危险；有的尚属儿辈的，虽说都已长大成人，但当天早晨还刚受过父亲的警告，因为国王要去西边森林打猎的消息已传开了。因此，做父亲的和做儿子的，统统都在木板篱跟前掉回马头；只有国王一人，他既是孤儿又是单身汉，单枪匹马跃过篱笆骑进了那边的森林。

他进去后，立刻感到大失所望。他的马站在齐足深的枯叶里，前面有一排灌木丛挡住了去路；干树枝，烂蕨草，混杂堆积在一起，上面长出一层白色的地衣和黑色腐烂物。各式各样的废物垃圾，乱七八糟地散落在灌木丛里，图画碎片、坏娃娃和破茶具啦，生锈的喇叭、旧鸟窠和褪色的花环啦，缎带碎片以及玻璃弹子的废块啦；还有那没有封面的书本，书页上划了许多铅笔记号；更有不少已向内倾的颜料盒子，里面剩有几瓶颜色，但都已干裂无用了。另外尚有数以百计的零星废物，都是过了时的破烂货。国王捡起一两件来看看，是个破纱筒，顶上有只会嗡嗡叫的东西，和一只没有尾巴的破风筝。他动脑筋试图旋转纱筒的顶端，并放放风筝，可都没成功。他颇为恼火，又感到迷惑不解，于是便驱马从那排挂满废物垃圾的灌木丛中穿过去，看看后边还有些什么。

然而，里边却是大片平坦的灰沙地，平得像块平板，大得像片沙漠，一望无际，他骑马跨越了足足一个小时，远近各处都还是一个样。突然，他觉得在这样空旷的荒野里漫无目的地独个儿骑马行进，不由得心寒而战颤起来，浑身被恐惧感所慑住，回头望望，尚能辨出远处他刚离开的那排灌木丛的模糊黑影。说不定连那个灌木丛也看不见了！那他就可能永远迷失在这片荒野中走不出去了。在一阵惊惶中，他急忙掉转马头，朝着那排灌木丛拼命骑去，又花了一个小时，他这才松了口气，回到了工作日王国的篱笆这边。

靠在篱笆前边的孩子们看到他回来，一齐高兴地喊道：

"看到些什么？看到了些什么呀？"

"什么都没有，只有堆陈腐破烂的垃圾。"约翰说。

孩子们半信半疑地望着他。

"那么，森林里有些什么呢？"有一个在问。

"压根儿没有什么森林。"国王回答。孩子们全朝着他看，好像不相信似的，他只好骑马回宫去，大臣们又都快活地欢呼道：

"谢天谢地，您平安归来了，陛下！"接着，他们也像那群孩子一样，问道："您看到了什么？"

"没看到一样东西，也没有看到一个人。"约翰回答。

"连个女巫也没有？"

"也没有一个公主。所以，明天我准备到北山王国去求婚。"

他上楼去，吩咐赛丽娜为他准备行装。

"去哪儿？"赛丽娜问。

"到北山王国去会见公主。"国王说。

"那你需要穿上皮大衣，戴上羊毛手套。"她说着，就去找那两样东西。国王想到他写的那首诗或许派得上用场，便去看看废纸篓，不料却发现已被赛丽娜倒掉了。这又使他火冒三丈，因此，等赛丽娜最后给他端来一杯热牛奶时，他连一声晚安都不跟她说。

（三）

约翰抵达北山王国时，没有任何人出来迎接他，他不免感到惊奇。他想，通知早已提前发出，国王的来访并不常见，怎么可视为理所当然的普通事。那天天气很冷；非但冷，简直是寒冷。街上有些人来来往往，忙着他们自己的事。他看到他所经过的店铺里和屋子里，也有另一些人，但竟没有一个注视他，即使偶然有谁碰巧瞧他一眼的，那人脸上的表情也丝毫不变。"难道他们这些人压根儿就没有感情。"约翰暗忖，"我有生以来还从没看到过这么冷若冰霜的面孔。"他们使他浑身哆嗦，毛骨悚然。那里的空气也这样，像冰雪般死寂，冻住了似的，这是一个非常令人不愉快的开端，一点不鼓舞人心。

然而，年轻的国王继续朝着王宫前进；王宫坐落在一个山顶的冰川上，闪闪发亮，好像是由冰块建成的。对他的马来说，这段山路又长又艰难，到得山顶上，他的双手已冻得通红，他的鼻子也已红得发紫了。

一个高大而沉默的看门人，在门口问过姓名后，打了个手势示意约翰跟他进觐见室去；约翰照着做了，但内心觉得那人的表情不够友好，很不是滋味。觐见室的帷幔全是白色的，约翰感到恰如一间冰库；他很想找到一只火炉，却看到一只大壁炉里塞的尽是冰块。在觐见室尽头的宝座上坐着北山王国的国王，在他的两旁站着一排排宫臣，一个个都像僵硬的雕像。女的全身白裙，男的全身披着玻璃似的盔甲，而国王穿的是什么却不能看见，因为他那雪白的大胡子像瀑布似的从他的脸颊和下巴处垂下，把后边的衣服都遮住了。他的脚边坐着北山王国的公主，从头到脚都被一层白纱蒙住。

"工作日王国的国王约翰驾到。"

那声音小得几乎不能打破觐见室里的寂静。没有人动一动，也没有人说句话。看门人退去了，年轻的国王跨进了室内。他感到自己恰如一块羊肉被放进了冷藏室。不过，眼下已别无他法，他只得鼓足勇气，滑行到了国王宝座的脚跟前。并不是他自己要滑行，而是由于地板上结了冰，他不得不如此。

老国王冷冷地，以询问的眼神瞅着年轻的国王。约翰清了清喉咙，又清了一清，然后才勉强轻声地说道：

"我是来向您的女儿求婚的。"

国王稍稍把头向坐在他脚跟前的女儿挪动了一下，好像是意味着："那么，向她求吧！"可是约翰无论如何也想不出该怎么个开口。要是他能记起他所写的诗，那该多好！他竭力回忆，可都徒然，因为诗人总是靠他最初的灵感作诗的；一旦所写的诗遗失了，就永远也不能再写出一首完全相同的诗来。不管怎样，他尽自己最大的努力，跪在公主端坐着的身子前，小声地说：

"您比雪花更白，比冰更冷；

我不能看到您的脸，也许它并不很美。

我不愿跟白雪姑娘结婚，

既然我已前来求婚，

但愿您回答说声不！"

　　他求婚完后，紧接着是长时间的沉寂，约翰开始认为自己的诗句一定出了什么差错。他等了约摸五分钟，便鞠了个躬，向后退出了觐见室。到到室外，他忙用双臂捶打自己的胸口，连声呼出："嗬！嗬！嗬！"便跳上马背，一溜烟骑回工作日王国。

　　"一切都解决好了吗？"众臣齐问。

　　"都解决了。"约翰说。

　　众臣高兴地搓着双手。"准备什么时候举行婚礼？"

　　"永远不！"约翰说着，便上楼回房去叫赛丽娜生炉火。赛丽娜挺会生火，只一会儿工夫，就把炉火生得很旺。她在清理壁炉时，问道：

　　"您喜欢那位北国公主吗？"

　　"一点都不喜欢。"国王说。

　　"您不喜欢她，她也不喜欢您吗？"

　　"注意你的身份，赛丽娜！"国王怒冲冲地喝道。

　　"噢，好吧。还有什么事吗？"

　　"有的。把我的旅行袋打开，重新整理一下。明天我要去会见南地王国的公主。"

　　"那您需要一顶草帽和亚麻布衬衣。"赛丽娜边说边走出房间去。

　　但是国王却又说："呃，赛丽娜，呃，呃……"

　　赛丽娜停住在房门口。

　　"呃，顺便问一声，赛丽娜！你还记得，呃，你读过的那首，呃，我所写的诗是怎么说的？"

　　"我可没那么多闲工夫来自找麻烦学习念诗。"赛丽娜回答。

　　她走了出去，等她重新走进房，带来一只滚烫滚烫的热水袋放在他睡床的被窝里时，他连一声"谢谢"都不说。

（四）

　　第二天，年轻的国王动身去南地王国，起初，他觉得这次旅途挺愉快，因此，他满怀希望和欢乐。天空一片蔚蓝，空气清新，天气晴朗，阳光明媚。可是他越走，天空越来越蓝，空气越来越恬静，阳光也越加强烈起来；待他到达那里，他的愉快感觉已一扫而光，变得倦怠而昏昏然。到处飘溢着浓郁的玫瑰花香，阳光火辣辣的炎热炙人，连举目望一下那光亮闪耀的天空都感到刺眼疼痛，地面被阳光烤得滚烫滚烫，几乎把马蹄上的铁掌都熔化了。马儿自身已难于挪动四腿，汗水从它的腹部两侧淌下，也从主人的额头和脸颊上往下直淌。

跟上一次一样，早有一名使者派去通报国王将要来访，可是也跟上次一样，竟不见有人来迎接他。

这个首府，如同在沉睡一般，寂静得鸦雀无声，扇扇窗户都是紧垂窗帘，街上不见人影。不过，那也无妨，反正不用问路；那金黄色圆拱尖顶的皇宫就在一里路之外像太阳那样在闪闪发光；国王的马好不容易拖着腿到了宫门口，便疲惫不堪地倒在地上。国王本身也同样摇摇晃晃地下了马鞍，向大厅里一个胖胖的守门人通报了姓名。那守门人打了个哈欠，连看都不看他一眼，于是约翰只得自己找路走进觐见室。只见在一把富丽堂皇的金躺椅里躺着南地王国的国王，在他的脚跟边，一位公主懒洋洋地倚靠在一堆金黄的枕垫上。在房间的周围，许多宫臣闲散地靠在金黄的榻上，垫子叠得高高的。他们全都穿着金色的服装，所以，约翰在那横七竖八、歪歪斜斜的一大堆一大堆中，简直分不清哪个是人，哪个是金枕垫了。不过，国王和他的美丽的女儿是一认就清楚的，约翰暗忖，她确实很美，只是实在很胖很胖。她的父亲甚至更胖。当约翰走近时，他慢慢地，懒懒地，迟钝地微笑，没有任何其他的表示。

"我是来向您的女儿求婚的。"约翰喃喃地说。

国王的微笑显得更迟钝了一些，也更冷漠了一些，他的那副神情，似乎是在说："随便，我无所谓。"接着，好像室内的人都在等待约翰，他想他该开始了。但是，他一时激动得失去了常态，讲不出话来，失望之余，他决定竭力回忆他已丢失的那首诗，若能忆起，他肯定它必能触动公主的心弦。他左思右想，终于自认为已记起来了，于是便双膝跪倒在斜倚着的姑娘面前，喃喃地说道：

"您比黄油还要肥，
您在火中会熔化；

您比我期望的要胖好几倍。
当我见到您，
　　我的勇气开始消失，
既然我已前来求婚，
　　但愿您会拒绝。"

公主朝着他的脸打了个哈欠，却一无动情。他便站起身来，走到了宫外，把马匹扶起四腿站稳，然后自己爬上马背，缓行回工作日王国去。"我想这不可能是我所写的那首诗。"一路上他一再自言自语地咕哝着。

宫臣们早已在热切地等候他。"一切都安排就绪了吗?"他们问道，"您和南国公主的意见一致吗?"

"完全一致。"约翰说。

众臣满意地笑道:"那她什么时候做您的新娘呢?"

"永远不!"约翰回答;他说着便上楼回房去唤赛丽娜给他拿杯冰桔子水来。她做这等事挺在行，一会儿工夫就端来一只高脚玻璃杯，里面放有麦秆，面上浮着一只桔色小冰球。他在吸饮时，她开口问道:

"您和那位南国公主有何进展?"

"没进展。"约翰说。

"她不喜欢您，是不是?"

"注意你的身份，赛丽娜!"

"噢，好吧。现在没有事了吧?"

"不，没有。明天我要去会见东沼王国的公主。"

"那您需要带上套鞋和雨衣。"赛丽娜说着，便拎起他的旅行袋，准备拿出去。

"等等，赛丽娜!"

赛丽娜等着。

"你把废纸篓里找到的东西放哪儿了?"

"倒进垃圾箱里了。"赛丽娜说。

"这星期垃圾箱出清过没有?"

"我特地去把垃圾工人叫来给倒清了。"赛丽娜回答，"它看上去已经非常非常的满了。"

她的回答使他恼火极了，因此，当她进来对他说洗冷水浴的一切都已准备好了时，他就只当她不在，背着她，一边用手指敲敲窗户，一边口中哼哼小调。

（五）

去东沼王国的旅途与去北山王国和南地王国的迥然相异。当路程越来越缩短时，年轻的国王遇上一阵呼啸狂风，差点把他从马鞍上吹落下来。说真的，一时间似乎各处的风都汇集到这里来了，猛吹又怒吼，刺骨又咆哮，击打又轰鸣。它们把树枝吹打得相互撞击，把标杆和围篱吹倒在地。他的两耳受到如此喧闹的骚扰，他的手足又是如何地忙乱，为要按住头上的帽子不被吹掉，并稳住身子不从马上摔下来，因此，他简直无暇环顾四周的风光。他只意识到，这里的乡村既荒凉又潮湿，城市是用灰石建造的，谈不上什么美丽。

"然而，这里也称不上安静！"约翰自言自语，他把这里跟北国的寂静和南国的昏沉相比较；确实一点也称不上安静哩。城里的人个个忙忙碌碌，东奔西走，全力以赴地正在干着事儿；窗户嘎啦嘎啦，大门砰砰作响，狗儿汪汪狂吠，货车轰隆隆驶过街道，做买卖的人蹭着脚，高声呐喊，招揽生意。

"我怀疑，他们是否在等待我的到来？"约翰暗忖，因为这里他也事先派人去通报过；当他走近那由花岗石建成的皇宫时，他满意地看到几扇宫门全部敞开，同时有一群人向他涌来。为首的一个是位姑娘，身穿短裙，头发蓬松披散，手中握着一根头部弯曲的木棍，她冲到国王面前，抓住了马鬃，喊道：

"你会打曲棍球吗？"

约翰还没来得及回答，她又大声喊道："我们正缺少一个人，快来！"说着，她便把他拖下地来。一根曲棍塞进了他的手里，他还没弄明白到哪里去，已被拉到皇宫后面的一块空旷的空地上；那里泥浆齐踝，正位于悬崖的边缘，他可望见底下冷峻的灰白色怒涛冲打着岩石，而上面凛冽狂风也在同样地厉声吹打着人们。

球赛开始了，他究竟属于哪一边，怎么个比法，约翰始终没搞懂；只是整整一个小时尽飓风的猛吹，曲棍的砍打，以及海浪飞溅而起的咸水的刺痛。耳朵里叫嚷声喧闹不止，他被别人用手猛烈地推到东，又推到西，泥浆把他从头到脚溅个满身。终于，球赛似乎结束。他筋疲力尽坐在地上。可是，即便在这个时候还不准他休息：仍是那位姑娘在他背上猛捶一记，吆喝道："起来！你是谁？"

约翰疲惫无力地回答："我是工作日王国的国王。"

"喔，原来这样！那您来干什么？"

"来向公主求婚。"

"您怎么不早说！那好，现在就求婚吧。"

"但是你不是……"年轻的国王乏力地说。

"是的，我就是公主。为什么不求婚啊？快开始呀！"

约翰奋力集中思想，拼命回忆他丢失的那首诗；可是从他口中讲出来的竟是：

> "您比雷鸣更喧噪，
> 您比咸盐更刺人；
> 由于生来就这样，
> 这不能算是您的错。
> 我的情趣和您的不同，
> 您的风貌也和我的不合；
> 既然我已前来求婚，
> 但愿您不会同意。"

"好啊，我永远不会同意！"公主大声叫嚷，把曲棍高举头顶，准备向他砍来。后边跟着一群宫臣，个个愤怒填膺，高举曲棍。约翰一见那伙浑身泥浆的无赖，转身就逃。他一骑上马背，立即纵马飞驰而去，总算没有挨着那批曲棍的打。直到听不见那帮子东沼人的叫喊声，他才逐渐放慢速度。那时，风也随着消逝，年轻的国王最后到达了自己的宫门口，已是气也透不过来，困倦不堪，一身淤泥。众臣都站立在门阶上等候他。

"向您致敬，陛下！"他们齐声欢呼。

"您和东沼公主谈妥了？"

"完全谈妥！"约翰气喘吁吁地说。

众臣们欣喜若狂。"那她选定哪一天为喜庆日？"

"永远定不了！"约翰大声说道，便冲上楼进房间去，叫赛丽娜来给他铺床。她一声不响，干得轻巧利落，一会儿工夫就把床铺得整齐合适。她在给他拿出睡衣拖鞋时，问道：

"您觉得东沼公主怎么样？"

"我不考虑！"约翰满脸怒容地说。

"她对您没什么用，是吗？"

"你忘了自己的身份，赛丽娜！"

"噢，好吧。那么，没事了吧？"

"不，还有。"约翰说，"事情还没干完。根本没有干完，除非……"

"除非什么？"

"除非找到了我那首丢失的诗。"

"您的诗？您是指您所写的那首诗？"

"当然是。"

"那好，您为什么不早说？"赛丽娜边说边从她的衣袋里掏出那首诗来。

（六）

年轻的国王气恼得直跺脚。

"这么说来，这首诗在你那儿，你一直拿着它！"他惊叫起来。

"难道不可以吗？是您把它扔掉的。"

"你说你已把它从垃圾箱里清除掉了。"

"我肯定我没有这样做。"

"你还说你记不得里面写的是什么。"

"我一点记不得。我从来就没有学会诗。"

"但是你一直保存着它呐。"

"那完全是另一回事。"

"你为什么要保存它？"

"那是我的事。那是对待您的作品的一个最合宜的方式。"赛丽娜认真地说，"一个不能尊重自己作品的人，就不配写作。"

"我是尊重它的，赛丽娜。"年轻的国王说道，"我真的尊重，我很遗憾我把它揉成一团扔掉了。我这样做，只是为了你不喜欢它。"

"我从来没有这样说过。"

"那你喜欢它吗?"

"写得不错。"

"喔,赛丽娜,真的? 真的不错,赛丽娜,喔,赛丽娜,我已忘了! 快念给我听!"

"我不念。"赛丽娜说,"也许该再教训您一次,在您扔掉之前,得先把它记住才是。"

"我是记住的!"年轻的国王突然又喊叫起来。"喔,是的,我现在完全记起来了。你听着!"他握住了她的手,说道:

> "您比蜜糖还要甜美,
>> 比鸽子还要温和,
>> 男子个个都喜爱您。
> 我活着不能没有您,
> 我不能不向您诉说衷肠,
> 既然我已前来求婚,
>> 但愿您能答应我!"

接着是一阵短暂的沉默,赛丽娜不好意思地抚弄着她的围裙。

"是这样的吗?"年轻的国王焦急地问。

"差不多。"

"赛丽娜,答应我! 答应我,赛丽娜!"

"明天到西边的森林来问我。"赛丽娜回答。

"西边的森林!"约翰惊奇地问,"你知道那里是禁止去的。"

"谁禁止的?"

"我们的父亲和母亲。"

"那好,我没有父亲,也没有母亲。"赛丽娜说,"我是从孤儿院里来的。"

"那你常去西边的森林吗?"国王问。"是的,我外出的日子总是到那儿去。"赛丽娜说道,"明天我有半天假期。如果您愿意在后门口等我,我们一起去。"

"我们怎么进去?"

"围篱上有个洞口。"

"我们要带些什么去西边的森林?"国王问。

"只要这个。"赛丽娜说着,便把那首诗重新放进了她的衣袋。

(七)

翌日,午饭以后,赛丽娜工作完毕,就换上镶花边的粉红色上衣,戴上饰有缎带蝴蝶结的帽子,把自己打扮整齐,在后门口同年轻的国王会面,随即手拉手一起向那道把工作日王国和西边的森林隔开的围篱出发。

跟平时一样,一群小孩正在篱边上下窥视,他们好奇地看着国王和赛丽娜两人沿着围篱走过来,赛丽娜用手指在围篱的每根板条上轻叩一记,口中低声点着数。那群小孩觉得这两位大人的行为倒跟他们自己的相仿,好不奇怪,于是就尾随在后,想看看究竟会有什么情况发生。不过,国王和赛丽娜俩实在太兴奋了,顾不上去注意他们。等两人数到第七百七十七根板条时,赛丽娜说:"到了,就是这儿!"她说着,便把手指从木板上的一个洞中伸进去,拔下里边的门扣。那根板条像扇狭门似的往后启开,赛丽娜和国王挤了进去,所有的孩子也跟着挤了进去。

一到了里边,国王忙擦擦他的两眼,因为他简直不能相信自己的眼睛。和上次一样,那里也有一排矮丛,有树枝、树叶和花朵;可是,这次眼前的树枝却是活生生的,枝头停满了引颈高歌的小鸟,树叶也是清新碧绿,一派生机盎然,至于花朵——喔,他以前还从未见过或嗅过如此艳丽芬芳的花儿呢!赛丽娜牵住他的手,领着他很容易地找到一条通道,穿过茂密的花丛和枝叶,走到了后面。国王又一次揉揉两眼。原来后面已经不再是一望无际的黄沙荒野,而是大片辽阔的葱绿草地。一条条小溪瀑布在那里哗哗地流淌,一簇簇花丛欢快地在草地上亭亭玉立;在百花争妍的树丛中散落着一座座棕色的小茅舍和乳白色的庙宇,多苔的泥土上长满了紫罗兰,各种鸟儿在空中飞舞,有花斑小鹿在溪边饮水,松鼠在草地上嬉戏蹦跳。竟没有一个害怕约翰、赛丽娜,或那群小孩的。

在一排树丛外边是条金色的海岸,海滩上沙土闪闪发亮,贝壳璀璨夺目,卵石五彩缤纷,景色明媚秀丽;蓝绿色的海水,明澈如镜，一圈圈涟漪，碧波荡漾，一直延伸到那边隐约可见的崖壁，悬崖上面有一个个白色的洞穴。成群的海鸥、天鹅和各种海鸟像一根根银带似的在水面上盘旋飞翔，或停落在沙土上用嘴梳理羽毛。它们跟树丛里的动物一样，也显得毫无畏惧。

一切沐浴在灿烂的光亮之中，它将日光和月光似乎都混合在一起了，仿佛身临美丽的仙境一般。

"哎唷，赛丽娜！"国王惊叹道，"我有生以来还从没见过如此美丽的景色！"

"你能肯定吗？"赛丽娜问。

国王一时说不上来。不错，他曾闻到过这样的花香，看到过这样的溪流，也曾在这样的沙滩上徘徊过，那是在什么时候？噢，还是在他最早的孩提时代，可是，那些景色一个个都消失不见了，似乎它们都已销声匿迹，或是已经变得不再美丽了；他琢磨，难道是他在工作日王国成长之际，有谁把它们都抛到围篱那边去了。

但是，在西边的森林里，除了这魔幻般的草地和海岸外，还有其他的奇事咧。那群跟随着穿过围篱进来的孩子，眼下正兴高采烈地东奔西跑，有的在苔藓地上赛跑，有的在溪水和海水里戏耍，有的在玩弄沙子、鲜花和贝壳，有的则在列队穿越洞窟和茅舍。他们一走出洞窟和茅舍，又开始奔跑了，手中都捧着大量的宝贝：洋娃娃啦，喇叭啦，茶具啦，画册和小书啦。那些洋娃娃漂亮得像仙女似的，那些喇叭吹出的声音像天使的号角，那些茶具里都盛满了宫廷的精美食物，而那些书的封面都印有孩子们喜爱的小精灵或英雄人物。国王一见到那些东西，惊讶得大叫起来，这似乎又使他回想起某些他已遗忘的东西来；他也冲进一个在近旁的小庙宇，一忽儿拿着一个他首次捡到的会嗡嗡叫的陀螺走出来。他把它放在草地上旋转，它发生的乐声优美悦耳，就跟他妈妈在他出生前哼的摇篮曲那么动听。

"啊，赛丽娜！"国王叫道，"为什么我们的父亲禁止我们来这儿？"

"因为他们已经忘掉童年时代的欢乐。"赛丽娜说，"他们只知道西边森林里有某种对工作日王国说来是有害的东西。"

"是什么呢？"国王问。

"是梦幻。"赛丽娜回答。

"为什么我上次来没见到这些美丽的景色？"国王又问。

"因为你没带什么东西，也没有同谁一起来。"

"这次我带来了我写的这首诗。"国王说。

"并同我一起来。"赛丽娜接着说。

这时，国王望着赛丽娜，从他们进入西边森林以来这还是第一回呢！他细细端详，发现她是世界上最美貌的姑娘，也是一位公主。无论是她的眼睛、她的头发和她的容貌都具有一股令人陶醉的特殊魅力，这是他在其他任何一个姑娘身上所没有觉察到的，即使是在赛丽娜身上，他也是到现在才发现的。她的微笑是那么可爱，她的手是那么温柔，她的声调是那么甜蜜，这一切都使他神魂颠倒。她的服饰又是这般美丽，衣裙犹如粉红的玫瑰花瓣上洒满点点银霜，头上好似飘浮着一圈彩虹。

"赛丽娜，"国王轻轻地唤，"您是世界上最美丽的姑娘。"

"我是西边森林里最美丽的姑娘。"她答道。

"我的诗呢，赛丽娜？"

她把它交给了他，他大声朗读：

> "我知道你比六月的草地更可爱，
> 　　也跟天空的启明星一样光亮。
> 我渴望可爱的小草，
> 也思念着光亮的星星，
> 却没想到你究竟是哪一位。"

"喔，赛丽娜！"国王叫道，"你是位公主吗？"

"我始终是，"赛丽娜说，"西边森林的公主。"

"您愿意同我结婚吗？"

"我愿意，"赛丽娜回答，"在西边森林里结婚。"

"在外边也愿意！"国王喊道，同时抓住了她的手，把她拉在他的身后，一起穿过那鸟语花香的树丛，来到了围篱的另一边。

"现在，赛丽娜！"他急得气也透不过来地说，"您还愿意吗？"

"愿意什么？"

"愿意和我结婚，赛丽娜？"

"啊，好吧。"赛丽娜说。她真的和国王结了婚。既然她工作样样出色，也就成了他的一位才貌双全的皇后。

他们举行婚礼的那天，国王命令永远拆除了工作日王国和西边森林之间围篱上的第七百七十七块板条，让所有的孩子和成人都可从那里进去：除非有谁长得太胖，那也是常会发生的。

手摇风琴

有一次，有位旅行者赶着长路回家。天黑以前，他到不了某个预定的地方，所以他只得通宵赶路。

一路上，他穿山越林，那里没有小镇，没有村庄，连所房子也没有。那天夜里特别黑暗，简直黑得连路也看不清，因此，过不了多久，他便在树林里迷失了方向。

夜是那么的黑，也是那么的寂静，他什么都看不见，同样也什么都听不到。由于没有同伴，他开始自言自语起来。

"眼下我该怎么来着？"旅行者说，"我该继续前进，还是得停下？假如我继续前进，可能会走错路，走到早晨，反而越走越远。然而，假如我停步不走，势必是留在原地，寸步不移，那明晨得赶七英里路才能吃到早饭。我眼下到底该怎么办，若是停下来，我该躺下，还是站着？要是躺下，说不定会躺在一根刺上。若是站着，我的腿肯定会发麻。究竟该怎么办？"

他说到这里，虽然还没有说完，旅行者却忽然听到林子里有音乐声。一有别的声音可听，他刹那间停住了自言自语。在那种地方听到音乐声不免令人大为惊奇。那不是在此时此地能听到的人的歌唱声或吹哨声，也不是某人的吹笛声或拉小提琴声。不，在那个漆黑的夜晚，旅行者在那个黑沉沉的树林里听到的竟是从一架手风琴上发出的乐声。

那乐声使旅行者顿时高兴起来。他不再为自己的迷路而懊丧，只觉得眼下路程已短，家就在前面的一拐角处了。他朝着那乐声走去，他走时，仿佛感到脚下的野草飘动，脸颊旁的树叶在挥舞。等他走近了那乐声，他便喊道："你在哪里？"他深信那里必定有个人在，因为，即使是架林子里的手摇风琴也不可能自摇自唱。他估计正确，当他一喊出"你在哪里"时，马上就有一个欢快的声音回答："我在这里，先生。"

旅行者伸出手去摸那架手摇风琴。

"等一下，先生。"欢快的声音说道，"先让我把这支乐曲放完。

如果你喜欢，你可跟着它跳舞。"接着那乐声奏得又响又快活，旅行者跳得又快又开心，随后，他和乐声同时在欢乐欣喜中结束。

"美极了，美极了！"旅行者说，"从我十岁在后街上跳过一次舞后，一直没有再跟着手摇风琴跳过。"

"我想是没有，先生。"摇奏风琴的人说。

"给你一便士。"旅行者说。

"谢谢。"摇奏风琴的人说，"我已好久没拿到一个便士了。"

"你往哪儿去？"旅行者问。

"没一定。"风琴摇奏者回答，"对我都一样。随便到哪里，我都可摇奏我的风琴。"

"不过，"旅行者说，"当然你得找有窗户的房子，否则人们怎能把便士掷给你？"

"没有他们那些个便士，我也能够过活。"风琴摇奏者说道。

"不过，"旅行者又说，"你一定得到后街的孩子群中去摇奏，要不然，你摇奏时，谁来跳舞？"

"唉，被你说中了。"风琴摇奏者说，"从前我每天都去有窗户的房子那里摇琴，一直等到拿满十二个便士才离开，余下的时间就在后街摇奏。每天我用掉六便士，积存六便士。不料有一天我患了感冒，不得不卧床休息，等我病愈出来时，发现那条后街上已另有一架风琴了，第二条后街有一架留声机，而在第三条后街上有一架竖琴和一只短号。所以我意识到我是该退出的时候了，现在，我高兴在哪里，就在哪里摇奏。无论到哪里，摇奏的乐曲都是一样的。"

"可是谁来跳舞呢？"旅行者又问。

"树林里是不需要什么人来跳舞的。"风琴摇奏者说着，便摇奏起来。

他一开始摇奏，旅行者便感到野草和树叶又像刚才那样挥舞起来，一会儿工夫，空中尽是飞蛾和萤火虫，天上也满是星星。它们都像后街上的孩子们统统奔出来跳舞了。旅行者在闪闪星光的照耀下，似乎又看到树林里刚才什么也没有的地方，现在忽然冒出许多鲜花，它们匆忙地从苔藓中穿出来顺着乐声摇摆着它们的茎梗，同时有两三条小溪，刚才还是静止的，现在也突然流动起来了。旅行者想，除了鲜花、小溪、星星、飞蛾、萤火虫和树叶外，黑夜里一定还有许多其他的东西在跳舞，只是他看不见罢了。树林子里上上下下都有东西在跳舞，而且，月亮已钻出了云层，在空中遨游，眼下天已不再黑了。

这时，旅行者也早已在跳舞了；他像十岁时那样兴致勃勃地跳得欢快，直跳到风琴的乐曲声逐渐听不见，原来他已经跳出了林子而跳到了大路上，对面尽头城市灯光闪烁，照亮了他前进的道路。

巨人和虱子

从前有个巨人，他大得使人看都看不见。他走路时，每跨出一步的距离，大得从这条腿的一边望不到另一条腿的那一边，他的头高入云霄，没有谁的眼力可望见他的头顶。就因为不能一下子看到他的全身，因而也没有人意识到他的存在。

有时，人们能感到他的脚步震动着地球，他们会说：

"又是一次地震。"

有时，人们能觉得他的影子在空中掠过，他们就说：

"今天天好暗啊！"

更有时，他俯身搔腿，人们能感觉到他的呼吸，于是就会说：

"嗬！好大的风啊！"

关于他，大家就知道这些。

虽然只知道这么一点点，但比起他知道大家的情况来，还算多的哩；因为，尽管巨人的身材魁梧，他却没有思维。他的两腿会走路，他的肺会呼吸，可是他的脑子却不会思索。对这一点，他自己毫不怀疑。他很满足于这样整天走来走去，再整夜停下来睡觉；饥饿时，他就张开嘴来吞食一两颗星星，他用嘴唇把星星从天空叼下来，就像你用嘴唇从树上叼下一颗樱桃那么轻而易举。

与这同时，有只虱子，它小得让人看不见。它实在小得可怜，连蚂蚁都看不见它，或许那倒是它的好福气；因为，倘使蚂蚁看得见它，早就把它一口吞食了。一粒沙子对它来说，像座大山，要它爬过一个六便士的硬币，说不定花毕生时间也爬不完呢。由此可见，它从它的出生地爬起，一天又一天地，只是挪动那么一点儿距离。不过它自己对此是绝不明白的；它挪动了那么一点儿距离，对它说来，就是一百多英里了，然而，它身材虽小，思想却奔驰得很远很远。因为，小虱子有头脑，能思考；它简直是浑身都富有思想，它的思想大得像巨人的身子，而巨人却毫无思想可言。

眼下，有位天上的天使，又有位地下的地神，他俩能明察一切。对他们来说，根本谈不上什么太大太小的东西，也没有太远的地方或太久的事。有一天，天使问地神：

"今天你看到些什么？"

"我看到一位巨人。"地神说，"他身强力壮，可以把世界分成两半。"

"我对他很了解。"天使说，"说不定某一天，他真的会不加思索地把这个世界掰成两半哩。"

"那么，你今天看到些什么？"地神问道。

"我看到了一只小虱子。"天使答道，"它的思想可强大啦，足以创建一个新世界，要是它有能力的话。"

"我常常见到它。"地神说，"它总是对那永远也建造不起来的世界想呀想的。"

恰巧有一天，巨人躺下睡觉，他右手食指的指尖正好盖在虱子枕着的那块土地上。翌晨，他手撑地面爬起身来时，把那块泥土嵌在食指的指甲里带走了，虱子也被连泥带起。过了一会儿，他刚好用食指挖耳朵，又把那块带虱子的泥土落进耳朵里，这对巨人来说，只不过是一小粒灰尘而已。过了一段时间，那粒灰尘从巨人的耳朵钻进了他的脑子。顿时，奇迹般的变化出现了。

一生从来不思考的巨人，竟然一下子思考起来了，他不知道这是虱子在替他思索哩。而一向毫无力量的虱子，突然觉得自己有力量建造世界或毁灭世界了；它不明白它的这股力量来自巨人体内。他们似乎觉得自己只是一个生物，并非两个生物。小虱子的思维促使巨人想干各种事情，而巨人的力量则使小虱子能实现它自己的思想。

紧接着，可怕的事情就在世界上和世界的周围发生了。巨人和虱子的结合体排山倒海，把大山撕开，引进大海，他们舀起河水洒入云霄，每天夜里把月亮和星星搬来搬去，在天空中重新排列，一天一个花样；他们用拇指和其他手指把风捕捉，吹熄了太阳。然后，他们又用一只手指朝着地球的中心戳了一个洞，取了一把火，重新把太阳点燃。到最后，他们把世界折腾得不像是末日来临，却像是末日要没完没了地永无止境，一忽儿前进，一忽儿倒退，一忽儿上跳，一忽儿下沉，一忽儿东旋西转，一忽儿由里向外翻，随时随地按巨人和虱子的心血来潮，为所欲为。

于是，天使就对地神说：

"这样不行。这样下去，这两位的结合体会把地面和上天都混淆起来，弄得什么都分不清了。"

地神回答："只有一个办法：我们必须把他们的结合体缩小到普通人那么大小。"

"噢，不过，"天使说道，"大小和其他的一切东西一样，只是给人一种心理作用的观念。我们不光是要把他们缩小到普通人那么大小，还必须让他们相视片刻，使他们以后永远明白他们完全是两个生物，而不是一个。"

转瞬间，这件事就办成了。巨人的身躯不断地摇晃，到后来他竟变成了一个一般身材的身强力壮的普通人，虱子两眼往外看，看清了它所寄居的巨人的脑子，这下子它明白了，这是它以前从未觉察到的。与此同时，巨人也得到了一种向内窥视的能力，他一下子瞧见了虱子。

"嗨，你好！"巨人说。

"你好！"虱子说。

"你在我的脑中干什么？"巨人问。

"我只是在你的脑子里观察观察。"虱子答道。

"那好，就待一会儿吧。"巨人说，"我们俩可以设法做点什么。"

"但不能干有害的事。"虱子说。

这一点他们两个一致同意，因此天使和地神上下相视而笑，笑得那样满意又愉快。

从那天开始，巨人和虱子就难得再干什么事；因为各人想做的事完全不同，很难取得一致。

长期以来只有那么一次，他们忘记了他们是两个生物而不是一个，于是就想干起同一件事来。当时，天使和地神急得直发呆，后来巨人和虱子总算又记起了他们是两个生物，才得以化险为夷。

小 裁 缝

　　从前有名小裁缝，她跟着一名大裁缝学艺。尽管她还只是一名徒弟，但她裁剪出来的式样很美，缝制的针脚也很细致，而且她对裁制服装具有相当高的审美观念和丰富的想象力，因此，她实际上已是国内最优秀的裁缝了。不过，小裁缝年轻又谦虚，大裁缝便暗忖道：

　　"不必去告诉洛塔，她已是胜我一筹的好裁缝。只要我不告诉她，她自己永远也不会发现，假如我告诉了她，她会离开我去独立营业，成为我的对手同我竞争。"

　　所以，大裁缝对此守口如瓶，闭口不谈，甚至当洛塔做得更好时，她也不加赞扬，倒是经常无缘无故、没错找错地斥责她。但是洛塔总是百般忍耐；甚至当大裁缝接到了特别重要的生意而总要来征求她的意见时，她也从来不认为自己有多高的价值。

　　"罗兰——波兰侯爵夫人刚来订制一件舞会穿的衣裙，洛塔。"大裁缝会说，"她想选用桃红色的丝绸衣料。"

　　"喔，多可惜！"洛塔惊叫道，"她穿紫红的丝绒衣裙要好看得多。"

　　"我就是这样对她说的。"大裁缝随即说，"她还要在裙子上镶十七条荷叶边。"

　　"想得出的！"洛塔再次惊叫起来。"她应该穿朴素大方，线条简单，式样端庄的。"

　　"完全正确。"大裁缝紧接着说，"我正是这样对侯爵夫人亲口说的，最重要的是要裁剪的式样端庄，越素雅越好。"

　　于是，她们给罗兰——波兰侯爵夫人裁制的不是桃红色镶荷叶边的衣裙，而是一件庄重的紫红色衣裙；侯爵夫人在女王的舞会上显得特别端庄文雅，给人以深刻的印象，大家都赞赏道："大裁缝真是个天才。"

　　其实，小洛塔才真是个天才呢。

　　你该知道，这个国家的女王年已七十岁了，没有结过婚，所以没有子女来继承王位。不过，虽然她从未做过母亲，但至少当了二十五年的姨妈；她的外甥是邻国的国王，当然经过一段时间，他在统治自己国家的同时，也会来统治她的国家。他已有二十年没有来探访他的姨妈了，但听说他是位漂亮的青年，并和他的姨妈一样，尚未结婚，她为这件事很担忧，所以每年都要写两次信给他：逢圣诞节和生日。可是他的回信总是这样写：

> "亲爱的乔治娅姨妈，
>
> 　　万分感谢您的铅笔盒，它使我非常快活。
>
> 　　　　　　　　　　　　　　　　　　　爱您的外甥
> 　　　　　　　　　　　　　　　　　　　　狄克

又及：有充足的时间。"

可是老乔治娅已经七十岁，而年轻的理查国王尚只二十五岁，对一个七十岁的老人来说，时间总不像一个二十五岁的年轻人那么充足；因而，这位专横的老小姐女王，在圣诞节和他的生日之间，就写信给他，叫他一定得来皇宫，要为他从宫女中选出一位新娘，并说自己有病，对他的胡言乱语已感厌倦。这一次她不送给他铅笔盒，因此，国王不能以感谢之辞来敷衍了事，而是要以婚姻作为信的主要内容。于是他写道：

> "亲爱的乔治娅姨妈，
>
> 　　按照您的喜欢办。
>
> 　　　　　　　　　　　　　　　　　　　爱您的外甥
> 　　　　　　　　　　　　　　　　　　　　狄克

又及：我不愿跟芳龄不足十九岁半和腰围不到十九英寸半的姑娘结婚。"

于是，女王立即把宫里所有十九岁半的小姐召集拢来量她们的腰围。结果，共有三位宫女的腰围不大不小，恰好是十九英寸半。所以她又写了封信给她的外甥。

> "亲爱的理查，

琼凯斯女公爵、卡拉默尔女伯爵和布兰奇·布兰曼琪小姐三位都将于十二月份满二十足岁；眼下是六月份。她们都是讨人喜欢的姑娘，她们的腰围也都符合你的要求。你亲自来挑选吧。

你亲爱的姨妈

乔治娅·里吉娜"

对此，国王回信道：

"亲爱的乔治娅姨妈，

　　一切请您安排。我将于星期一来。请在星期二、星期三和星期四举行三次舞会，并分别让三位小姐轮换做我的舞伴。星期五我将与我最喜欢的姑娘结婚，星期六回家。

你的爱甥

狄克

又及：我喜欢举行化装舞会，因为我有一套极好的衣服。"

女王在星期一早晨才收到此信，也就是说，国王即将于当晚抵达。可以想象得出，宫里的人个个坐立不安，又焦急，又激动，又兴奋，特别是那三位腰围十九英寸半的小姐！当然，她们马上都去找大裁缝。

琼凯斯女公爵说：

"我要你给我缝制一件最最漂亮的化装衣裙，必须于星期二第一次舞会前赶制好。做好后，一定得派一位姑娘来告诉我如何穿。"

卡拉默尔女伯爵说：

"有件至关重要的事，就是你得为我挖空心思裁制一件最最迷人的化装衣裙，并且于星期三第二次舞会前交来。派你最好的学徒送来，帮我穿上。"

布兰奇·布兰曼琪小姐说：

"要是你不给我制一件新颖而顶吸引人的化装衣裙来，让我穿上赴星期四晚上的第三次舞会，我会大发脾气的。为了要看看那件衣裙裁制得到底是否完美，先叫你最漂亮的模特儿穿上，让我亲自来判断一下它的效果。"

大裁缝一一应诺，等那三位小姐一走，她赶紧跑到洛塔跟前，把情况统统告诉她。

"如果我们要全部及时完成，洛塔，我们必须绞尽脑汁，苦苦思索，还得十个手指不停地缝制。"

"噢，我有把握能完成。"洛塔快快活活地说，"我们来把这几件衣裙排个队，女公爵的衣裙明晚要，女伯爵的衣裙后天晚上要，布兰奇小姐的衣裙大后天晚上要，只要我大干三天三夜，不休息也不睡觉，就得了。"

"很好，洛塔。"大裁缝说，"现在得想想做什么样的衣裙了。"

"女公爵化装成阳光，一定很美丽。"洛塔说。

"我也正这样想哪。"大裁缝说。

"女伯爵化装成月光，该多迷人啊。"洛塔又说。

"这就是我所想的。"大裁缝紧接着说。

"而布兰奇小姐化装成彩虹，简直能把人陶醉。"

"你说出我正要说的话。"大裁缝说道，"那就动手设计，裁剪，缝制吧。"

于是，洛塔把三件衣裙一一设计好，并着手裁制第一件光芒四射的金袍，穿上它跳起舞来就像阳光那样闪闪发亮。她整天整夜地坐着缝制，对年轻国王驾临皇宫的盛况一无所见；到星期二晚上首次舞会前一小时，闪亮的金袍缝制完成了。

"皇宫里派了一辆马车来取衣裙。"大裁缝说，"要我的一名姑娘先穿上它去给女公爵看看，然后她再穿。可是我能派谁去呢？这件长袍的腰围只有十九英寸半。"

"那恰恰就是我的尺码，夫人。"洛塔说。

"太巧了！快，洛塔，赶快穿上吧。"

于是，洛塔穿上那件耀眼的金袍，金色的舞鞋，头戴一只金光四射的小王冠，外边披着她自己的黑色旧斗篷，匆忙奔到外面，登上等在那里的皇家马车。马夫把鞭子一扬，车轮就滚滚转动了。到达皇宫，有一男仆穿过大厅来把洛塔领进一间小接待室。

"你在这里等一下。"他说，"女公爵准备好后在隔壁房间里接见你。到那里她会摇铃的。你穿在斗篷里边的一件衣裙看来很漂亮。"

"这是女公爵的衣裙。"洛塔说，"她穿上这件衣裙会把年轻的国王迷住的。你想看看吗?"

"倒真的很想看看。"男仆说。

洛塔脱下斗篷,跨出一步,就像一道阳光从云层里钻出那样光耀夺目。

"你看,"她说,"漂亮不漂亮!你说女公爵穿上这件衣裙,国王还能不跟她跳舞吗?"

"我敢说他不会拒绝。"男仆说道。接着,他优美地鞠了一躬,说:"女公爵,我是否有幸和您同舞?"

"喔,陛下!"洛塔笑笑说,"我太荣幸了。"

男仆用手臂挽住了洛塔的腰,两人翩翩起舞,他刚想对她说,她的金色的头发比阳光还要光亮时,铃声响了,洛塔不得不去了。

女公爵看到衣裙,很感满意,等洛塔表演给她看,穿了这件金袍该如何走动、坐下、站起和跳舞后,她穿上它便仪态万方地向舞厅走去。

洛塔重新披上自己的那件旧斗篷,她听到金光四射的女公爵出现在舞厅里时,人人报以雷鸣般的掌声。

"啊,"洛塔想,"国王绝不能拒绝她!"随后她赶紧跑回,动手裁制月光衣裙。

她又是一整天一整夜地缝制那件银色的紧身长衣裙,第二天晚上,当皇家马车到门口接她时,她刚好完工。于是跟昨晚一样,她穿上舞袍,罩上斗篷,就乘坐马车去了;跟昨晚一样,那位年轻的男仆陪她进了接待室,并叫她等候一下。

"昨晚的舞会进行得怎么样?"洛塔问道。

"国王和金色女公爵一起跳了整整一个晚上。"男仆说,"还不知女伯爵有没有这样的福气。"

"你这样认为?"洛塔边说,边脱去她的黑斗篷,像一轮午夜迷人的明月站到了他的面前。

"啊,女伯爵!"男仆说着,拿起她的手吻了一下。"您能和我一起跳舞使我成为世界上最快活的人吗?"

"和你跳舞是我最快活的事,陛下。"洛塔甜美地笑着说。

就这样,他们再次在接待室里翩翩起舞,随后,他们坐下来,相互谈论着各自的情况;洛塔告诉他说,她时年十九岁半,母亲在当女仆,父亲是个皮匠,她自己是名学徒裁缝。男仆则告诉她说,他时年二十五岁，父亲是书籍装订工，母亲是洗衣妇，而他自己则是年轻国王的男仆，等国王结婚后，他将回到他的王国去。洛塔听到这些话，若有所思，男仆问她为什么，洛塔却说不上来是什么缘故。男仆握住她的手，正想对她说，她的手像月光一样白皙皎洁时，铃声响了，洛塔只得离去。

卡拉默尔女伯爵看到衣裙很是喜欢，等洛塔向她一一表演讲明后，她穿上衣裙就走进舞厅去了。洛塔听到她出现在众人面前时的阵阵喝彩声；她自己此时又披上那件旧斗篷，匆匆赶回去裁制第三件彩虹衣裙。

她仍然整天整夜地坐着缝制，眼皮颇感沉重，心头也觉得有些沉重，却不明白那是为了什么。就在第三次舞会开始前的一个小时，衣裙赶制完毕，马车已在外边等候了。洛塔又一次穿上闪烁的衣裙，裹在旧斗篷里边，乘坐马车到了皇宫。仍然是那个男仆陪她进入了接待室，她一屁股坐在一把安乐椅里，男仆则站在她的面前。洛塔又一次问道："昨晚的舞会怎么样？"

"国王和那位银色女伯爵一起跳了每一支舞，他的眼睛始终没有离开过她。"男仆说，"我怕布兰奇小姐可能没有多大机会了。"

"还不知道哩。"洛塔说。她实在太累了，连斗篷都不想脱下，让他欣赏里边的漂亮衣裙。因此，男仆替她脱下斗篷，把它放在椅背上，洛塔简直就像道黑云衬托下的闪亮彩虹，他不禁双膝跪倒在她面前。

"喔，小姐！"他轻声地呼唤，"您愿意和我一起跳这个舞和其他所有的舞吗？"

然而，洛塔摇摇她的头，因为她确实疲倦极了，但是她努力笑了一笑，同时，热泪从她的两颊上淌了下来。彩虹上出现泪珠是很自然的事，所以，男仆连问也不问一声为什么，就用双臂搂住坐在椅上的洛塔，吻她。还没吻完，铃声响了，洛塔赶快抹抹眼泪，走了。

布兰奇小姐被这件衣袍迷住了，等洛塔旋来转去地表演给她看如何个穿法后，她迫不及待地穿上就往舞厅里跑。这位可爱的小姐在大厅里一出现，洛塔就听到一片赞叹声。随即她回到空荡荡的接待室，披上旧斗篷，蹒跚地走回去。她只想上床美美地睡一觉。

不料，大裁缝已在门口等候她，一脸尴尬的样子。

"你看怎么办?"她喊道,"女王刚才派人来订制一件我们从来没有做过的最漂亮最精致的结婚礼服,明天给国王的新娘穿。婚礼在明天中午举行。所以,快想想!洛塔,快想想!该做件怎么样的结婚礼服?"

洛塔想出缝制一件像洁白雪花向下飘的衣裙,当她准备开始裁剪时,她说:"不过,夫人,我们不知道该按谁的身材来裁制呀。"

"就按你的尺寸好了。"大裁缝说,"因为你和那三位小姐是同一个尺码。"

"你认为哪一位将被选中?"洛塔问。

"谁知道。他们说国王同时被太阳般和月亮般的服饰所迷住,毫无疑问,他同样会被彩虹般的服饰迷住。"

"那么,国王自己在化装舞会上穿的是什么服装,夫人?"

"国王穿的是套最令人失望的衣服。"大裁缝说道,"竟穿了一套他男仆的服装!"

这么一说,洛塔就不再问了。她低下她那疲倦的头缝制那件洁白的衣裙,缝呀缝的,直到她的手指和眼睛都疼痛不堪。

黑夜过去,白天来临,到中午前一个小时,衣裙缝制完了。

"马车来了。"大裁缝说,"把礼服穿上吧,洛塔,新娘肯定想看看这礼服穿上是个啥模样。"

"谁是新娘?"洛塔问。

"没人知道。"大裁缝说,"他们说年轻的国王此刻正在挑选,一俟决定,马上举行婚礼。"

于是,洛塔穿上礼服,走到马车那儿去,没想到爱她的那位男仆正等着扶她上车。她热情地望着他,问道:"你就是国王吗?"男仆说:"你怎么会这样想?"他边说边关上车门,他们便随车飞驰而去。洛塔靠在车角里,很快睡着了,梦见她正驱车前去举行婚礼。

她一觉醒来,只见马车正拉到一扇门前,不过,那不是皇宫的大门,而是一座乡村小教堂的门。

男仆跳下来,把洛塔扶下车,她挽着他的胳膊,身穿那套雪白的长裙礼服,一步步穿过教堂走廊向前走去,一切都像她刚才所梦见的那样逼真,最后发现牧师正在圣坛上等着他们。仅仅两分钟,他们的婚礼便举行完毕,洛塔的手指上戴上了一只金戒指,随后,他们又乘上马车。不过,这一次,男仆坐在洛塔的身旁,他继续吻她，因为昨晚没有吻完，后来洛塔就把头靠在他的肩上睡着了。

他们到达年轻国王的都城在皇宫门口停车时，她才醒来。在人群的欢呼声中，她挽着男仆的胳膊走上台阶，台阶顶端那儿，一位面带笑容、站着等候他们的，正是年轻的国王本人。

没错；你知道，那位男仆确实是名男仆。只不过，由于年轻的国王一点也不想结婚，就派男仆去代替他。不料男仆对洛塔一见倾心，在第一次舞会开始前就已选定了自己的新娘，所以，对琼凯斯女公爵、卡拉默尔女伯爵和布兰奇·布兰曼琪小姐三位来说，压根儿就没有机会可言。说真的，这倒也是件幸运事，因为，要是男仆果真选了她们三位中的一位而结婚的话，老女王一旦发觉外甥在捉弄她，定会大发雷霆的；同样，新娘也要大为恼怒。

后来，这事传到了女王的耳朵里，她在年轻的国王生日那天，写了封信给他：

"亲爱的理查，

我写此信，送来我对你的爱。同时，我要告诉你，我对你极不高兴。从今以后，你的婚事我再也不过问了。

你亲爱的姨妈

乔治娅·里吉娜"

年轻的国王回信道：

"亲爱的乔治娅姨妈，

非常感谢您。

爱您的外甥

狄克

又及：喔，还要谢谢您的铅笔盒，它使我非常快活。"

小姐的房间

　　曾经有一位小姐，她住在一间雪白的房间里。房里每样东西都是白色的；白的墙壁，白的天花板，白的窗帘，白的羊皮地毯以及一张象牙小床，上面盖着白的亚麻布床罩。小姐认为这是世界上最美丽的房间，整天生活在里边，感到非常快活。

　　可是，一天早上她向窗外望去，听到花园里小鸟在歌唱，她突然深深地叹起气来。

　　"喔，天哪！"小姐叹息道。

　　"你怎么啦，小姐？"窗口有个轻微的声音在问，只见窗台上坐着一位比手指还小的仙女，她的两只脚上穿着一双像四月的青草那样翠绿的小鞋。

　　"喔，仙女！"小姐大声说，"我对这间尽是白色的房间感到厌倦了！若是这是一间绿色的房间，那该多快活呀！"

　　"你马上就会快活的，小姐！"仙女说着，就跳到床上，仰面躺着，用她的两只小脚踢墙。一瞬间，白色的房间变成了绿色的房间，绿墙，绿天花板，绿网眼窗帘，绿地毯就跟树林里的苔藓一样，一张绿床，上面盖着绿色的亚麻布床罩。

　　"啊，谢谢你，仙女！"小姐快活得惊叫起来，笑道，"如今我会整天地快活。"

　　仙女飞去了，小姐快活得像只小鸟似的在绿色的房间里走来走去。可是，有一天她向窗外望去，闻到了花园里盛开的花香，她又一下子叹气起来。

　　"喔，天哪！"小姐叹息道，"喔，天哪！"

　　"你又怎么啦，小姐？"一个微弱的声音在问，只见窗台上仍坐着那位仙女，她正摇晃着她那双像六月玫瑰那样粉红的小脚。

　　"喔，仙女！"小姐叫道，"我上次向你要一间绿色的房间，是我错了。我对这绿色的房间实在感到厌倦！我真正想要的是一间粉红色的房间。"

"你马上就有,小姐!"仙女说着,就跳上床去,仰面躺着,用她的两只小脚踢墙。顷刻间,绿色的房间变成了粉红色的,粉红的墙壁,粉红的天花板,粉红的缎子窗帘,玫瑰花瓣似的地毯以及一张黄檀木小床,上面盖着粉红色亚麻布的床罩。

"喔,多谢你,仙女!"小姐拍手叫道,"这就是我一直盼望着的房间!"

仙女飞去了,小姐像朵玫瑰那样欢快地安居在她那玫瑰色的房间里。

但有一天,她又向窗外望去,看到花园里落叶飘舞,她不知不觉地像风一样地叹息起来。

"啊,天哪!"小姐叹道,"啊,天哪,啊,天哪!"

"你又怎么啦,小姐!"仙女的轻微声音在问,她穿着一双像十月椴树叶那样金黄色的小鞋,在窗台上跳跃。

"喔,仙女!"小姐又叫道,"我对粉红色的房间也厌倦了!我怎么会向你要求一间粉红色的房间,金黄色的房间才是我真正想要的呢。"

"你马上就可以得到,小姐!"仙女说着,又跃到了床上,仰面躺着,用她的两只小脚踢墙。你还来不及眨眼,粉红色房间就已变成金黄色的了,墙壁和天花板都像阳光那样金碧辉煌,窗帘像金黄色的蜘蛛网,地毯好像是用刚落下的椴树叶铺成的,一张小金床,上面盖着金布床罩。

"啊,谢谢你,谢谢你!"小姐快活得边跳舞边嚷道,"我终于得到了我所要的房间!"仙女飞去了,小姐像片叶子那样轻盈地在她那间金黄色房间里飞转。可是有一晚,她探出窗外看到了花园的上空,繁星闪烁,她连连地叹息,好像没完没了似的。

"哎哟,现在你又怎么了呀,小姐?"窗台上传来了轻微的声音,问道。那儿正站着仙女,脚上穿着一双像夜晚一般漆黑的鞋子。

"喔,仙女!"小姐叫道,"全怪这间金黄色的房间!这房间太明亮了,我受不了,若是我能换到一间黑色的房间,我这一生就再也不要求别的房间了!"

"你的问题在于,小姐,"仙女说道,"你压根儿就不知道自己要什么!"接着,她跳上床,仰面躺着,又用她的两只小脚踢墙。这回,墙倒了,天花板穿了,地板塌了,只剩下小姐站在星光闪烁的黑夜里,连房间也没有了。

第七位公主

你可曾听到过六位公主只为自己的头发而活着的故事吗？下面讲的就是这个故事。

从前有位国王，娶了一位吉卜赛女郎为妻，他对她爱护备至，犹如她是由玻璃制成的一般。她居住的皇宫坐落在一个四周都用栏杆围住的花园里，他唯恐她跑掉，从来不准她出去。那位皇后老是对国王说她是多么渴望到栏杆的外边去，可是，她只能一小时又一小时地坐在皇宫的屋顶上眺望东面的草原，南面的河流，西面的山丘和北面的集市。

过了一段时间，皇后给国王生了一对双胞胎女儿，她们像初升的太阳那么生气蓬勃，天真活泼，在她们受洗礼命名那天，国王在欣喜中问皇后想要件什么来作为礼物。皇后从屋顶上向东望，看到了草原，便说：

"请给我春天！"

国王召来五万名园丁，命令他们每人到外边去带回一株野花或一棵白桦树苗来种在栏杆里边的花园里。待他们栽植完毕，国王领着皇后到花园里一起散步，并指着那些花木说道：

"亲爱的夫人，春天是属于你的。"

皇后只是长叹一声。

第二年，又有两位公主出世，像晨曦那样清新快活，在她们受洗礼命名那天，国王又要求皇后选择一件礼物。这一次，她从屋顶上向南望，瞧见山谷里潺潺的溪流，她就说：

"请给我溪流！"

国王便派五万名工人把溪流引进花园来，并在皇后喜欢的地方建造起一个最美丽的喷泉。

随后，他把皇后领到竖立在大理石底盆中的喷泉那儿，说道：

"现在你有溪流了。"

可是，皇后只凝视着盆中喷起又跌落的受到控制的溪水，低头不语。

又过了一年，另两位像白天那样光明璀璨的公主出生了，皇后在国王请她挑选礼物的要求下，从屋顶上向北望，见到了那热闹的集市，便说：

"请给我老百姓！"

于是，国王派了五万名吹鼓手去集市，不一会儿，他们带回来六名老实的在市场做买卖的妇女。

"亲爱的皇后，这几名就是老百姓。"国王说道。

皇后偷偷擦着眼泪，把自己的六个美丽的孩子交给这六名健壮的妇女去养，使每位公主各有一名保姆。

到第四年，皇后只生了一位女儿，个子较小，并像她一样黝黑，而国王却是个个子很高、皮肤白皙的男人。

"你想选什么来作为礼物？"当孩子受洗礼命名那天，他们站在屋顶上时，国王问道。

皇后转向西方一望，看见有一只野鸽和六只天鹅在山顶上飞翔。

"喔！"她喊道，"请给我这些鸟儿！"

国王立即派出五万名猎捕手去捕捉这几只鸟。他们出去后，皇后说：

"亲爱的国王，眼下孩子们正躺在摇篮里，我也还在皇位上，不过，很快摇篮会变空，我也不再坐在皇位上。到那时，我们的七位女儿，哪一位将代替我当皇后呢？"

国王还没答话，猎捕手已带着鸟儿回来了。国王看着那只谦和的鸽子，只见它那小小的圆头伸进了它胸部软绵绵的羽毛中，他又看看那几只皇家的颈脖又长又白的天鹅，然后说道：

"头发最长的公主将成为皇后。"

于是，皇后就把六名保姆找来，告诉了她们国王所说的话。"所以，你们要记住，"她接着说，"要经常把我女儿的头发清洗。梳刷，不得疏忽，因为，这位未来的皇后靠你们关心了。"

"那么，谁来清洗梳刷第七位公主的头发呢？"她们问道。

"我自己来。"皇后说。

每个保姆都急切地想要自己管养的那位公主当上皇后，因此，每逢好天气，就把孩子领到鲜花盛开的草地上，用喷泉的水给她们洗发，再在太阳下披散着晒干。然后，刷呀，梳呀，直到头发发亮如金丝，随后缚上缎带蝴蝶结，插上鲜花。你永远别想看到像公主们这般美丽可爱的头发，你也永远不会见到像这几位保姆那样费尽心血地为公主的头发不辞劳苦。同时，无论六位漂亮的姑娘到哪里，六只天鹅也跟到哪里。

可是那第七位又小又黑的公主，她的头发从来也没有在喷泉里洗过，总是用一块红头巾包着，由皇后亲自照料，她们俩总是在屋顶上一起坐着，并跟那只野鸽戏耍。

终于，皇后知道她的末日已到。所以，她叫来了她的七位女儿，——给她们祝福，又嘱咐国王把她抱上屋顶。她先从草原望到溪流，又从集市望到了山丘，然后就闭上两眼，与世长辞。

这时，国王还没有擦干眼泪，宫门口就吹起号角，一名侍从跑来禀告说，世界王子驾到。于是，国王吩咐快开宫门。王子身穿金衣。披风长得惊人，当他站到国王面前时，那件披风在身后直拖到了屋门口，他帽子上的羽毛翘得高高的，一直碰到了天花板。他的仆人，一个衣衫褴褛的青年人，走到了王子前面。

"欢迎您，世界王子！"国王说，并伸出手来。

世界王子沉默不语；他只是站着，嘴巴紧闭，眼睛朝下。那个衣衫褴褛的仆人却说道："谢谢您，尊贵的国王！"同时和国王热烈握手。

这使国王大吃一惊。

"难道王子不能开口说话吗？"他问。

"即使他能说，"衣衫褴褛的仆人说，"也没有人曾经听他说过。因为你知道，世界是由各式各样的人组成的：譬如说，有的爱说话，有的喜欢沉默；有的富裕，有的贫穷；有的善于思索，有的一味蛮干；有的朝上看，有的往下看。眼下，我的主人挑选了我当他的仆人，因为，由我们两人组成的这个世界，他是王子。他富有，我穷苦；他出主意，我来干；他往下看，我朝上看，他闷声不响，所以就由我来说话。"

"那他为何来这里？"国王问。

"来和您的女儿结婚。"衣衫褴褛的仆人说，"因为一个世界要由各式各样的人组成，有了男人，还需要有女人。"

"那没有问题。"国王说，"不过我有七位女儿。他不可能和她们都结婚啊。"

"他要和将成为皇后的那一位结婚。"衣衫褴褛的仆人说。

"那就让我的几位女儿都出来吧。"国王说，"现在该是量一下她们头发长度的时候了。"

于是，七位公主都被唤到了国王的跟前。那六位漂亮的女儿都由她们的保姆陪着来，而那位又小又黑的女儿却是独自来的。衣衫褴褛的仆人看来看去，从这一位看到那一位，可是世界王子却始终眼睛朝下，不管哪一位，他瞥都不瞥一眼。

接着，国王派人来叫宫廷裁缝，并吩咐他随身带卷尺来；他来到后，六位漂亮的公主一齐把她们的头发披下，直拖到她们身后的地面上。

一个接一个，她们的头发都被仔细量过了，这时，六名保姆也都个个面露自豪之色；可不是吗？她们为这几位宝贝的头发悉心照料，因而发现六位公主的头发都是一样的长。宫廷裁缝收起卷尺，不胜诧异，保姆们搓着手，大失所望；国王手擦王冠，不知所措，世界王子仍然眼睛朝地，衣衫褴褛的仆人则望着第七位公主。

"我们将怎么办，"国王说，"要是我最小女儿的头发也跟其余的一样长？"

"我想不会的，父王。"第七位公主说，她解开头上的红头巾时，她的几位姐妹都焦急不安。确实，她的头发不和其他姐妹的一样长，因为它被剃得短短的，像个男孩。

"是谁把你的头发剪掉的，孩子？"国王问。

"是妈妈，父王。"第七位公主说道，"每天我们一起坐在屋顶上时，她用剪刀剪的。"

"好啦，好啦！"国王大声说道，"不管谁当皇后，总不会轮到你！"

这就是六位公主为了自己的头发而活着的故事。她们仍然由保姆每天精心地清洗梳刷头发来度过一生，直到她们的头发变得像六只天鹅那样雪白。

至于那位世界王子，他一直眼睛朝下在等待哪一位公主会长出最长的头发而成为他的皇后。既然没有哪位的头发能长得最长，他也就仍然在等待着。我所知道的情况就是如此。

然而，那第七位公主重又系上她的红头巾，跑出皇宫。她跑到了山上，河边，草原和集市；那只野鸽和那名衣衫褴褛的仆人跟着她一起去。

"你可知道，"她说，"没有了你，世界王子在皇宫里将怎么办？"

"他当随遇而安。"衣衫褴褛的仆人说道，"因为世界总是由各式各样的人组成的，有的在里面，有的在外边。"

王子下凡记

　　"三位小王子下凡去，
　　张着嘴巴直至明天中午。
　　克莱里内蒂，克莱里内蒂！
　　我的木鞋可当眼镜看！
　　桃子、苹果和杏子，
　　锅中多出一枚来，
　　快用勺子舀出来，
　　把它扔到外头去。"

　　这是一首法国的"点数民间儿歌"，就像我们英国的那科顺口溜一样，儿童边唱边做游戏。这首法国儿歌，我是在法国诺曼底一座苹果园中的白色客楼里听到两个小女孩唱的，有一次我曾在那里住过几天。较小的一个名叫伊冯奈，她是个快活的小女孩，天真烂漫，整天里什么都不想，只知道玩皮球，似乎一切都已得到满足，别无他求了。较大的一个名叫吉纳维芙，她既庄重又懂事；她曾有一次问我，英国是否有仙女，当我回答说我想是有的时，她耸耸肩膀，口中喃喃地说："不可能！"然而她父亲的庄园里就有一间像每座诺曼底果园都有的那种古怪的小茅屋，就是有可能出现老巫婆的地方；而恰恰就在路对面一扇门的背后，有座非常美丽的花园，它的主人很可能是位仙女。我从来没进过小茅屋，也没进过那花园，对里面的居住者也只能猜猜而已。

　　就在吉纳维芙向我提问后不久，我听到她和伊冯奈在一起唱着那首法国民间儿歌：

　　"三位小王子下凡去，
　　张着嘴巴直到明天中午。
　　克莱里内蒂，克莱里内蒂！
　　我的木鞋可当眼镜看！

> 桃子、苹果和杏子，
>
> 锅中多出一枚来，
>
> 快用勺子舀出来，
>
> 把它扔到外头去！"

我没有去问吉纳维芙，歌中唱的是什么意思；我想她也讲不出来。她只知道她有生以来就跟伊冯奈边做游戏，边唱着这首莫明其妙的滑稽曲调。至于里面的内容究竟是什么，谁知道？也许，归根结底，它是在向吉纳维芙指出，法国是有仙女的，难道不可能吗？

（一）

从前有三个小王子住在天堂里。他们的名字叫费里克斯、克利斯平和西奥多；如果你想知道天堂是个什么样子，我来告诉你，那里长满了苹果树、杏树、李树和桃树，草地上像施过魔法似的铺满了鲜花，在一片片草地之间，有一排排密密的白杨树，就像一道道绿色的帷幔，麦穗像金子那样呈金黄色一片，河流比银子还亮。费里克斯、克利斯平和西奥多有他们自己的白色小房子和小花园，他们在那里一起睡觉，一起吃饭；可是，尽管他们自由自在，为所欲为，还总会有这一个或那一个游荡开去一天、一个月或一百年呀什么的，到果树中间像雨后蘑菇般那样冒出来、多得无数的小茅屋里去睡觉、玩耍或吃饭。那些小茅屋都出奇的漂亮，以致没有一所使小王子看了而不想进去的。还有那开满鲜花的草地同样吸引着小王子，使他们每次经过总要在那里踯躅游逛，采些五颜六色的美丽花束带回去送给伊冯奈。还可以在那亮晶晶的河水里游泳，或爬上那轻轻呼啸的白杨树。你可想象得出，那三位小王子整天里该有多么的快活。他们也确实如此。

没什么值得大惊小怪的，你可看到他们是由伊冯奈照料着。是她在给他们打扫房间，整理床铺，在锅中做晚饭。她干这些活，只消把三个水晶球中的一个抛向空中，双手一拍，喊出一声如"勺子"、"毛毯"或"织针"的口令，随后，她再把球接住，那把勺子就会搅拌炉上的锅子，把里面煮的美味水果舀出一大勺给西奥多作晚餐；或者毛毯会自动在克利斯平的床上铺得舒舒坦坦的；再就是织针自动穿上羊毛线补好费里克斯裤膝上的破洞，那是他在爬天堂里最高一棵树时磨损的。唯一不需要缝补的是小王子的鞋子，那是因为他们都穿经久耐用的木鞋的缘故。

在整个天堂里，只有一座花园他们从来没有进去过，也只有一所小茅屋他们没有能上过它的门。那个花园是最最美丽的一座，那个小茅屋也是顶顶古怪的一所。小王子们曾多次把他们的小鼻子贴在那座花园的门上和那所小茅屋的玻璃窗上，想往里看到些什么，可除了门口密集的花丛和窗玻璃上的污垢外，什么也看不见。

一天，西奥多坐在家门口削一只模型船，准备拿到河里去放，他听到树篱外边一阵尖声嗤笑："嘿嘿！嘿嘿！嘿嘿！"他抬头一望，只见那笑声发自一个古怪的小女人，她的两眼非常明亮，鼻子尖尖的，他从来没有看见过。

"你在笑什么？"西奥多问。

"笑你。"双目明亮的女人说道。

"笑什么？"西奥多又问。

"笑你的鼻尖像块小黑卵石那样黝黑。"

"你的也会这样，"西奥多说，"假如你将它贴在一扇肮脏的玻璃窗上的话。"

"我做梦也从来没想过要将鼻子贴到一扇肮脏的玻璃窗上去，"小女人说，"如果没有任何适当的原因。"

"噢，我是有原因的。"西奥多说。

"那么，请问是什么原因？"

"我想看看玻璃窗里边到底住的是谁。"

"那么到底是谁？"

"我看不见，所以也就不知道。"

"多可惜，多么可惜啊！"小女人说道。

"是吗？"西奥多问。

"啊，"小女人边说，边摇晃着她的脑袋。"若是我不能弄明白我所想知道的事，我是决不罢休的！"

西奥多朝着小女人看了一会儿，忽然间，他好像觉得不知道谁住在那间小茅屋里，对他来说，真的太可惜了。这时，他有生以来第一次感到心里有些难过。

"或许你能告诉我，是谁住在那里吧？"

"我不能，西奥多。"

"嗨，你知道我的名字！"西奥多说。

"当然。你是西奥多嘛，我怎么会不知道？我的名字克莱里内蒂。"

西奥多又朝着她看了一下，当然她是克莱里内蒂啦。

"好，克莱里内蒂，你为什么不能告诉我呀？"

"天堂里的事，我一样也讲不出来，因为我不是这里的人。我住在世上最大的都市里，所以知道世界上的一切。啊，弄清楚什么该信，什么不该信，真是件极有意义的事！"

"你相信什么，克莱里内蒂？"

"优美讲究的衣着，就是其一。"克莱里内蒂说，"你瞧瞧！'她跳到路旁的一条长凳上，让西奥多看看她身上穿的有漂亮镶边的长袍和名贵的皮斗篷。她又跷起一只小脚，让他看高跟绣花拖鞋的鞋尖。

"嘿嘿！嘿嘿！嘿嘿！"克莱里内蒂嗤笑道，"我们在都市里就是这么穿着的。我们生活在都市里，各人有各人自己的思想和主意；可是在天堂里，嘿嘿，你穿的是木头鞋，连玻璃窗里边都望不见！"

她说着，就跳下长凳，哒啦哒啦地一路走开去，一边走，一边还在嘿嘿地嗤笑着。

那天晚上，西奥多赤着脚跑来吃晚饭。三位小王子围坐在桌边，调羹和碗都已摆好，就等锅中舀出美肴来了。正当伊冯奈刚要抛水晶球时，西奥多问："伊冯奈，谁住在那边田间的小茅屋里？"

伊冯奈紧握水晶球，说道："你一定要问吗，小王子？"

"我只是好奇罢了。"西奥多说。

"那就继续好奇下去吧。"伊冯奈说。

"我肚子饿了，伊冯奈。"克利斯平敲着桌上的碗嚷嚷。

"马上就来！"伊冯奈说着，就准备再次抛起水晶球。可是西奥多又问："谁住在里边，伊冯奈？"

伊冯奈又一次停住，说："你想要离开天堂吗，小王子？"

"不，当然不要。"

"那就别再问了。"

"不过，我只是想知道一下。"西奥多执著地说。

"哎呀！"伊冯奈叹息道。

"伊冯奈，我要吃晚饭！"费里克斯也敲打着桌子上的饭碗喊道。

"来了！"伊冯奈一边说，一边第三次开始抛球，击掌时，口中叫着："晚饭！"不料就在这一刹那，西奥多竟又大声地问："谁住在那茅屋里？"这一问，惊得伊冯奈没接住水晶球，它落到了她的脚上，就此打得粉碎。只见，本来该由勺子从锅中舀出一份喷香的水果来的，眼下却砰地从锅中自动跳出一只桃子，扑通一声掉进了西奥多的碗里，他惊奇地张大了嘴巴。伊冯奈的右眼里闪着一颗亮晶晶的泪珠，说：

"瞧，锅中多出一枚来！喔，你为什么非问不可呢？你若是一定要知道，是个女巫住在那茅屋里。现在，西奥多，你得离开！"

"离开哪儿？"他问。

"离开天堂。"

西奥多一下子涨得满脸通红，像火鸡的鸡冠似的，叫道："我走！谁稀罕这古老的天堂！我要到世界上最大的都市去，在那里他们都穿精美讲究的衣服和皮大衣，还能回答你提出的各种问题。"

伊冯奈伤心地点点头，说："那么，再见吧，小王子。你走以前，穿上你的木鞋。"

"我不穿，"西奥多说，"这种笨拙的老式木鞋！我要穿有金后跟的绣花鞋。"

"在你抵达那儿以前，先穿上你的木鞋吧。"伊冯奈央求道，"因为你来去的路崎岖不平。"

"明天中午以前，我不会回来！"西奥多叫道，"那就是说，我永不回来，明天是永远不会来到的。"

"你不回来要挨饿的。"伊冯奈边说，边把木鞋递给他。可是西奥多把它推开，跺着脚，气鼓鼓地跨出屋去，他的嘴巴一直张大着，因为他想吃饭哩。克利斯平和费里克斯在后边目送着他，直到他在门外消失不见，随后他们用碗敲着桌子，喊道："我们饿了，伊冯奈，我们饿极了！"

"立即就好！"伊冯奈说；她抓起第二只水晶球，抛向空中，击掌叫着："晚饭！"锅中马上热气腾腾，香味扑鼻，只见一把勺子自动把水果和糖汁舀进王子的碗里，直到溢出为止。他们吃的时候，伊冯奈把水晶球碎片收集一起，放在西奥多的木鞋里，然后包好，存放在碗橱里的一格木板上。

一年以后，克利斯平坐在门口在为他的弓做几支箭时，听到树篱外边传来一阵轻轻的傻笑声"嘿嘿！嘿嘿！嘿嘿！"他抬头一望，只见那里有个古怪的小女人，鼻子尖尖的，两眼亮亮的，正在朝着他笑个不停。

"有什么好笑的？"克利斯平问道，也想加入到好玩的事中去笑一笑。

"在笑你！"尖鼻子女人说道。

"我有什么好笑的？"

"因为你的前额上尽是一道道黑污，就像树枝投在路上的团团黑影。"

"那肯定是我把前额贴在那边门上，想看看花园里住着什么人时给沾上的。"

"里面住的是什么人？"

"一直没看见，所以不知道。"

"那太糟了，糟透了！"小女人说。

"是吗？"克利斯平问。

"想看而又看不到，我想真是太糟了！"小女人说着，挥起双臂。克利斯平被她的这一动作所震撼，顿时感到不知道花园里住的是个什么人，实在是糟透了。他的心窝犹如第一次被人敲打了一记。

"那你告诉我吧！"他恳求她。

"我不告诉你，克利斯平！"

"你怎么知道我叫克利斯平？"

"因为你是克利斯平嘛。我叫克莱里内蒂。"

"那好，你就是克莱里内蒂，我就是克利斯平！不过请你一定告诉我。"

"我可以告诉你各式各样的事情，却不能告诉你这一件。我可以告诉你我所想知道的任何事情，可是我不想知道谁住在天堂的花园里。"

"那么，你想知道什么事情？"

"我想知道大都市里我的邻居的情况，例如她有多少钱财啦，是否买得起比我更昂贵的衣服啦。你瞧这些！"说着她就跳上长凳，挥动她的花边裙和皮大衣，并伸出她那双美丽的拖鞋给他看。"嘿嘿！嘿嘿！"克莱里内蒂嗤笑道，"这些东西才是值得你知道的，就是这些！它们会使你明白，世界究竟是个什么样！但是你呀，只知道穿着木鞋在天堂里笨重地走来走去，连扇关着的门都不懂怎么去开！"

她说完这些话，便跳下长凳，穿着她那双高跟鞋格笃格笃地一路走去。

克利斯平马上踢掉他的木头鞋，那一天就没再去穿它；等他光着脚坐在晚饭桌上，伊冯奈准备抛球时，他突然问她："伊冯奈，谁住在路对面的花园里？"

伊冯奈抓住球，说："为什么要问，小王子？"

"我只是好奇。"

"那就好奇下去吧。"伊冯奈说。

"晚饭好了没有？"费里克斯边问，边把碗在桌上敲着。

"马上就好。"伊冯奈说；可是她还没抛球，克利斯平又央求道："等等，请先告诉我！"

伊冯奈握住手中球，说："你还想住在天堂里不，小王子？"

"我当然想的。"

"那就别再问了。"

"可是，为什么，是谁在干什么？"克利斯平吱吱唔唔地说着。

"天哪！"伊冯奈叹息着。

"晚饭怎么啦？"费里克斯把碗在桌上滚来滚去，喊道。

"就来了！"伊冯奈说着，抛起水晶球，双手一拍，叫道："烧饭！"不料，恰恰就在这时，克利斯平开始惊叹不息："为什么，为什么，为什么，为什么，为什么，"扰得伊冯奈心烦意乱，一失手，球便在她的脚边打得粉碎。接着，从锅中跳出来一只苹果，啪啦一声落进克利斯平的碗中，使他张口结舌，嘴巴张成圆圆的，一大滴泪珠从伊冯奈的左眼里涌出，她说：

"锅中又多出一枚来，要是你不问，该多好！如果你一定要知道，花园里住着一位仙女。现在，克利斯平，你得出去！"

"为什么！"克利斯平问。

"在天堂里，谁都不该提问。"

"那又为什么？"

"因为，那样的话，就不成其为天堂了。"

"但还得请你告诉我，为什么提了问题，天堂就不成其为天堂了呢，伊冯奈？"

"够了，你问得够了，我也回答得够了。"伊冯奈说。

"啊，好吧！"克利斯平神气活现地说："那我就到大都市去问克莱里内蒂，她会给我穿比她的邻居更华贵的衣服！"

伊冯奈悲伤地摇摇头，说："再见，小王子。别忘了把你的木鞋穿上。"

"为什么？"克利斯平问。

"来去的路很艰难哪。"她说。

"我去了，就不回来。"克利斯平宣布说，"明天中午以前我不会回来，而且明天，永远不会到来。"

"你不回来，没人给你东西吃。"伊冯奈边说边把他的木鞋递给他。可是，克利斯平连看都不看一眼，就奔了出去，他的嘴巴仍然张得圆圆的。一等他消失得看不见，费里克斯用碗敲桌，叫嚷："我饿了，伊冯奈，我饿了！"

"那么，这就给你。"伊冯奈说着，就抓起第三只也是最后一只水晶球，一抛，拍掌，叫道："晚饭！"霎时间，大勺给费里克斯的碗盛得溢了出来；在他狼吞虎咽的时候，伊冯奈把水晶球的碎片塞满克利斯平的木鞋，然后放在碗橱里西奥多的木鞋旁边。

恰巧一个年头以后，费里克斯坐在门口做泥饼，听到树篱上边一阵咯咯的尖声笑，他于是抬起头来；只见一个古怪的小女人，明亮的眼睛，尖尖的鼻子，"嘿嘿！嘿嘿！嘿嘿！"笑个没完没了。

费里克斯也开始跟着一起笑，随即她停住不笑了。

"你笑什么？"她问。

"因为你在笑呗。"费里克斯快活地说。

"那好，你要知道我为什么笑吗？"小女人问。

"笑是件好事。"费里克斯说。

"那也要看情况而定。"小女人尖刻地说道，"要不要我告诉你我在笑什么吗？"

"如果你愿意。"

"我笑是因为你一边脸颊上有块大污斑，另一边脸颊上有一道道黑纹。"

"好滑稽呀！"费里克斯说着，笑得更欢了。

这一笑反而惹怒了小女人。她颇为恼火地问："你的脸颊怎么会这般脏？"

"我想是我把脸贴在窗口和门边窥听时弄脏的。"

"啊，原来是这样！那么，你在窥听些什么？"

"就是听听而已。"费里克斯边说，边倒出另一只泥饼来。

"我看，"小女人哄道，"你是想知道那扇门和那扇窗里边住的是谁。你说是不？"

费里克斯睁大眼睛望着他，神秘地说："我什么声音都没听见。一点声响都没有。这个奶油冰布丁给你。"

"这不是奶油冰布丁，小傻瓜。这不过是个泥饼。"

费里克斯欢快地笑道："这上面有绿色的果仁，樱桃肉，还有巧克力酱，看到吗？"

"不，我看不出来，费里克斯。"小女人发怒地说。

"喔，可怜的克莱里内蒂！"费里克斯说。

"你怎么知道我叫克莱里内蒂？"她猛然抢白说。

"因为你就是克莱里内蒂嘛。"费里克斯说着，又递给她另一只饼。"这是一只奶油烙鸡。"

"胡说！"

"这儿是颜色漂亮的浓汤，里面放有红葡萄酒。"

"不是的，我跟你讲！这不过是泥。"

"嗯，嗯，嗯！"费里克斯说着，便咂咂嘴，摸摸自己的腹部。

"跟我来吧，我会给你吃真正的浓汤，真正的鸡和真正的冰布丁；就像我给你的两位哥哥那样；我还会给你穿最华美的衣服，让你见识见识世界。"

"喔，我现在已经够多的了！"费里克斯叹了口气，满脸幸福的样子。

"小白痴！"克莱里内蒂跳上长凳时，尖声大叫，"难道你不想知道你两位哥哥的情况？难道你不想找到美好的食物和华丽的服饰？难道你不想知道世界究竟是个什么样？难道你从来不提出问题吗？为什么我要问你这么许多问题？"

"我想是因为你想知道呗。"费里克斯说。

"知道什么？你倒说说看。"克莱里内蒂气得几乎发狂，大声说道。

"我想你是想知道谁住在那扇窗和那扇门里面。"

"那么，请问到底是谁？"克莱里内蒂叫道。

费里克斯眼睛睁得大大地望着她，举起手指，轻声地说："我没听到丝毫声音。"

克莱里内蒂勃然大怒，大叫一声，跳下长凳，像匹小马快跑似地，格笃格笃一路疾走而去。

那天晚上，费里克斯坐在桌子边，空碗已经准备好，伊冯奈正要抛球呼唤晚饭时，他说："伊冯奈，我想我也要离开天堂了。"

伊冯奈把球抓在胸口，说："费里克斯，你也要开始提问吗？你想知道什么？"

"我想，"费里克斯说，"我想到我两个哥哥那儿去。"

"你也要去！"伊冯奈感慨地说。

"去把他们找回来。"费里克斯说。他正说着，只见一只杏子自动地从锅中跳了出来，扑通一声跌落在他的碗里；他张开嘴正想把它吞下，伊冯奈高兴地说："别吃，现在还不能吃！这仍然是锅中多出来的一枚！你只得出去。费里克斯。你穿上木鞋吗？回来的路上尽是砾石呢。"

"我的脚上穿着木鞋，伊冯奈。我想我最好把哥哥的两双木鞋也带去。"

"那末，全在这儿。再见，小王子。"她说，"快回来，因为你们不回来，就会一直挨饿。"

"明天中午以前我肯定回来。伊冯奈。"就这样，第三位小王子也张着嘴巴，离开了天堂。

（二）

一旦你作出了决定，从天堂下凡到人世只是片刻工夫的事，所以费里克斯立刻就下到了大都市的城门口。他到达时，还是黄昏时分。一条架有好几座美丽大桥的河流从市中心穿过，把整个城市分成两半；在一边的河滩上种有许多花草树木，不少湖泊宫殿点缀其中，还有一个个露天游乐场，人们在这里休息、进餐和跳舞。都市的这一半灯火辉煌；而另一半却是黑漆漆的。费里克斯在树丛中徘徊，心中纳闷，不知究竟在哪一边可找到两个哥哥。在他的周围，马车滚滚，马夫不停地挥鞭吆喝，马匹奔腾疾驰着。这景象在费里克斯看来，觉得十分有趣，他一直站在马路中央，欣赏着周围这一切喧闹繁忙的生动场面。突然间，吆喝声和骚动声比先前更响了，费里克斯感到自己的肩膀被一个身材高大、手中握着一根木棍的男人抓住了。

"嗨，小家伙，你想让车轮把你压死吗？"他问道。

"不要。"费里克斯说。

"那就别站在路当中。你最好快回家去。"

"我还不能。"费里克斯说。

"为什么？你不认得家了吗？"

"不是。"费里克斯说，"我很清楚我现在是在人世间，而不是在天堂。"

高个子男人笑得前仰后合，说："这倒是件新鲜事儿！那末，今晚你在这个世界上干什么来着？"

"我在寻找我的两个哥哥。"费里克斯说。

"那你准是找不到家了。"那个男人说。

"不是。"费里克斯重复一遍，"我只是找不到他们两人，而要紧的是，我一定得在明天中午以前找到他们。他们在哪儿？"

"我怎么会知道？"

"我早该告诉你，"费里克斯说，"他们是西奥多和克利斯平。"

"喔，原来如此！"男人对旁边集拢来的人群眨眨眼，说道："西奥多和克利斯平！那好，我保证你在埃菲尔铁塔顶上能找到他们。

"谢谢你。"费里克斯说。一群带笑的声音指点他说，他须从下一座桥上跨过河去。于是他沿着河流，在树木和灯光中走着，那群围观的人也跟着他去。

他还没走到下一座桥，他的鼻子就嗅到一股令人垂涎的香味，使他想起自己还没吃过晚饭，肚子饿极了。因此，他就在发出香味的地方停住了。那是个游乐场，跟这都市里其他所有的地方一样热闹繁华和气氛欢乐。树丛中一顶顶五颜六色的大伞下放有一张张桌子，桌子上摆着喷香美味的食品；灯光在树叶间忽闪忽闪，音乐从一座白色餐亭城传出来，还有许多侍者端着一盆盆水果、一碟碟冰冻食品和一瓶瓶酒从那里穿梭进出。桌子边围坐着很多男男女女，个个服饰华丽，珠光宝气。有的在跳舞，有的在吃喝；空中充满着断断续续的乐曲声以及阵阵轻快的谈话声和笑声。你一定会这样想，人世间是根本谈不上什么痛苦和悲伤的。殊不知就在富贵和欢乐的近旁，外边一棵大树的阴影里，蜷缩着三个乞丐，那是一个老妇人和她的两个儿子，他们陶醉在近在咫尺的各种彩灯、声响和热闹的情景中，却没有受到人们的丝毫注意。当欢笑声和音乐声愈来愈响时，一个小乞丐说：

"啊，多快乐的生活！"

另一个小乞丐说："除了这座大都市，谁还想住在别的地方呢？"

那个衣衫褴褛的老妇人点着头，吃吃地笑道："我们不是告诉过你们吗？我是怎么对你们说的？"接着她透过她那副旧眼镜向外窥望热闹的场面，还不时地把眼镜借给那两个男孩看。看来他们只是观望观望而已，别无其他任何的念头。

但是费里克斯却不同。他径直走到一只摆满了各式各样好吃东西的桌子跟前，伸出手去想抓一串葡萄。还没抓到，他的手腕就被坐在桌旁的一位男子抓住了。

"喂，喂，你这是在干什么？"那男子问。

费里克斯对这伙人向他连续不断地提出了许多简单的问题感到惊奇，不过，他始终很谦和地回答。"我在拿几个葡萄。"他解释道。

"拿葡萄干什么？"男子问。

"因为我尚未吃晚饭。"

"竟有这种事情！"那男子惊叹道。那伙人中，有一个人说："从来没看到过！"一位女士大笑起来，另有一位在鼻中大哼一声，餐亭主任匆匆跑过来看看出了什么事。立即各种嗓音七嘴八舌地说："这个小男孩竟然走到我们桌前来，想自己拿葡萄！""他说他这样做是因为他还没吃过晚饭！""你还自以为有理！""多亏他想得出！"

餐亭主任便把张口结舌站在那里的费里克斯叫来，说："你不该这样跑来拿葡萄。"

"我在家里就是这样做的。"费里克斯说。

"噢，这里可不是你父亲的葡萄园。假如你在这里想要葡萄，你得出钱买。你口袋里带的是什么？"

费里克斯取出两双木鞋，说："是这个。不过这是我带给我的两个哥哥的，我看到你的脚上已经有鞋子了，所以不需要这木头鞋。"

人们听后哈哈大笑，费里克斯也跟着笑了起来；随即他们的笑声变得温和了，一位女士拿了几个葡萄塞到费里克斯的手中，说道：

"你的哥哥在哪里，他们是谁？"

"他们是西奥多和克利斯平，他们在埃菲尔铁塔的顶上。"

"谁告诉你的？"主任问。费里克斯朝着他身后的一群人望望，说："就是这些善良的人。"

"可耻！"给他葡萄的那位女士嚷道；人群中有个男人站出来说：

"你说得对。我们只是开开玩笑。但我们会帮助这个孩子去寻找他的哥哥的。

"我们也去！"宴席上的一伙人齐声喊道。

"还有我们！还有我们！"其余正在用餐和跳舞的人都叫道。

"谢谢各位。"费里克斯说，"我想是很容易寻找的，因为他们跟克莱里内蒂住在一起，她身穿花边衣裙和皮斗篷，脚上穿的是绣花鞋。"

"克莱里内蒂？那么我们要寻找的就是这个克莱里内蒂。"那位女士大声说。她拉起费里克斯的手，领着他走了，大家都跟在后面，因为他们开始觉得找到两个哥哥对于费里克斯是何等的重要。

眼下他们就开始在全市搜寻起来；他们从河的这边找到河的那边。他们登上了蒙马特尔山的顶峰，又在埃菲尔铁塔的脚下绕了一圈。有人说："我们到凯旋门去找找看。"另有人说："到布朗涅森林去试试。"更有人说："也许他们在鹿特蒂阿圆形广场。"各人提出他所知晓的都市里的某处地方，他们一处处都去找遍了。他们每去一处，聚拢的人也就越来越多；人们从各个店铺、住房以及娱乐场所跑出来看看发生了什么事，就会有人告诉他们说："我们在寻找一个穿花边衣裙和皮斗篷，名叫克莱里内蒂的女人，她照管着这个孩子的两个哥哥，名叫西奥多和克利斯平。"无论谁望了一眼费里克斯后，马上就会惊叹说："是啊，是啊，这个孩子必须找到他的哥哥；这么个小孩子不该让他迷失在都市里。"而费里克斯则一次又一次地解释道："我不是迷路，我只是不知道我的两个哥哥在哪里。我很清楚我现在不是在天堂里。"结果是，全市的人都出来跟随着费里克斯去寻找他的哥哥；人人感到，不找到他们哥儿俩，自己就不得安宁。然而，费里克斯却感到越来越困惑了，因为全市竟然没有一个人知晓西奥多、克利斯平和克莱里内蒂的下落。

"那就是由于他们是从天堂里来的缘故。"他说。随即有人回答说："啊，我的孩子，在世上，不管是谁，走南闯北，穿越整个世界而没人知晓是不足为奇的。”

"在天堂里，"费里克斯说，"每个人彼此都知道。"

他们就这样继续寻找，直到天亮；最后，全市的人重新回到了他们最初出发的树林下，个个疲惫不堪，喘不过气来，这时，灰色的曙光照在乱七八糟堆满食品的桌子上，也照在仍然蜷缩在大树下的那三个乞丐身上。

"找也白找。"餐亭主任说，"我们还是先吃早饭吧。"

"哎哟，说得对。"拉着费里克斯手的那位女士说，"我们只得作罢，吃早饭吧。"

"每个人都进去吧！"主任慷慨地朝餐亭挥挥手说；到此时，他觉得，似乎一夜的搜寻已把大家结成了兄弟。于是，人群开始进入餐亭，渴望喝杯咖啡，吃几片新鲜面包。正当大家在那些彩色大伞底下的桌子中间穿过去时，那三个乞丐也从大树底下爬了出来；可不是吗，主任明明呼唤着"每个人！"想不到主任的目光一落到这三个没有参加全市大搜寻的人身上，他就粗声大喊："你们不是！你们不是！"并把他们推了回去。这一来，人们的眼睛都转向那三个人去了，一下子，费里克斯挣脱了那位女士的手，朝着那边的老妇人和小乞丐奔去，快活地叫道："西奥多！克利斯平！克莱里内蒂！"他伸开双臂搂住他们的脖子，紧紧拥抱在一起。

那时，只听得人群中阵阵喊喊私语！"他在叫西奥多和克利斯平啊！""难道这就是名扬全市的两位哥哥？""那个难道就是身穿精美皮斗篷和花边裙的克莱里内蒂？瞧瞧她那副破烂相，还有他们两个！""对啊，你们瞧，甚至连这个我们跟随他一整夜的小家伙，也不比他们好多少。"随着天色越加明亮，清晨的空气也越加寒冷刺脸，他们揉揉眼睛，这才看清费里克斯只不过是个小男孩，头发蓬乱，裤袜上还有爬树勾破的洞。顿时，全城的人都对自己在夜间的盲目行为感到羞愧。

"你们这三个男孩，到底是谁？"

费里克斯，双臂仍搂着两个哥哥的脖子，解释道："我们是天堂里的小王子。"

大伙哄然大笑，边笑边问道："那么，这个老巫婆又是谁？"

但是费里克斯已经回答提问完毕，不再回答。他只是朝着克莱里内蒂笑，并且抬起一个手指，做了个好像在窗外窃听的手势。

于是，人们耸耸肩膀，口中嘟哝了一声"啊"，纷纷跑回餐亭去了，撇下他们孤零零的四人。很快树林间飘溢着一股咖啡的芳香，那三个饥饿的孩子坐着，张开嘴巴，大口地吸着香味。克莱里内蒂也和他们一样，同时还咪咪地笑道："啊哈，都市的生活多美好呀！我们现在真的懂得了世界究竟是怎么样的！"

"不错。"衣衫褴褛的西奥多哆嗦着说，"我来到这里感到多快活呀！"

"我也这样。"克利斯平说，"单是闻闻咖啡香就够快活的了！把你的眼镜借给我，克莱里内蒂，让我把桌子上的东西看得清楚一点。不戴眼镜，那些食品看上去就像是一团团烂泥。"

"不借给你。"克莱里内蒂埋怨说，"我自己要用。你们这几个孩子老是想夺走我的东西。"

"等我有了钱，我要买一副金丝边眼镜。"西奥多夸口道。

"我也是。"克利斯平说，"等我有了钱，我还要在眼镜上镶嵌钻石。"

"到那时，我就可以戴上眼镜，亲自观察世界了。"西奥多说。

"看清世界的真面目。"克利斯平接着说。

"你们现在就可以用你们自己的眼睛来看嘛。"费里克斯说。

"能看到什么呢。我倒要问问？"西奥多问。

"你可以看到我。"

"那有什么？你是谁？"

"我是费里克斯。"费里克斯惊奇地说。

"费里克斯是谁？"克利斯平问。

"你们的弟弟。"

"不可能！"西奥多说。

费里克斯更加惊奇地说："你们还可以看见天堂。"

"哪有天堂。"西奥多说。

"根本不可能。"克利斯平说。

"我是来带你们回天堂去的。"费里克斯说，"那里有苹果树和白杨树，有伊冯奈和她的水晶球，那里还有女巫住的茅房和仙女住的花园。"

"根本没有什么女巫。"西奥多说。

"根本没有什么仙女。"克利斯平说。

克莱里内蒂用她明亮而锐利的眼睛瞅着费里克斯，问道："天堂里的女巫？"

"天堂里的女巫就是仙女。"费里克斯答道。

克莱里内蒂喃喃地咕哝道："简直不可能！"

"回去吧。"费里克斯说，"瞧，我把你们的木鞋带来了，不过，你们先别穿，让我把里面的碎玻璃倒掉。"

他从口袋里拿出木鞋来，把它们倒转；可是，出乎意料之外，鞋里竟然已经空了。只见在每只鞋底上有个穿破的小洞，跟眼球的大小相仿，而在每个洞里又嵌着一块明如水晶的圆玻璃。

西奥多和克利斯平从他的手里把木鞋抢了过来。"这是我的木鞋吗？"一个问。"这双是我的？"另一个也问。他们俩一起喊道："现在我们终于也有眼镜了！克莱里内蒂，克莱里内蒂，我们的木鞋可以当眼镜看！现在我们可亲自观看一切了！"他们兴奋极了，把木鞋举在眼睛前，透过鞋底的水晶玻璃，向外观望。

"啊，啊！"西奥多叫了起来，"我看到我喜欢的苹果树了！"

"我看到那棵最高的白杨树了！"克利斯平也叫嚷起来。

"还有那银色的河流！"

"还有那金黄色的麦穗！"

"那是女巫的玻璃窗！"

"那是仙女的大门！"

"水果烧锅在冒热气了！"

"伊冯奈正在抛她的水晶球！"

然后，他们一起喊叫："这是我的弟弟费里克斯！"三个男孩又紧紧地拥抱在一起。

一转眼，西奥多和克利斯平已把他们的木鞋穿好；当全城的人从餐亭里走出来时，他们见到三个衣衫褴褛的男孩，也就是三位小王子，正在奔向天堂。可是克莱里内蒂，也就是那个被称为女巫的老妇人，却不见影踪，也听不到她的一点声响。

（三）

三位小王子在第二天中午十二点赶回了天堂。伊冯奈在门口等候着他们，看到他们回来时，个个张大着嘴巴，她笑得不亦乐乎。

"我们好饿呀，伊冯奈！"他们大声叫嚷，"午饭好了吗？"

"稍等一会儿！"伊冯奈笑着说，"我准备午饭时，你们最好先把碗中的剩饭吃光。"

他们在桌边坐下，一个个吃着自己碗中的天堂水果，西奥多吃着他的桃子，克利斯平吃着他的苹果，费里克斯吃着他的杏子。

"锅中一个也不多！"伊冯奈唱道；她抛起水晶球，双手一拍，喊道："午饭！"马上勺子给他们一碗碗盛得满满的。三个男孩狼吞虎咽，乐滋滋地品尝着。但是，西奥多刚吃了两大口，突然停顿了一下，大声说：

"我知道了一件事！"

"你知道了什么？"伊冯奈笑道。

"我知道有个女巫住在那边的茅屋里，这是你告诉我的。"

"我也知道了一件事！"

"那你又知道了什么？"

"我知道有位仙女住在那边花园里，这是你告诉我的。"

"我们还不知道她们叫什么名字。"费里克斯说。

"她们俩只有一个名字。"伊冯奈说，"这名字不能讲，只能听。"

于是三位小王子竖起耳朵，费里克斯举起手指说："我想我听到了某种声音。"

"一种吱吱嘎嘎，像是生了锈的窗铰链发出的声响。"西奥多说。

"还有像是一滴蜜糖落在鲜花上的美妙声音。"克利斯平说。

"好像是一种笛声。"费里克斯说。

"都可能。"伊冯奈说道。

"喔，"小王子一齐喊道，"我渴望知道那究竟是什么声音！"

"那就继续好奇下去吧。"伊冯奈说着，又抛起水晶球呼唤第二份饭菜。

年幼小姐的玫瑰

　　下面山谷里有座村庄，约翰和玛丽跟他们的父亲就住在这个村庄的一间小茅屋里。平日当小学堂的钟声一敲，他们俩就去上学念书；在星期天，当小教堂的钟声敲响了，他们俩便去教堂做礼拜。

　　上面的山丘上是一座很大的住宅，里边住着一位年幼的小姐和她的仆人们。她总是在那柏树和橘树之间长长的石阶上跑上跑下，或是在她的要数世界上最可爱的玫瑰花园中走来走去。

　　山丘很高，山谷却又很低，所以人们也就不上小去；只有一条银色的小河贯穿着山顶上的大宅和低下的村屋，这才把它联结起来。

　　他们俩放学回家后，玛丽就在厨房里帮母亲干活，因此，还不到十岁，她就能烘制出可供皇后食用的精美小蛋糕；约翰则在花园里帮父亲耕种，他在十二岁以前，就能种出可供皇帝食用的优质卷心菜。在空闲时，这两个孩子就跟同学们一起在田野里玩耍，或在流经村庄的小河的浅水塘里踏水。

　　在一个炎热的六月天，他们在浅水塘里泼水嬉戏时，忽见远处有两小块东西正在朝他们漂来。

　　"有船驶来啦！"约翰叫道。

　　"上面有红色和白色的船帆呢。"玛丽说。

　　"我要带红色船帆的。"约翰说。

　　"我要白色船帆的那条。"玛丽说。

　　可是等那两条小船一驶近，孩子们才看清那不是船，而是两株玫瑰。

　　他们从来没有看到过如此鲜艳，如此壮美，如此芳香的玫瑰花。约翰抓住了那株红玫瑰，玛丽则抓住了那株白玫瑰，他们如获珍宝地奔回家去。

　　他们的父母看到了玫瑰花，爸爸说："天哪！假如我能在我的花园里栽培出这样的玫瑰花来，就值得自傲了！"妈妈说："哎唷！要是我家里能有这样的玫瑰花，我该多高兴啊！"

　　接着，爸爸就问："孩子，你们是从哪儿弄来的？"

“它们是从山顶上飘下来的。”约翰说。

“啊！”爸爸惊叹道，“那么，它们是从那位年幼小姐的玫瑰花园里来的，不是我们这等人所能有的。”

于是，他走出去锄卷心菜去了，妈妈也去做她的卷饼去了。

但是，约翰和玛丽则偷偷地溜出了茅屋，约翰对玛丽说：“我们要去找那位年幼小姐的玫瑰花园，向她讨一株玫瑰，好让爸爸妈妈得意和快活一番。”

“我们怎么能找到呢？”玛丽问。

“我们可以顺着玫瑰飘下的那条路上山去。”

“什么路？”玛丽问。

“那条河呗。”约翰说。

于是，他们沿着那条河上山，快到山顶时，被一扇大铁门挡住了去路，那是通往他们所见的最长的一段石阶。只见石阶上，那位年幼小姐正在慢慢地向上跨，当她走到顶上的喷泉旁时，她转过身来，又慢慢地朝下走去。她走到最下一级时，瞧见了紧挨在大铁门

"我在数石阶。"年幼小姐回答。

"数它干什么？"玛丽问。

"因为我没事可做。"年幼小姐说。

"你为什么不去锄卷心菜呢？"约翰说。

"我的园丁主管不让我去。"

"那你为什么不去烘制蛋糕呢？"玛丽说。

"我的厨师主管也不准我做。"

"我爸爸让我锄卷心菜的！"约翰说。

"我妈妈让我烘制蛋糕的！"玛丽说。

"你们多幸福啊！"年幼小姐说，"你们是谁？"

"我是约翰。"约翰说。

"我是玛丽。"玛丽说。

"你们是从哪儿来的？"

"从下面山谷的村庄来的。"

"你们来干什么？"

"想要一株红玫瑰给我爸爸。"约翰说。

"还要一株白玫瑰给妈妈。"玛丽说。

"喔！"年幼小姐惊呼起来，"你们看到了我从河里漂走的玫瑰花了吗？我多高兴啊！"

"你为什么要让玫瑰花漂下来呢？"

"让它将人带回来。你们真想象不出，没有人一起玩耍生活多乏味。只要你们留在这里陪我一起玩一会儿，就给你们每人一株玫瑰小树，我的园丁主管不会发现的。"

于是，约翰和玛丽便待在那里，陪着年幼小姐在她的玫瑰园里以及豪华的房间里玩耍，直到玩累了。随后，她送给他们每人一株玫瑰小树，他们又带回家送给了爸爸和妈妈，并告诉说，这是他们一生中最快活的一天了。

可是第二天，年幼小姐发现数石阶真是太单调乏味了，所以，等她走到大铁门时，她才有生以来第一次把它打开跑下山去。到达村庄，她直奔约翰和玛丽的茅屋，一走进去便说：

"我要烘制蛋糕和锄卷心菜。"

"好哇，请来吧。"妈妈说。

就这样，年幼小姐先是叫她的手让面粉滚得雪白，后又让泥土弄得乌黑乌黑的；她回家时，带回一棵卷心菜和一团加油面粉，并说，这是她一生中最快活的一天。

从那以后，每当她感到寂寞时，她就要跑下山去，或是飘下一株玫瑰让它带上一个孩子来做伴。一株白玫瑰会带来一个女孩，一株红玫瑰会带来一个男孩。

有时，她采集了满裙的玫瑰花漂下河去；这时，就可看到村里所有的孩子都一齐奔向年幼小姐的玫瑰花园。

在那个时代

如今，某个国家有位议员外出散步，经过一个地方，看到一个哨兵正在来回跨着正步，大踏步前进多少步又往回走多少步。议员正视了一会儿，又把这个地方观察了一番。只见附近没有任何建筑物，也不见一扇大门，根本没有东西也没有谁需要保卫。

"你在这儿干什么？"议员便问。

"执行命令。"哨兵回答。

"什么命令？"议员又问。

"向这边大踏步前进几步，再向那边走回几步。"

"为了什么？"议员继续问道。

"我不知道。"哨兵说。

那位议员就到司令部去。

"为什么要在那个地方设置一个哨兵放哨？"他问。

"那地方一向设有哨兵。"他们告诉他说。

"那是为什么？"

"有命令记录在档案里。"

"谁下的命令。"

没人知道。

"什么时候下的命令。"

没人记得起。

"多愚蠢。"议员说，"必须纠正。"

于是，他们开了个会，变动了一下，把哨兵换到其他地方去守卫。什么都没有的空守卫有何意义呢？

现在就让我来讲讲其中的原委吧。

在那个时代，这是真人真事，有位女王在她的花园里散步，看到了什么？一朵正在生长的生气蓬勃的鲜花。

你猜她是不是会说，"噢，我一点也不奇怪。"我敢说，这没什么可奇怪的，因为花园里不长出鲜花，还长出别的什么来着？

长出杂草呗，你是否会这样说？喔，不错，很可能！我知道许多花园往往是杂草比鲜花多，不过，那是些小女孩和小男孩的花园，他们尽管嘴上说得好，实际上却忘了去照管。但是，这个是女王的花园，有首席园艺师，有锄草师主任，还有剪花师头头，等等。所以，你能期待着看到花园里长出鲜花来的。然而，女王看到这朵鲜花时，还是惊讶不已，那是因为，这朵花的鲜艳美丽压倒群芳，也是她所从未见过的。

到底是朵什么花？哦，那倒无关紧要。可能是朵玫瑰花，可能是朵羽扇豆花，也可能是朵翘首空中的铁线莲花，或是朵下萼贴地的三色紫罗兰。关键在于，不管是朵什么花，它是花中最美的出类拔萃的一朵，它使女王高兴得气都透不过来。

她每天都去观赏，每天都感到同样的快活。后来有一天，她来花园散步时，看到剪花师头头正在摘剪大量的鲜花。

"你在干什么呀？"女王问。

"陛下您好，我正在为陛下今晚的舞会摘剪鲜花。"

女王心里不禁一跳，赶快走到她心爱的那朵鲜花生长着的花园一角去，喔，她快活！它仍在那里。等她从一场虚惊中安下心来，她便派人请来了将军，说：

"将军，我命令你派一名哨兵日夜守卫这块地方。"

"哎呀，哎呀呀！"将军说，"难道这儿有危险？"

"极大的危险。"女王说。

将军弯下腰，仔细查看了那块地方。"是不是这里埋有炸药？是不是下面有秘密通道会让敌人偷越进来？莫非陛下在这地下藏有皇家珍宝？都不是？那么，又是什么缘故呢？"

"将军，"女王说，"为什么我皇宫周围有那么多的哨兵站岗？"

"那是因为陛下的人身安全在全国人民的心目中是极为重要的。"

女王指着那朵花，问道："你有没有看到过一朵比这更美丽的鲜花？"

"从来没有过，陛下。"

"我也是。"她说，"这朵花是女王心中的宝贝。所以，马上派一名哨兵驻守在这里，不使它遭受任何损害。"

她的愿望被执行了；档案里记录了这道命令，不到一小时，就有一名年轻力壮的哨兵在这地方大踏步地走来走去，往前跨多少步，往回也跨多少步。整个夏季，总有一名哨兵在那里站岗。当女王每天来赏花时，他便伸臂搀扶，当女王俯身闻花时，他便在旁立正。

夏去秋来，花瓣落地，叶子枯萎。然而仍然有一名哨兵日日夜夜驻守在皇家花园的那个角落里，只因为命令发出后，一直没有被撤销。

冬去春来。花园重又花朵盛开，女王又一次来花园散步。她是否再去观赏她那朵心爱的花？也许是，也许不是。不管她是不是，那名哨兵还是按常规在那里站岗执勤，如同太阳每日清晨升起晚上下落一样。因为那是命令嘛。

年复一年，女王去世了，另一位女王即位，也可能是位国王。老将军也由一位新将军接替，园艺师们都由他们的子孙后代换了班。花园的花床已经改了样，原来是石竹花的地方长了百合花，原来是金鱼草花的地方长了桂竹香花。城市的街道也变了样，以前，繁华的街道如今破落了，以前萧条的街道，如今却车水马龙呈现一派繁荣的景象。

在乡村里，土地本身也起了变化，草原上盖起了建筑物，树林不见了，山丘被平整了，有的河道还易位改向了。

世界上的许许多多国家同样发生了巨大的变化。眼下，这个国家已成了那个国家的一部分，某个国家竟已消亡，而另一个国家却像洪水那样跨越了整个大陆。

在人们的脑海里，思想观点也不同了。过去认为是对的，现在倒认为是错的。过去认为是愚蠢的，现在倒认为是聪明的。过去曾有过的想法，希望，理想，等等，现在却已不复存在了。

唯一没有改变的，就是记录在档案里的那道命令；就在那个时代女王所下的命令，派一名哨兵去守卫在她心爱的鲜花生长着的那块地方。只要档案里有这道命令，它就必须被执行。那也就是，为什么年复一年，在那片荒凉土地上始终有一名哨兵在大踏步地走来走去，向前跨几步，往回又跨几步的道理。

直到有人大喝一声"多愚蠢！"这才把他调走。因为仅仅是为了保卫一件美丽的东西，何况，连它究竟是否还存在都不知道，所以说那有何用呢？

科纳马拉毛驴

　　这天早晨，跟平时一样，丹尼·奥托的妈妈替他扣上外衣的纽扣，把他那顶绿色贝雷帽拉下来遮住两耳，一直送他到大门口。到学校去的那段路就得靠丹尼独自走了。他眼下已有七岁了，何况到学校只须穿过一条横马路。

　　"过马路小心啊。"奥托太太说，"注意要看看两面。"

　　"我会的。"丹尼答应说。

　　"这是世界上最好的劝导。"奥托先生从厨房里大声叫道，他们都在那里吃早饭。"要是你两面都看看，你就什么也不会漏掉，不论是一只迷路的猫还是一位国王。"

　　"别去管什么猫和国王。"奥托太太说，"你要注意汽车和自行车。"

　　"知道了。"丹尼应声着，便向松林路幼小混合学校（幼儿园和小学混合在一起）走去。

　　奥托太太走回厨房，见奥托先生正在装他早上的第一斗烟。"你尽对孩子讲些废话。"她微笑着说，"你老是向他灌输传说和童话故事，就像你往烟斗里塞烟丝那样。"

　　"你说该在烟斗里装什么，该对孩子讲什么？"奥托先生问道。他是爱尔兰人，太太是英格兰人，所以趣味不同。不过，英格兰人遇到他不甚理解的事情，不是微笑就是咒骂。而奥托先生，当他来英国定居后，就谨慎地选择了微笑这种方式。眼下，奥托太太一边在堆叠早餐杯盘，一边在微笑。奥托先生准备去上班了。他在拐角处的皇家剧院工作。他在家时，和其他男人一样，戴着袖套，但上班时，他穿着一套上面有些光亮饰物的制服，好像换了个人似的。去年圣诞节，丹尼首次去皇家剧院观看童话剧，他爱上了剧中漂亮的迪克·韦廷顿和他那只神奇的猫，还有七仙女，他多么喜欢那位报幕姑娘，因为她在节目第一部分结束后给他送来了香草冰淇淋。他夜间躺下睡不着时，脑海里尽在想个不停，直到睡熟时还在梦见他们，但是，他记得最清楚的却是自己的小个子父亲的模样，他穿着一套从未在家穿过的服装，打开汽车门，向出租汽车吹起口哨。

"我爸爸的上衣上面镶有金子。"他告诉学校里的孩童说。

"嗬，说得倒像！"阿尔伯特·布里格斯嘲笑说，他不是丹尼喜欢的同学。"去讲给海军陆战队听吧①"最近阿尔伯特听他的叔叔说过这句话，他相信他叔叔说的每一句话，就像丹尼相信自己父亲所说的一切一样。"上衣上面有金子，嗬！"阿尔伯特嘲笑说，"你讲给海军陆战队听去吧，谁相信你！"

"我是要去讲给海军陆战队听。"丹尼坚定地说，"我爸爸上衣的肩头和胸前是有一排排金子嘛。"

"说说看，你爸爸出生在什么地方，丹尼。"梅茜·鲍尼顿咯咯地笑道。

"我爸爸出生在科纳马拉！"丹尼粗里粗气地大声说。每当谈及丹尼的父亲，总是以提这个问题而告终。孩童们一听这个颇有点滑稽的地名，就尖声怪叫，捧腹大笑，这是从丹尼第一回说出时起，他们就这样做的。学校诗人还把它编了两句顺口溜：

"丹尼的爸爸！丹尼的爸爸！

不就住在科纳马拉！"

"不，他现在不住在那里。"丹尼嚷道，"只是他以前是住在那儿的。"

"什么以前？"梅茜取笑说，"根本就没有科纳马拉这个地方。"

"有的！"

"你瞎说。"

"我没有瞎说！我爸爸的上衣上面确有金子。"

"跟海军陆战队说去。我们不相信！"阿尔伯特·布里格斯粗暴地重复道。

"海军陆战队知道的。"丹尼激动地说。本来阿尔伯特理解这话的意思是瞎说一气的事都可以对海军陆战队乱讲一通，而现在，丹尼却硬是把他们拉成了老朋友。上课的铃声结束了他们的那场争论，那还是圣诞节刚过，童话剧上演得正热闹时的事。而今奥托先生说到猫和国王的这一天即是在夏天，离圣诞节和童话剧演出的时间已经相当远了。暑假即将来临。人人都在谈论准备去哪儿度假，或是

---

① 这是英国人的惯用成语，意思是说"谁相信你"。

想去哪儿，或是去年去了哪里。

丹尼穿马路时，非常小心地望望两面，等路上车辆一清，便急忙穿过去，一会儿工夫，就已来到松林路幼小混合学校的操场上。多有趣，他的父亲恰巧选中这一天对他说到猫，只见梅茜·鲍尼顿双臂正抱住一只猫。好多孩童围住了她，大家都想去抚摩那只小猫，它浅灰色的颈项里缚着一只紫色的蝴蝶结。它全身几乎都是柔和的灰白色，上面有几块深色的花斑，它的一对蓝眼睛带有惊惶的神色，当孩童们抚摩它时，它把鼻子缩进梅茜的胳肢窝下想躲藏起来。"这是一只灰鼠猫。"梅茜颇为自傲地说。

"让我瞧瞧！"丹尼·奥托说。

"让丹尼看看！"阿尔伯特·布里格斯学他的样说，"他以前还没看到过一只灰鼠猫；科纳马拉是没有灰鼠猫的。"

"他们有别的东西。"丹尼坚定地说。

"有什么？"

"不告诉你。"

"你不知道。"阿尔伯特·布里格斯讥讽道。

事实确是如此。在没有获得有关情况以前，丹尼只能推诿说："我明天告诉你。"

"不，你不会的。"

"我一定告诉你。"

"你不会，因为，"阿尔伯特以胜利者自居，得意洋洋地说，"压根儿就没有科一纳一马拉这个地方！"

孩童们欢快地尖叫狂笑，引得达莱小姐跑到门口来看看究竟发生了什么事。她是新来的小学教师，长得很好看，很受孩子们的爱戴。她向大家击掌说：

"过来，过来。什么好玩意儿？你手中抱着的是什么，梅茜？"

"是我的灰鼠猫，小姐。是昨晚人家送我的。"

"把它交给我吧，梅茜。多可爱。不过我想你不该把它带到学校来，你可要知道。"

"喔，小姐！"

达莱小姐摇摇头。"它还不到上学的年龄哪。"孩童们都咯咯地笑了起来。"我们会让它躺得舒舒服服的，还要给它弄点牛奶来。真是个可爱的小宝贝。"达莱小姐把那个软绵绵的灰绒球紧偎在自己的下巴下面。"哎哟，时间到了！快，快走吧！"

"它走出去也许会不见的，小姐。"梅茜声音颤抖地说。

"我保证它不会。你午饭时可带它回家去。"

那天上午的几节课里，同学们一直在惦念着那只灰鼠猫。梅茜·鲍尼顿因拥有这只灰鼠猫而洋洋自得，还受到了同学们的讨好和羡慕。

午茶时间，丹尼问父亲："科纳马拉都有些什么，爸？"

"在科纳马拉，有爱尔兰最青翠的山峦，最乌黑的泥塘，还有明亮如镜的湖泊，在里面你可望见天上的浮云。"

"我是说那儿有没有小猫？"

"你去那里时就会知道！"

"什么时候去？"

"总有一天。"奥托先生在茶里加了糖。"将来某一天，你和我一起到你祖父的农场去，我就是在那里出生的。"

这是个普通的许诺，已经说过好几回了。丹尼突然对那个他从来没到过的农场产生了好奇心。"那里有猫和小猫吗？"

"你说猫和小猫吗？小猫多得你没法跨步。"

"它们都属于你的吗？"

"只要我要，全是我的。不过，我已经有了自己的一头毛驴，为什么还要猫呢？"

"一头毛驴！"

"跟梨花一样白。"

"一头毛驴！"

"它有两只红宝石似的眼睛。""特伦斯！"（奥托太太在一旁呼唤奥托先生，想喝住他。）

丹尼说："梅茜的那只灰鼠猫有对蓝眼睛。她今天把她的小猫带到学校里来了。"

"是吗？"奥托先生心不在焉地又往茶里加了糖。他从眼角里瞥见丹尼的下唇在发抖。

"阿尔伯特说科纳马拉没有灰鼠猫。"

奥托先生搅了一下他杯中的茶。"你去对阿尔伯特·布里格斯说，我向他致以星期天最好的问候，并告诉他，你在科纳马拉拥有一头毛驴。"

"我?"

"还有谁？我不是刚才送给你了吗？"

"我已经，"丹尼喘了口气说，"拥有一头毛驴啦！"

"你已拥有了。"奥托先生站起身来。回剧院去的时间到了。剧院离他家很近，拐两个弯就到，所以溜回家喝杯茶方便得很。丹尼一直跟他到了街上。

"它有多大，爸？"

"大概这么大。"奥托先生伸手在空中比划了一下。"正适合你这么大小的男孩骑。"

"我能看看它吗？"

"迟早总有一天。"

"我能骑在它的背上吗？"

"怎么不能！"

"它跑得快不快？"

"有四股风并成一股风那么快。"

"它背上安着鞍子吗？"

"天蓝色长毛绒做的，上面凸起一颗颗星星似的银色小圆头。现在你回去吧。你妈妈不愿意让你穿两次马路。"

"有缰绳吗？"

"深红色的皮革制的。"奥托先生从马路中央喊道。

"爸爸，爸爸！"奥托先生在对面人行道上停了下来。"它叫什么名字，爸？"

"它的名字，"奥托先生大声说道，"叫费尼根·奥费拉那根。现在我叫你快回家去。"

"让我看你一下。"当丹尼两颊绯红，两眼闪亮，跳跳蹦蹦回到家里时，奥托太太说，"你没喉咙痛吧？"她焦急地检查他有无发烧的迹象。

"费尼根·奥费拉那根！"丹尼唤道。

奥托太太马上怀疑他有点神志不清。

"我的那头毛驴名叫费尼根·奥费拉那根，妈！"

"胡说！"她笑道，暗忖他传染了他爸爸说胡话的毛病。"上床睡吧，别忘了祈祷。"

丹尼上床睡了，把他的毛驴也一起留在脑海里。他的祷告，从头到尾尽是为了费尼根·奥费拉那根。

第二天早上，他上气不接下气地奔到学校，只是在通往各自教室的过道里才碰上阿尔伯特·布里格斯。

"科纳马拉有许多毛驴。"

"谁的？"

"有一头是我的。"

"谁的？"

"一头毛驴。我已拥有一头毛驴。它叫费尼根……"

上课把他们俩分开了，不过，上午还没结束，已有十多个同学知道丹尼·奥托是科纳马拉一头毛驴的主人。至少，他是这么说的。然而，如果根本没有科纳马拉这个地方，怎会在那里有毛驴？在操场上，同学们强烈地把这一问题摆到了丹尼的面前。他说出了一大堆情况来证实。

"它背上有一副蓝色的鞍子。"

"晤！"相信这话的同学应道。

"还有红色的缰绳和银色的一颗颗圆头。"

"嘀！"这是从不相信的同学口中发出的。

"它是头白色的毛驴。"

"根本没有白色的毛驴。"阿尔伯特·布里格斯强调说。

"有的。它有一对红宝石似的眼睛。它的名字叫费尼根·奥费拉那根。"

"费尼根·奥费拉那根！"阿尔伯特的嘲笑声达到了顶点。"谁相信！讲给海军陆战队听去吧。"

不相信的同学占绝大多数，居压倒之势。他们在操场上蹦来跳去，口中念着那个滑稽的名字，费尼根·奥费拉那根！白色驴红宝石眼睛。这连海军陆战队也不会相信。学校诗人又来了灵感，喉咙里唱出顺口溜："丹尼不可信！他的毛驴同样不可信！"

"丹尼不可信！他的毛驴同样不可信！"全校孩童异口同声齐喊。他们大唱特唱，直到上课。

上课时，达莱小姐笑着说："拿出手绢来，丹尼！"他就坐在她跟前第一排，正在用手背偷偷地擦泪。面对老师的一双明亮的蓝眼睛，要想忍住伤心不流泪，是不易做到的。丹尼掏出手绢，设法擦鼻涕，抹干眼泪。好好地擤一下鼻子没什么丢脸的，可是抹眼泪就是另一回事了。达莱小姐微笑了一下以示安慰，继续讲课，心中却在奇怪，是什么事扰得丹尼·奥托如此伤心。出于某种原因，丹尼是她所宠爱的学生之一，可是，即使你有所偏爱，也不宜公开流露出来；何况，二十来个孩童待在一起，难免会出现哭鼻子之类的事。午饭时分，她把丹尼叫到她的办公室，往他的上衣纽孔里插了一片绿叶。

"这是酢酱草，象征着幸福，丹尼。"这是她那天上午刚从邮局收到的。

"谢谢您，小姐，小姐。"

"有什么事吗，丹尼？"

"你看到过白色的毛驴吗？"

"白色的毛驴！在哪儿？"

"有没有白色的毛驴，小姐？"

"有的，确实有的。不过我想我还没有看到过，丹尼。你知道，那是一种稀有动物。"

"稀有是什么意思？"

"就是很少见，不平凡。"

丹尼神气活现地走到操场上，那片充满幸福的绿色酢酱草撑了他的腰。他走过阿尔伯特·布里格斯身旁时，大声说："白色毛驴是很少见而不平凡的，达莱小姐说的。费尼根·奥费拉那根是很少见而不平凡的，你听见吗？"

翌日，他又讲了它的两点特征。"它的四只蹄子像金子一样闪闪发亮。它的尾巴上挂着一朵玫瑰花。"

"唔！"

"嗬！"

打那天起，每天都有新消息，这是丹尼在头天晚上从他父亲那里听来的。相信的和不相信的同学，都围拢来听他讲，什么费尼根·奥费拉那根参加赛跑，击败七头一组的小雄马遥遥领先啦；什么费尼根在小路上碰见一头疯公牛，它朝着那疯公牛狂叫，直到它掉头跑掉，因而救了加洛维公主的性命，为此它从市长那里得到了一枚奖章；还说什么费尼根的大叫声，响得可以把科纳马拉所有的妖精都吓跑，它勇猛得像头狮子，温顺得像只鸽子，聪明得像只猫头鹰；又说什么它可以驮着一个熟睡的婴儿走上十英里路而不惊醒他，但它却能从二十个诚实的男人中嗅出一个坏蛋来，而且，假如那个坏蛋骑上了费尼根的背，还没来得及说声"嘘！"就会被它掀倒在泥塘里。

"唔！"相信的同学发出一声惊叹，不相信的则吐出了个"嗬"的声音。

然而，人人都是听了还想听，因为不管是真是假，好故事总归是好故事嘛。即使费尼根·奥费拉那根没有在松林路幼小学里被接受为事实，至少被认为大家所爱听的传说。

学期快结束了。对科纳马拉毛驴的兴趣即将被放假的兴奋所代替。"你到哪儿去？""你去哪儿，梅茜？""你上哪儿，伯特？"

"去南方，两个星期。"

"幸运儿！"达莱小姐捧着一大堆练习本急匆匆跑过时大声说。

"您去哪儿，小姐？"

"巴里纳辛奇！"达莱小姐匆匆忙忙跑了过去，后面荡漾着孩童们的欢笑声。

放假前一天，大家一定要丹尼说出他上哪儿去度假，他说他哪儿也不去。

"那么说，你是上科纳马拉去罗。"阿尔伯特·布里格斯讥讽说，"我来告诉你为什么，因为科纳马拉根本就不存在，所以它也就不是什么地方。"

"我揍你！"丹尼握起两只小拳头。

"你闭嘴。"梅茜出人意外地对阿尔伯特说。她不是要和她的姨妈一起去海滨度假吗，阿尔伯特不是也要去南方度假两个星期吗？那好，请瞧！当同学们熙熙攘攘拥出校门时，她竟挑选了丹尼同行，并带着安慰的口吻问道："费尼根在干什么？"丹尼上当了。

"有一次，爸爸迷了路，那地方漆黑一团，他的灯笼也给吹灭了，周围尽是泥塘，一百英里的路上费尼根的眼睛始终红光闪闪像路灯一样，爸爸饿极了，他会饿死的，要不是费尼根……"

"他可以打几只野兔吃嘛。"阿尔伯特在后面大声说道。

"那时他不能，他没有带枪。"

"为什么不带？"

"他那时只有我这么大。"

"就是你爸爸迷路的时候？"

"是的，而费尼根……"

"你爸现在几岁了？"阿尔伯特·布里格斯问。

丹尼脱口说出："五十二。"

"嘀！那末，费尼根已经死了。"

丹尼转回头去瞪着他。阿尔伯特咧开嘴朝周围一群回家去的孩子笑笑。"毛驴活不到二十岁。费尼根早已死了。丹尼从不曾有过一头毛驴。他的话不可信。"

"他的毛驴也不可信！"诗人唱道。

"丹尼不可信！他的毛驴同样不可信！"孩童们又大声叫了起来。

那是不对的，那不是事实，那不可能是事实。他爸爸清楚这一点。丹尼重又握紧拳头，挥舞着奔出去，奔到听不见叫喊的地方，奔到家里去，两眼噙满泪水。穿马路时竟忘了朝两面看看。

翌晨，梅茜带消息到学校里，说这学期的末了一天丹尼不能来校了。

那天晚上，达莱小姐出现在奥托太太的门口。"我是来探望丹尼的，奥托太太。我们大家都非常难过。丹尼他……？"

"喔，小姐，他的情况很糟。你要看看他吗？"

可怜的丹尼竟认不得达莱小姐了。他好像在对某个人说话，那个人并不在场，他的名字叫费尼根。突然，他盯着达莱小姐，握紧拳头，喊道："费尼根没有死。我要揍你！"

"我还是走吧。"达莱小姐悄悄地说，"别下楼了。我自己认路出去。"

她走下楼去，心里七上八下的非常不安。奥托先生正在过道里走来走去。他呆呆地望着她，问："你是老师吗？"达莱小姐从他的话中听出了家乡口音，于是马上对丹尼的父亲产生了爱怜之心，就像过去对他的儿子丹尼那样。

"我是丹尼的老师，凯蒂·达莱。"她说，"奥托先生，谁是费尼根？"

奥托先生告诉了她。他把一切都告诉了她，从费尼根尾巴上的玫瑰一直讲到它的不存在。"我真是个老傻瓜，尽向孩子灌输这些传说故事。"他悲哀地说，"想不到他听了这个我讲了又讲的像百合花一样白的驴子的故事，他竟像一个人在黑暗中紧追一线忽隐忽现的光亮一般。"接着，奥托先生就哭了起来，达莱小姐也跟着哭了。

"我会写信来的。"她说，"明天我要回家乡去了，不过我会写信的。我要知道丹尼的情况。"

达莱小姐确实写信来了，不过没有像她允诺的那样马上就写。当你出门好长一段时间才回得家去时，总难免有很多事情拖住你，何况，跨过爱尔兰海峡，不仅仅是把你和英格兰隔开，而是让你从一种生活投向另一种生活。更为糟糕的是，她回家后的次日，就有一位名叫弗兰克的海军军官来到她的村子。他过去曾和她哥哥在同一艘军舰上工作，所以她曾见过一次，眼下，真是有趣的巧合，她回家乡度假，他恰巧也来这里度假。第一个星期，他们相互只说些这事有多怪的话儿。弗兰克的嗜好是拍照，达莱小姐带他所看的她家周围的一切，他都拍了下来。唯一没有拍的就是达莱小姐本人。他想拍，只要她另有想法，所以，他越是恳求，她就越是不让拍。直到第七天，当他们俩倚在矮门上给挖煤工帕迪的老灰驴喂蓟草时，达莱小姐忽然惊叫起来："哎哟，天哪！"

"什么事？"弗兰克颇为焦急地问。

"我还没写过信！"

"写给谁？"

"给亲爱的丹尼。"

"丹尼是谁？"弗兰克带些严厉的口气问道。

"他是我喜爱的学生，他出事了。我今天就给他写信。"

三天以后，弗兰克看到达莱小姐在朝着一封从英格兰寄来的信哭泣。

"凯蒂！凯蒂亲爱的——发生了什么事？"

"丹尼……"她呜咽着，说不出话来。

"他没有……？"

"不，可他糟透了，进了医院，他一直哭着要费尼根。"

"费尼根？"

达莱小姐就把有关费尼根的一切告诉了弗兰克，也就是奥托先生所告诉她的一切；还说了丹尼如何把整个心都倾注在他那头科纳马拉毛驴身上，那头他自己拥有的，却从没见过的毛驴，全身雪白，有着红宝石似的眼睛，金色的蹄子，尾巴上还有一朵玫瑰花。"当然，"达莱小姐抽泣着说，"实际上根本没有这么一头毛驴，永远也不会有，丹尼却在一个劲儿地痛哭，说费尼根已经死了，他父亲怎么劝说他都无用。要是我有一头像费尼根那样的白色毛驴，我就送给他!"

达莱小姐感到自己的手被弗兰克温柔地捏了一下。"你这么同情丹尼确实是够好的。"她叹息道，"不过，他只有看到他的那头毛驴，才会有所好转。"

"为什么不能?"弗兰克说道，他唯一的想法只是为了使达莱小姐那双美丽的蓝眼睛不再流泪。

眼泪真的不淌了。那双蓝眼睛充满着无比惊奇的神色，望着他那对棕色眼睛。"你说这话是什么意思?"达莱小姐问。

"你会明白我的意思的，"弗兰克说，"如果你明天中午十二点来迈克的牧场的话。还有，凯蒂……"

"还有什么?"

"你要诚心诚意地祈祷，祈求明天是个大晴天。"

达莱小姐必定是整夜都在祈祷，因为第二天确实是个从来没有过的大晴天。"她等不到中午就来到了挖煤工的牧场，不过弗兰克早已在那里等她了。帕迪也已在等她，可是不! 这不是帕迪吧? 迈克肯定已弄到一头新的毛驴，雪白而闪亮，就像山顶上阳光照耀下的积雪那样。等她走近时，弗兰克正在这头令人惊奇的白驴尾巴上缚一朵大得像棵卷心菜的粉红色玫瑰，他用的缎带跟达莱小姐的眼睛一样蓝。

"请允许我把你介绍给，"弗兰克一本正经地说，"弗尼根。别走得太近，我还不能肯定它身上是否完全干了。你觉得它怎么样?"

"喔，它漂亮极了!"达莱小姐轻声说道，"你的照相机呢?"没等他说，她已跳到了毛驴身旁。"你给它拍照必须对着迈克的那间又黑又旧的马棚拍，那样可衬托出它的白色，像天使一般。"

"我希望它站住不动。"弗兰克说，"它刚才有两回想踢我，把那只白刷料桶给踢翻了。"

"它不会踢我的。"达莱小姐说，"我们是老朋友了，是不是，帕迪?"

"好极了!"弗兰克说，"那你就站在它的旁边，别让它动……"

"啊，去你的! 我不给你拍。"

"难道你不想拍一张让可怜的丹尼快活快活?"

"他哭着要的不是我呀。"

"不对。"弗兰克说,"假如你一起拍在照片里,他就知道费尼根就像你一样活着。"达莱小姐动摇了,弗兰克说的颇有道理。"我告诉你怎么做!拎着驴的尾巴,噢,那朵玫瑰花。"

达莱小姐屈服了。她满脸笑容地拎起费尼根的尾巴,噢,那朵卷心菜般大的玫瑰花。照相机咔嚓一响。"好!"弗兰克叫道,"再拍一张,保险一点。"照相机又是咔嚓一声。"我们挑张好的,把它放大,用航空寄去。"

"喔,"凯蒂·达莱欢叫道,"我真想拥抱你。"

"为什么不呢?"弗兰克说。

他放大了两张尾巴上挂着玫瑰花的科纳马拉的毛驴照片。

松林路幼小混合学校秋季开学时,丹尼·奥托没来上学。但是,学期进行到一半时,他已恢复健康,能来上学了。人人都知道他要来了,达莱小姐已经去家访过,还知道他将带样什么东西来学校。他把那个小心翼翼挟在腋窝下的棕色纸包拆开时,她在他背后徘徊着。

"什么东西?"阿尔拍特·布里格斯望见后问道。

"我的毛驴,"丹尼说,"费尼根·奥费拉那根。"

孩童们围过来看着他拆掉外层包纸,打开一个硬纸大信封,里面藏着那张毛驴照片,那头驴全身洁白如梨花,像山顶上的积雪,也像是刷白的墙。孩童们一个个都看得惊呆了;后面那间黑马棚衬托出天使般的白驴,真是个绝妙的安排,令人迷惑;还有那双眼睛,红光闪烁,它的蹄子,金光闪闪,就像是涂过发光的染料似的。如果说,有谁仍想怀疑的话,费尼根尾部后边站着他们自己的老师就可作证,她正在嗅着费尼根尾巴上的玫瑰花,脸上笑嘻嘻的,笑得跟洒在牧场青草上的阳光一样欢快。

"唔!"相信的和不相信的同学不约而同地都发出了惊叹声。

"是达莱小姐!"梅茜·鲍尼顿说着,便热情地向小学老师叫道,"小姐,小姐!那照片里的是你呀。"

"不错,是我。"

"那么,那一头确是费尼根?"

"还会是谁?世上没有一头毛驴像费尼根·奥费拉那根那样。"

随即她开始给大家讲许多比奥托先生讲的更神奇的故事,大家对他以前讲的那些个故事不怎么相信。他讲的是五十年前的故事,而眼下达莱小姐讲的是上个月她亲眼目睹的事。在这群兴奋的听众中间，阿尔伯特·布里格斯绞尽脑汁，反复苦思。当达莱小姐停下来歇口气时，他插嘴说：

"小姐。"

"什么事，伯特？"

"丹尼说他的那头驴是在科纳马拉。"

"是的！"丹尼说。

"但是小姐，您说您是去巴里尼奇家。"

"是哇，傻孩子！巴里尼奇就是科纳马拉的另一个名字。"达莱小姐笑道。

"真有科纳马拉这个地方，小姐？"梅茜问。

"我想一定有！我不就在那出生的吗？"

于是，阿尔伯特知道，他下的全部赌注，都输定了；松林路幼小学校的其他孩童也都明白这一点。那个机灵的诗人，见势头不对，开始唱起新的顺口溜来：

　　　"伯特不可信！
　　　伯特是头驴！"

接着，全校都唱起了这首顺口溜。

丹尼的胜利并没有到此结束。同学们注意到达莱小姐从爱尔兰回学校时，左手戴上了一枚戒指，那是以前所没有的；后来有一天，全校轰动说，一位海军军官，而且是一位海军陆战队中尉来看望达莱小姐！他在教师办公室和达莱小姐谈了一会儿话之后，就走下楼来；随后，他要和孩子们聊聊，许许多多的同学都围上去靠近他，一点不怕羞地摸摸他。他给大家讲了不少有关费尼根·奥费拉那根的故事！比奥托先生和达莱小姐所讲的故事合在一起还要神奇！看来，海军陆战队讲起故事来，甚至能比别人讲给他们听的更多更胜一筹。不过，他讲的事情中，有一件事使大家颇为伤心，那就是他们的那位老师下学期将不来教他们了。"她将改行教我啦。"那位海军陆战队军官叹息道，"一个班级只有一个学生，多可怕？我简直什么都逃不过她的眼睛。"

这话惹得孩子们哄然大笑。梅茜·鲍尼顿安慰他说："她一直挺和气的，先生，她从来不发怒。"

"听你这么说，我就放心了。"海军陆战队中尉说道。接着，他又告诉他们一件事，使大家重新快活起来。为了欢度圣诞节，他将请他们去皇家剧院观看童话剧，在一月份的某个星期六，他和达莱小姐将带领大家一起去。

那位海军陆战队军官说到做到，皇家剧院上演的《阿拉丁》比大家预期的要精彩得多。但是，尽管阿拉丁山洞里神奇的金子琳琅满目，却没能比一个小个子男人上衣上的闪闪金光更深地印入阿尔伯特·布里格斯的脑海里。那个小个子男人帮助领票员带领一大群儿童入座；他见到丹尼时，一本正经假装没看见，丹尼却在经过他身旁时轻声地呼唤："你好，爸！"他就是丹尼·奥托的父亲，他的胸前确实佩有金光闪闪的饰物。

蒂姆一家人

正好一百年以前，可能多一点，也可能少一点，在英格兰的正中央有座快乐的村庄，如果说它一点不偏北也一点不偏南的话。那座村庄所以日子过得这么快乐，是因为有蒂姆一家人居住着的缘故。

蒂姆一家共五人，有老蒂姆，大蒂姆，小蒂姆，年轻蒂姆和宝宝蒂姆，他们都天资聪明。所以，每当村里发生些什么事，或是出了什么事，或某人由于某种原因困扰不安，他们就会习以为常地说："去找蒂姆家问问，他们会知道该怎么办，他们是些生来就聪明的人。"

举个例说吧，一次农夫约翰发现一群吉普赛人在他家的谷仓里住了一夜还不离开，他的第一个想法是，不能让他们长住下去，或许你也会这样想的。"我要去找警察，按法令办事！"不过他转眼一想："先去找老蒂姆商量一下，对，我该去！"

于是，他便去找年已八十高龄的老蒂姆；看到他正坐在炉边咬着陶土制的烟斗。

"早安，老蒂姆。"农夫约翰说。

"早安，农夫约翰。"老蒂姆把烟斗从口中拿出来，说道。

"一群吉普赛人又来住在我的谷仓里了，老蒂姆。"农夫约翰说。

"噢，现在还住着吧！"老蒂姆说。

"对，现在还住着哩。"农夫约翰说。

"啊，固然如此！"老蒂姆说。

"你是个天资聪明的人，老蒂姆。"农夫约翰接着说，"如果你是我，你将怎么办？"

老蒂姆把他的陶土烟斗重又放进了嘴里，说："如果我是你，我就会去问大蒂姆，因为他也是生就的聪明人，但只有六十岁。所以，我比起他来，要差二十年的智慧呢。"

农夫约翰便去找老蒂姆的儿子，发现他正坐在门旁，吸着用欧石南的根制成的烟斗。

"早安，大蒂姆。"农夫约翰说。

"早安，农夫约翰。"大蒂姆把烟斗从口中拿出来，说道。

"一群吉普赛人又来住在我的谷仓里。"农夫约翰说道，"老蒂姆叫我来问你，如果你是我，你将怎么办，因为你是个天资聪明的人。"

大蒂姆把他的欧石南烟斗重新放进嘴里，说："如果我是你，我就去问小蒂姆，因为他生来聪明，年纪只有四十，从年龄上看，他比我更聪明。"

故而农夫约翰就离开他去找小蒂姆了，他是大蒂姆的儿子，正躺在干草堆上嚼着一根稻草。

"早上好，小蒂姆。"农夫约翰打着招呼。

"你好，农夫约翰。"小蒂姆从口中拿出稻草说。

随即农夫约翰又把情况讲述了一遍，说："大蒂姆叫我来找你，因为你是个生来聪明的人。"

小蒂姆又把稻草放进嘴里去，他说："年轻蒂姆也是生来聪明的，他只有二十岁。你可从他那里得到比我更高的智慧。"

农夫约翰就去找年轻蒂姆了，他是小蒂姆的儿子，他口中啃着一只苹果，眼睛正盯着贮水池看。

"早上好，年轻蒂姆。"农夫约翰叫着。

"你好，农夫约翰。"年轻蒂姆把苹果从嘴里拿出来说道。

于是，农夫约翰第四遍讲述了他的故事，最后说："小蒂姆认为你会知道我该怎么办，因为你天生聪明。"

不料年轻蒂姆又咬了一大口苹果，说道："我的儿子上个月刚出生，也是生来就聪明，可以这么说，从他那儿，你可汲取到智慧的源泉。"

因此，农夫约翰便去找年轻蒂姆的儿子宝宝蒂姆去了，在一只摇篮里找到了他，他嘴里正在吮着他自己的大拇指。

"早上好，宝宝蒂姆。"农夫约翰说。

宝宝蒂姆把大拇指从口中拿了出来，却只字不说。

"一群吉普赛人又住在我的谷仓里，宝宝蒂姆。"农夫约翰说，"年轻蒂姆劝我来听听你的劝告，因为你生来就聪明。如果你是我，你会怎么办？无论你说什么，我都照办。"

宝宝蒂姆把大拇指又放进嘴里去，什么也不说。

所以，农夫约翰回到家里，也是什么都不说。

随后，那群吉普赛人搬到邻村去了，他们住在农夫乔治的谷仓里，农夫乔治去找来了警察，按法令驱赶了他们；一星期后，他的谷仓和柴垛被烧，花斑母鸡也被偷走。

可是，快乐村一直过着快乐的日子，太平无事，不论磨坊主的妻子有一天忘乎所以打了丈夫一记耳光，或是莫莉·加登从小贩那里错找了六个便士，或是教区牧师有一次半夜唱着歌回家来，都是只字不提，无人追究，然后就平安地过去了。村里人，凡事和蒂姆家一商量，便像树林里的树木和田间的稻谷那样，安然不动，过后，那一桩桩的事不但没有恶化，反而慢慢地好起来。

直到后来，那位享年一百岁而终身不娶的宝宝蒂姆也死了。从那以后，快乐村就变得跟其他村庄一样，人们遇事都要闹出些什么来。

一便士的价值

（一）

约翰尼·穆恩从学校出来时，拾到了一个便士。只有梅布尔·巴纳德瞧见他拾起来。

"哟，好运气！"她说，"你准备拿它干什么，约翰尼？"

约翰尼毫不犹豫地说："买巧克力。"

（二）

约翰尼没有回家吃午饭，也没有回家喝午茶；到了晚上睡觉时间，穆恩太太担忧极了。过去中午他没回家来，她就去学校找他。她家离学校只不过五分钟的路程，约翰尼来去都要经过那个苏萨克斯集市，这，她并不担心，因为有好几个孩童来回都同路，何况，他已五岁，也算得上是个大孩子了。

她各处询问，问过梅布尔·巴纳德之后，穆恩太太就到几家糖果店去兜了几圈，都说约翰尼没有去过。要是他去过，店里总会记得的。那么，他会遇上些什么呢？车祸？不可能，因为警察局一点也不知道，诊疗所里也没情况。让吉普赛人绑架了？要是约翰尼·穆恩真的被吉普赛人绑架了，那顷刻之闻就会传遍整个霍尔盖脱地区。

约翰尼并没有被吉普赛人绑架。他正在购买他的一便士的东西呢。

（三）

谁都可去波特糖果店，或者脱汉姆夫人的商场，或卡宾蛋糕房，在柜台上放一个便士，就可取回一块巧克力。不过有一次，那是很久以前的事，约翰尼·穆恩乘车到城外火车站去接他的从朴次茅斯来的汤姆舅舅。那真是件大事，因为约翰尼还从没去过霍尔盖脱火车站；可是，那次在约翰尼的脑海里留下最深的印象的，不是车站里那片熙熙攘攘的景象，不是赶到昏暗的售票大厅迎着新来的高个子红脸舅舅（穆恩太太总是忙忙碌碌，办样样事情总得迟到一会儿，所以他们是急匆匆气吁吁地赶到），也不是栅栏外边那喘得比穆恩太太更厉害的火车头引擎，也不是看到另一辆火车不停站朝着另一方向继续奔驰，发出一阵尖利的汽笛声和一缕浓烟时的心惊肉跳；而是看到一名小男孩往一只高大的机器里投进一枚便士，继而拉了下把手，奇迹般地跳出一块巧克力来。这块巧克力和任何人从店里，商场里，或蛋糕房里买到的一便士巧克力完全不同！这成了留在约翰尼心头的强烈愿望，有一天他要向那个机器投进自己的一便士，拉一下把手，并拿到块奇妙的巧克力。单是拉下把手的欢乐就值四分之一便士，有机会听到一声引擎喘气声和另一声尖利笛声又值两个四分之一便士。因此，当约翰尼拾到一个便士可以由他随意花用时，他连看都不看，问也不问，马上抬起他那又胖又短的小腿向火车站跑去。到达那儿时，家里的穆恩太太正在嘀咕："那孩子怎么到时还不回家？"

（四）

只见那儿有好几架机器！他的强烈愿望将快实现了。约翰尼·穆恩奔到最近的一架机器跟前，怀着兴奋的心情，激动地投进了他那个幸运拾来的便士。然后用他的小手将把手拉了一下。容易得很，随即跳出一张小小的月台票硬卡。

他简直不相信自己的眼睛。魔术般的机器在耍什么鬼把戏捉弄他？他推回把柄，重新拉了一下，机器口却不再张开。他的那个便士不见了；他的机会消失了；到头来他没有得到神奇的巧克力。说实在的，他这时除了伤心痛哭之外，还能怎么样。

（五）

一位妇女向他走来。她弯下腰，看了看他手里的那张小小月台票，用她的手绢轻轻地替他擦眼泪。"出了什么事，亲爱的？别哭！

是不是你害怕一个人到那喧闹的月台上去？来，跟我一起去。我去接伦敦来的小女儿。你去接谁？"

"我接从朴次茅斯来的舅舅。"约翰尼·穆恩说。

他的眼泪像施过魔术似的，一下子没了。眼前发生的一切简直喜得令人难以相信。他抓住那位妇女的手，发现自己夹在一小股人群中穿过一扇小门，进入一个大宫殿，只有屋顶没有墙——是火车头引擎停着的地方。那里有一股独特的气味、景象和声响，真是另一个世界。小商店星罗棋布；有许多小门通向各个稀奇古怪的地方；还有不少石阶从上可走到玻璃屋顶，往下可走到石砌的地下通道，一条条月台在他眼前伸展开去，月台和月台之间是一条条凹下的路基，只见远处停着一列火车，而就在它的近旁，另一列火车靠得近近的，正在轰隆轰隆地驰来，又是喷气，又是拉长笛，把约翰尼吓得气都透不过来，这列火车把它以外的几个月台都遮没了。

那位妇女捏着约翰尼的手，并挥舞着她的另一只手，喊遭："我的小女儿在那儿！格莱蒂丝！格莱蒂丝！搬运工！亲爱的格莱蒂丝，我们在这儿！搬运工！行李车里有只大皮箱——喔，搬运工，下一列从朴次茅斯开来的火车停在几号月台？"

"五号月台。"搬运工回答；于是，那位妇女就指着对约翰尼说："从那儿下去，亲爱的，一直往前走，看到五号就是——你认得数字，是吗？"

"认得。"约翰尼说着，便快步走下石头台阶，进入下面那带有神秘色彩的地下通道，心里担心着在他还没找到它通往的五号月台之前，是否会有人来阻拦他。

（六）

他在地下通道里待了好长一段时间。那地方实在太棒了。他舍不得马上就离开。在那里，脚步声听起来不一样，怪有趣的，地下较暗也较阴凉。你可以独自大摇大摆地走，也可以蹑着脚走，还可以假装自己是个火车头，后面拖着一列火车，从通道这一头跑到那一头；而且当你尖声叫着"呜—呜—呜—呜"时，那声音听起来跟外面的也两样。你的胆子大起来了以后，可以一停不停地跑它三个来回，尖叫声可发得比以前响，脚也可以踩得重，冲得比以前快，一次比一次都更响些、重些、快些。有人会对你看看笑笑，但是，他们只顾挤来挤去，不来干涉你。有时，地下通道里就只你一个人。这样跑来跑去，让你经过好多个出口，那里有阳光射下来，每个出口处有一道新筑的石阶，每道石阶上标有一个巨大的数字，你跑过时就喊："一！二！三！四！五！六！你喊出的每个数字会在你背后回响起一个陌生的声音。

眼下来了个搬运工，他推着一只大皮箱，说："让开，小鬼！"并且凶狠地对约翰尼瞟了一眼；约翰尼就闲荡片刻，让他过去，随即便从近旁的一道石阶匆匆地奔了上去。

又回到暖烘烘的日光下来了；不过这已不是先前的那个月台。他可望见跨过两个月台那扇他原先进来的小门；而现在，他却是位于这个新世界的中央。许多人站在行李堆旁等候着什么，或是坐在椅子上。不远处有一头牛犊躺在一只网里。约翰尼走过去，边对它叫着"哞一哞！"边把手指伸进网眼去碰碰它的柔软的鼻子。那牛犊缩起身子，也对着约翰尼回叫"哞一哞！"就像地下通道里的回声一般。

月台当中有间小房子，里面摆满了食品和茶点。约翰尼这才突然想起自己还没有吃过午饭。他走了进去，直盯着玻璃柜里的那些小圆面包看，柜台后边的一个女售货员正在和一名海员谈话，她停住了问："要买哪一个？"约翰尼慢吞吞地走开去。那海员叫道："嗨，小家伙！"约翰尼还没弄清是怎么回事，一只粘手的甜面包已塞在他的手里。他赶快走到外边去吃，唯恐被那个姑娘夺回去。他想最好还是到远一点的月台上去吃，于是重新走出地下通道。

他往下走到石阶脚下时，跟一个小女孩撞了个满怀。那小女孩拿着一把铁铲拎着一只提桶，跟在父亲、兄弟和姐妹一大群人后面。尽管是约翰尼撞了她，但她还是说："喔，对不起！"约翰尼则说："没关系。""我到列莱顿去了。"小女孩解释道，"现在正回克莱汉姆去。我有个薄荷糖。"她掏出一纸袋薄荷糖，递给约翰尼。他拿了两块。"我叫道琳达。好，再见。现在我得走了。"

"再见。"约翰尼·穆恩说着，便向六号月台走去，道琳达则追随家人回到一号月台去。

六号月台是露天的。一列小火车停在那里。周围一个人也没有，故而约翰尼爬进一节车厢，红毡面椅子满是灰尘，他在远处的一个角落里坐了下来，吃着甜面包，吮食着薄荷糖，一边眺望着车厢外高大如山的煤堆和旁边的树木。当他吮着第二块糖时，只见那煤堆和树木交织在一起了，一忽儿又变成了红脸的汤姆舅舅，就在约翰尼的教室内和一个卖面包的姑娘说话，那个卖面包的姑娘不是别人，正是道琳达，而且还有那头牛犊正想要踢他们。

随后，约翰尼猛地一下坐坐正，因为小火车开动了。它开得很慢，逐渐地，煤山消失不见了，绿色的树木变成了绿色的田野，当中有个乱七八糟的垃圾堆。接着，小火车又停了。

"朴次茅斯到了！"约翰尼·穆恩边叫，边想走出车厢到那个垃圾堆去，因为那里有辆漂亮的扭歪了的儿童三轮脚踏车；不料，车厢门锁着，他还没来得及穿过车厢，火车却又像刚才前进时那样慢吞吞地向后倒退了。那座大山般的煤堆又出现在眼前。有几个男人站在煤堆上，往旁边的一辆卡车里装煤。约翰尼爬出车厢，从一条木板天桥上越过铁轨，走过去看那几个人装煤。另外有几个男孩也在观看。后来，其中一个较大的男孩捡起一块煤扔进卡车里去。那几个男人只是笑笑。于是，另一个男孩也扔了一块，约翰尼也跟着扔了。他扔了五块之后，一个男人朝他们喊道："回家去，你们这些小捣蛋！"孩子们边笑边跑开了，约翰尼也回到他的火车头宫殿里去了，心里却在琢磨，那几个装煤工怎么没骂他们"小扒手"。他又走进地下通道去玩了一会开火车的游戏，然后从四号月台的石阶走上去，看到一个座位下有只被丢弃的纸袋，里面是一块火腿三明治，还有两块吃剩的夹肥肉的三明治。他吃了火腿三明治和两块三明治面包，把肥肉剩下，那肥肉经他的手拿出后，已变成黑糊糊的了。他随后回到有牛犊的那个月台去，准备把肥肉喂给牛犊吃，谁知它已经不在那儿了。

这时，他发现天色已很暗了。火车开进站的情景是怪令人兴奋的。他走到屋顶下的一座天桥上，往下观望那点点向前飞舞的红光。只见远处，一片黑暗的旷野里有一团火红的闪光，这意味着，又一列火车正在驶来。他望着这壮丽的景色，实在舍不得离去。

忽然一只手抓住了他的衣领。他挣扎着回过身来，抬头一看，是那个搬运工的脸。"嗨！"搬运工说，"我早就看到你了。你在耍什么花招？"

"我的汤姆舅舅从朴次茅斯来这里。"约翰尼·穆恩解释道。

"朴次茅斯的火车刚开走。"搬运工说，"你最好走开，别惹人发怒。快走！"

至此，约翰尼知道他的一个便士的价值已经不存在了。

<h1 style="text-align:center">（七）</h1>

昏暗的售票大厅里，灯已开亮。当他走出大厅时，一位男子正急匆匆地走过来，他的小孩却留在一架高大的机器前，在投一个便士。"快来！"那男子喊道。"但是，爸，我刚……""快来，我叫你快点！我们要误点了！"那男子抓住他儿子的手，就冲着走了。

约翰尼走到小孩投进便士的那架机器跟前，拉了一下把手。出来得很快。里面是一块巧克力！

约翰尼·穆恩慢慢地、心满意足地走回家去。一路走，一路吸吮着那块巧克力和煤灰。

摇 篮 曲

　　葛莉塞尔达·科菲和曾祖母俩住在小巷的最后一间小屋里。她时年十岁，而她的曾祖母已一百一十岁，不过，她们两人之间，并不像你想象那样差别很大。如果葛莉塞尔达的曾祖母的年龄是她十岁的两倍、三倍或四倍的话，那她们俩之间倒会有很大的差别；因为，当你成长到二十、三十或四十岁时，就会感到自己跟十岁时大大地不同。但是，一百是个很好的数目，正好循环一周，重新开始；人活到百岁，常会返老还童，所以，葛莉塞尔达的十岁与她曾祖母的一百一十岁倒是合拍的，尽管科菲曾祖母已多活了一百多年，然而她们两人却很接近。

　　葛莉塞尔达喜欢的东西，科菲曾祖母也都喜欢。她不像一般中老人那样，假装喜欢葛莉塞尔达所喜欢的，而是实实在在、真心喜欢葛莉塞尔达所喜欢的一切。当葛莉塞尔达坐着穿珠子项链时，科菲曾祖母总喜欢把盒中大大小小五颜六色的珠子，分门别类理成一个个小堆，葛莉塞尔达需要哪一种，她就递给她哪一种。当葛莉塞尔达把她的娃娃放上床睡觉时，科菲曾祖母就帮忙替娃娃解纽扣，和葛莉塞尔达说话也是轻声细语，直到娃娃阿拉贝拉入睡；碰到阿拉贝拉淘气不肯睡时，科菲曾祖母就爱对她唱那首"睡吧，睡吧，快快睡吧！"摇篮曲，并把她贴在自己肩头摇啊摇的，直到她乖乖地安睡为止。尤其是，当葛莉塞尔达烘制蛋糕时，科菲曾祖母就起劲地帮着挑葡萄干，或是捣碎果仁；蛋糕是她非常爱吃的甜点，一炉烘出七块蛋糕，她总得吃掉四块。

　　科菲曾祖母还留有六颗牙，其他的官能也都良好。看，听，嗅，辨味，讲话，感觉和记忆样样都行。不过也有记不清的。有时，上星期发生的事她倒忘了，但一百年以前的事她却记得一清二楚。她走路走不了很多，因此，天气晴朗的日子，葛莉塞尔达就安顿她坐在打开的窗前，让她望望小巷里的人来人往；逢到天气特别好，就安顿她坐到小屋后边有蜜蜂嗡嗡叫着的花园里。夏天，科菲曾祖母喜欢靠近红醋栗丛或木葛藤坐着，最好是坐在青豆架中间。她说，这样，要是有椋鸟来偷吃，她就可挥挥手赶掉它们。然而，每当葛莉塞尔达来搀她回屋去的时候，总会发现在她够得着的地方或突出的枝头上，不少红醋栗和木葛都被摘掉了；再不就是青豆架上挂着几十个空豆荚，里面的豆却被挖掉了。科菲曾祖母看到葛莉塞尔达注意到了这些情况，就会摇摇她的脑袋，说："喔，都是那些椋鸟，那些讨厌的椋鸟！想必是我打盹睡着了，让它们飞来偷吃了！"

葛莉塞尔达装作没看见科菲曾祖母的干瘪的指尖已染得鲜红，弯弯的指甲里嵌满了绿色的渍斑。

一到秋天，科菲曾祖母就喜欢坐在榛子的矮树篱旁边，在那个时候，她的坐椅周围的地面上就会丢满绿色的果壳。一听到葛莉塞尔达走来，她便会盯着那些榛子壳咕哝起来："喔，那些松鼠，都是那些讨厌的松鼠！"葛莉塞尔达一声不吭，直到睡觉时，她才说："今晚我得给你吃点药，太奶奶。"

"我不要吃药，葛莉茜。"

"要吃的，太奶奶，你一定得吃。"

"我不喜欢吃药。药苦得很。"

"但它们对你有好处。"葛莉塞尔达边说边拿起药瓶。

"告诉你，我不吃药。"

"要是你不吃，半夜里你会闹肚子疼的。"

"不，不会的，葛莉茜。"

"我想你一定会的，太奶奶。"

"你为什么要这样认为？"

"唔，我就是这样认为。我还认为，要是没有人给松鼠吃药，它们也会肚子疼的。"

"噢，"科菲曾祖母同意吃药了。可是当葛莉塞尔达把药拿到她嘴边时，她又摇起头来，叫："不，我不吃，除非贝拉也一起吃。"

"好吧，太奶奶，你看她会吃得乖乖的。"葛莉塞尔达把玻璃杯凑到娃娃的嘴边。"我知道，你会像贝拉一样乖的。"

"不，我不吃！我不吃嘛！"

"吃吧。"

"我服过药后，能吃一块糖吗？"

"可以。"

"两块？"

"可以。"

"再跟我讲个故事?"

"好的。"

"再唱支摇篮曲?"

"行,太奶奶。现在快吃吧。"

就这样,科菲曾祖母终于把那药喝了下去,随后扮了个要哭的怪脸;葛莉塞尔达马上把一块糖塞到她的嘴里,她那张怪脸又立即变成了笑脸,她那双老花眼睛也闪出了欢乐的神色,还贪婪地等着要第二块糖呢。当她舒适地躺在打着补丁的被子里安睡时,她问:"今晚你讲什么故事给我听,葛莉茜?"

"讲个巨人的故事,太奶奶。"

"就是那个有三个脑袋的巨人?"

"不错,就是那个巨人。"

"就是住在铜城堡里的那个?"

"对,就是那个。"

"我喜欢听那个故事。"科菲曾祖母边说边点着脑袋,两只眼睛充满期待的神色。"那你现在就讲吧,注意别漏掉。"

葛莉塞尔达坐在床边,握住科菲祖母被子下面瘦小的手,开始讲道:

"从前有个巨人,他有三个脑袋,他住在一个铜城堡里!"

"啊!"科菲曾祖母喘了一口气。接着,沉默了一会儿,随后问:"你给我讲过故事了吗,葛莉茜?"

"讲了,太奶奶。"

"全都讲了吗?"

"全都讲了。"

"没漏掉什么?"

"一字不漏。"

"我喜欢这个故事。"科菲太奶奶说,"现在给我唱支摇篮曲吧。"

于是,葛莉塞尔达就唱了起来。这首摇篮曲是科菲曾祖母以前对儿子和孙子(葛莉塞尔达的父亲)唱的。曾祖母的曾祖母过去也把这首摇篮曲唱给曾祖母的母亲和曾祖母小时候听的。而曾祖母的曾祖母却又是听她自己的祖母亲口唱的,这首摇篮曲就是为她谱写的。

"睡吧，睡吧，快快睡吧！
摇啊，摇啊，摇我小宝贝，
摇啊，摇啊，摇我小宝贝，
睡吧，睡吧，快快睡吧！"

这首摇篮曲就是葛莉塞尔达从曾祖母那儿学来的，曾祖母又是从她的曾祖母那儿学来的，而曾祖母的曾祖母又是从她的祖母那里学来的，曾祖母的曾祖母的祖母则是这首摇篮曲中的小宝贝。葛莉塞尔达唱了一遍又一遍，抚摩着被子下面太奶奶的手。她不时停下来听听太奶奶睡着了没有，科菲曾祖母总会睁开一只明亮的眼睛，说道：

"你别走，不要离开我，葛莉茜。我还没睡着呢。"

葛莉塞尔达又唱了起来：

"睡吧，睡吧，快快睡吧！
摇啊，摇啊，我的小宝贝，
摇啊，摇啊，我的小宝贝，
睡吧，睡吧，快快睡吧！"

她又停下，再听听。不料那年迈的眼睑又抖动了一下。"我还没有睡着。别走，别离开我，葛莉茜。"

她不得不继续一遍一遍地唱：

"睡吧，睡吧，快快睡吧！
摇啊，摇啊，我的小宝贝。"

停下，再听一下。"睡吧，睡吧，快快睡吧！"葛莉塞尔达极轻极轻地、非常小心地把手从被子里抽出来。科菲曾祖母已睡熟了，像个孩子似的发出呼噜声。

你看，一百一十岁的老人跟十岁的孩子是多么的接近呀！

以上所说的一切是一八七九年的事，那时，十岁的小女孩上学，每星期需付两便士学费，而一百一十岁的老妇人尚没有抚恤金可领。

你或许会问，那么葛莉塞尔达和科菲曾祖母靠什么生活呢？总的看来，可以这么说，她们是在人们的乐善好施下生活的。她们住的那间小屋每星期一先令租金，这是够低的，可是，这一个先令也得设法挣来呀；还得挣到葛莉塞尔达那两便士的学费哩。房租是付给村长格林道浦先生的。当初葛莉塞尔达的父亲去世时，留下无依无靠的葛莉塞尔达和她的曾祖母，没人扶养，大家都说：

"当然老科菲太太可以去救济院，葛莉塞尔达该去干活。"

谁知这个建议一提出，科菲曾祖母竟大发牢骚，大吵大闹，她声称："我不到救济院去！我才一百零九岁，还不够资格去。我就待在这里。不是有葛莉茜照料我吗？"

"但是，葛莉塞尔达进了学校，你怎么办呢？"特地为这事而来的格林道浦夫人问道。

"怎么办？我有一大堆事可做。我可以坐在花园里，锄锄周围的草；我可以照看炉子上的锅子，不让它煮沸后溢出来；我也可以照管好小猫，不让它偷吃牛奶；我又可以搓引火用的纸捻，整理厨房橱柜；我还可以磨刀，削晚饭吃的土豆。怎么办？你这是什么意思？要干活！即使我的双腿走不动了，我也没有理由把双手插在衣兜里吃闲饭哪。"

"不过，科菲太太，万一你生病了呢？"

"我怎么会生病？我还从来没生过病呢，我这辈子不会生病。"

"可是，科菲太太，这间小屋的租金谁来付？"

对这一点，科菲老太太就无言以答了，于是，格林道浦夫人接着劝说道："好啦，到救济院去吧，你会在那里生活得更舒适的，葛莉塞尔达会经常来看望你。我将带她到我家去帮忙照管孩子，同时训练她干厨房里的活。"

"厨房里活她早就会干了。"科菲曾祖母说，"她能缝制，能烘烤，能打扫，能清洗，像个小妇人一样——我不去救济院。让爱密莱那样的懒骨头去吧，她还不到一百岁，就算是吧，可她早就不想干了。有的人话讲得比福音还要好听——可我仍要住在这里。"

格林道浦夫人叹了口气，心里在琢磨该讲些什么来减轻老太太的怒气，因为她完全肯定。科菲老太太再也不能在这里住下去了。她转向静静地坐在炉边、正在忙着钩花的葛莉塞尔达，问道："你怎么说呢，葛莉塞尔达？"

葛莉塞尔达站起身来，行了个屈膝礼，说："对不起，夫人，我每天早上上学前可以照料太奶奶，中午回家给她准备午饭，下午到您那里帮忙照管孩子直到他们上床睡觉，晚上回家再照料太奶奶睡觉——当然，这首先得取得格林道浦先生同意，让太奶奶仍然住在这小屋里，我一定尽我最大的努力。我会擦铜器，给油灯加油，叠被子，还会织补钉纽扣，我喜欢给孩子洗澡，夫人，我差不多样样都会做。"

"那你在我家时，太奶奶怎么办呢？"格林道浦夫人问。

"这小巷里的邻居都会关心她的，夫人。"葛莉塞尔达说道，她很了解穷苦邻居们的好心，这一点村长的妻子不能理解。

"还有你上学的两便士学费呢？"

"我自己可以挣到，夫人。"

"那么，你们吃的东西呢？你要知道，你们还得要吃呀，葛莉塞尔达。"

"家里养着鸡，还饲养着蜜蜂，花园里还种着蔬菜、水果，夫人。炉子用的柴火可到树林里去砍。"

"可是谁来照管这些事呢，葛莉塞尔达？"

"早上我照管太奶奶以前，可以先照管那些鸡，晚上她安睡后，我就到花园去干活。"

看来，葛莉塞尔达似乎样样蛮有把握，所以，格林道浦夫人只得喃喃地说："好吧，我去跟村长说说，再商量一下。"

她确实这样做了。结果，一切都如科菲曾祖母和葛莉塞尔达所想的那样妥帖解决。格林道浦先生同意她们住在那间小屋和花园，以葛莉塞尔达每天去他家儿童室带领孩子作为交换条件。两便士学费可从离校一英里外的小学生的妈妈们那儿获得。葛莉塞尔达每天负责接送那几个小孩。花园的活将是个问题，但现在小巷的邻居们都伸出了援助的手。当葛莉塞尔达不在家时，他们不光是照看科菲曾祖母，还兼照顾那些鸡和蜜蜂；他们供给她种子；有的帮她种菜，有的帮她锄地，有的帮她打柴。妇女们帮她摘红醋栗和木莓，还帮她切碎南瓜做果酱。二年四季，随时随地，左邻右舍都会把旧衣服送来给她们穿。所以，葛莉塞尔达和科菲曾祖母总算得以维持她们的生活，而且，由于她们俩能继续生活在一起，她们都感到非常愉快。

就在葛莉塞尔达刚要满十一岁的时候，她病倒了。有一天早晨她起床时，觉得浑身很不对劲，可是她对科菲曾祖母没提一个字。她照常生了火，放上锅，到花园去喂了鸡，放出蜜蜂，并装了满满一锅中午吃的土豆。随后她进屋来，把茶壶热一热，泡好茶，把它放在炉旁锅台上。然后，她去帮科菲曾祖母起床、穿衣，梳理她那仅存的几缕白发，再给她吃早饭。

"你今天早晨不想吃点什么吗，葛莉茜？"科菲曾祖母一边问，一边把面包掰碎了放进茶杯里。

葛莉塞尔达摇摇头，喝了一杯热茶，觉得稍微舒适了一点。科菲曾祖母没有特别注意她，因为葛莉塞尔达经常说她早饭不想吃什么，其实，这往往是由于面包勉强只够一个人吃，别说是两个人了。她离家前，把科菲曾祖母安顿在阳光最好的窗前，旁边放着一锅土豆、一碗水和一把快刀。

"太奶奶，你要是把这锅土豆都削好，那就帮了我一个大忙了。"她说。

"我会全都削好的。"科菲曾祖母说，"埃比尼泽走过时，我会叫他进来，请他帮忙把锅子端到火上去的。"

"那太好了。"葛莉塞尔达说，"我把贝拉留下给你做伴，还留给你们两颗薄荷糖，你们俩各一块。你别把两块都给她啊！"

"你看她多馋，想吃两块哩。"科菲曾祖母说着，把她那渴望的目光从葛莉塞尔达身上移到了贝拉身上。"最好你还是留下三块吧。"她贪婪地笑笑，笑得怪可爱的。

"只是她吃多了会生病的。"葛莉塞尔达说，同时感到自己，喔，多么的不舒服，但她坚强地挺住了。她把贝拉放在窗台上，可是贝拉噗的一声，倒头摔进她的衣兜里。

"我看她已经病了。"科菲曾祖母说着，开始削起土豆来。"看来，我还是把两块薄荷糖都吃了，免得她肚子痛。"

葛莉塞尔达拿来了一本书，把贝拉支撑起。科菲曾祖母总共只有两本书，一本是葛莉塞尔达每个星期日必读的圣经。另一本书她还从未念过，因为它实在太旧了，印得也很怪，错别字很多。不过有时垫垫坏了的椅子腿，或像今天这样撑住贝拉，倒是颇有用的。靠它支撑，贝拉坐着，看上去像活的一样。

"好啦，这样好多啦！"葛莉塞尔达说。她觉得这样太奶奶可以跟贝拉说说话，就不会寂寞了。"再见，太奶奶，中午见。"

谁知这一再见却大大地超过了中午时分。

葛莉塞尔达抱病跋涉了一英里路去接一个小学生，不料竟跌倒在他家的门口，小学生的妈妈发现后，大吃一惊。

"天哪，葛莉塞尔达·科菲，你看上去病得很厉害啊！"那位妈妈惊叫道，"你肯定在发高烧。"

于是，葛莉塞尔达马上被送进了医院，她已经什么都不知道了。她烧得很厉害，两次昏迷过去，都经过好长时间才苏醒过来。她第一次清醒过来时，就问："我的太奶奶怎么样了？"

"你不要为你的太奶奶担心。"照管她的那位讨人喜欢的护士说道，"一切都替她安排得好好的，你放心。"

情况确是如此，因为他们终于把科菲曾祖母送到救济院去了。

三个月以后，葛莉塞尔达出院时，瘦了许多，脸色苍白，头发剪得短短的，是格林道浦夫人的马车来接她的。马车跑近村庄时，葛莉塞尔达简直兴奋得难以自制。她不知道事情的真相，还在期待着转瞬间就可拥抱太奶奶哩。当马儿高抬着腿，经过小巷，继续向前朝村长家的石头门柱跑去时，她大失所望。

"快停停，快停停！"葛莉塞尔达跪在座位上拍着前边马车夫宽阔的后背大喊道，好像那是一扇她想打开的门。马车夫回过头，从自己的肩膀上望着她说："没错，小姑娘，你是到那座大宅去跟小少爷和小小姐们一起喝茶。"

葛莉塞尔达一屁股跌回座位里。去跟小格林道浦们一起喝茶——就是哈里、康妮、梅布尔和宝宝四个孩子——那是随便什么时候都可去的，何必一定要现在？眼下，她最渴望的是拥抱她那瘦小的太奶奶，却来请她去喝茶，实在是好心用的不是时候。她想善良的格林道浦夫人真是一点也不懂。假如格林道浦夫人发高烧生了病，现在逢着她三个月来第一次去看她的小宝宝，那她将会是一种什么心情？

其实，格林道浦夫人比葛莉塞尔达想象的着实要多得多。她在前门宽大的石阶上迎接她，用手臂搂住她，说："来吧，葛莉塞尔达，孩子们都急着要看看你剪短的头发是个什么样。我不知道宝宝还认识你不。"

"我希望他能认识我，夫人。"葛莉塞尔达温顺地说。

她随格林道浦夫人走进了儿童室，孩子们都吵吵嚷嚷地跑了过来。

"我说，葛莉茜尔看上去有点怪！"哈里大声说。

"我也要把头发剪短！"康妮喊道，她是直头发。

"我不剪。"梅布尔说，她是卷头发。

只有宝宝一人没看出什么不同来。他爬过来，抓住葛莉塞尔达的足踝，嚷着："葛茜，葛茜，葛茜！"

"他还认得我！"葛莉塞尔达惊喜地叫道，"看，夫人，他还认得我，是吗，我的宝贝？"她把他抱了起来，唱道："摇啊，摇啊，我的小宝贝！"随即她迅速地转向格林道浦夫人。"请问，夫人，我的太奶奶没出什么事吧？"

"没有，葛莉塞尔达，当然没出什么事。"格林道浦夫人说。她的声音显得有点慌张，又特别温和，故而葛莉塞尔达颤抖地问："喔，请告诉我，夫人，到底是怎么回事？"

"好吧，葛莉塞尔达。"格林道浦夫人坐下，把葛莉塞尔达拉到身边。"我想，你一定能明白，这一切都是出于最好的愿望。你不在家的日子里，没人好好照顾科菲老太太，救济院里却有一间舒适的房间空着……"

"救济院！"葛莉塞尔达惊呆得两眼直瞪。

"就在玫瑰花房后边，房屋拐角处的一间房间。你的太奶奶有生得很旺的火炉，暖和的毛毯，有茶有糖，总之，可能有的一切都有了。"格林道浦夫人平静地慢条斯理地往下说着，好像拿一条温暖舒服的被子要把葛莉塞尔达的神色和感情全部笼罩住。"喔，葛莉塞尔达，我们全村的人都为她骄傲。她是这里最老也是年龄最大的居民，所有来参观的人都要见见她，并跟她讲讲话，他们还总要留些好东西给她。明天你也去看看她，带件小礼物去。"

"明天，夫人？"

"是的，葛莉塞尔达，今天太晚了。"

"那好吧，夫人。那么就明天，我去接她出来。"

格林道浦夫人犹豫了一下，问："接到哪儿去，葛莉塞尔达？"

"接回小屋去，夫人。"

"噢，葛莉塞尔达，你看，格林道浦先生正想把小屋卖掉，眼下科菲老太太在那里住得很好，照顾得也很好，还有，亲爱的，说真的，你的身体还不很结实，还不能干你以前所干的那么多活。"

"葛莉茜尔在哭。"梅布尔看到了说，"葛莉茜尔，你哭什么?"

"安静，梅布尔，别闹。葛莉茜尔将跟我们一起住在这里，她将是宝宝的小保姆，你们几个孩子都要对她好，不久我们要一块儿去威士特堡，在那里整整呆上六个星期。想想看，葛莉塞尔达!"

"葛莉茜尔，"康妮拉着她的手说，"请吃茶和蛋糕。"

葛莉塞尔达把头转到一边，勉强咽下内心的痛苦。她懂得，不该让孩子们看到生活中的苦楚。负责照管孩子的人应该使他们愉快欢乐。可是，即使是她在医院里最难受的时候，也没有像此时此刻这么伤心过。茶点和威士特堡，对她来说，根本无所谓。

格林道浦夫人遵守诺言，第二天带领葛莉塞尔达去救济院，到科菲曾祖母的新住处去看望她。这个新家救济院甚至比曾祖母还要年龄大些。葛莉塞尔达好多次从那古老的拱门下穿过，走进里面方方的花园，四周都是老人的住房，有男有女，一个个都坐在自己的房门口晒太阳。那个充满阳光的庭院又美丽又宁静。每扇菱形的窗户下都放有一盆天竺葵，或喇叭花，或金莲花，从每扇打开的门里都可望见里面噼啪作响的炉火，炉旁铁架上还放有一把茶壶，每位老公公都有自己的烟斗，每位老奶奶都有自己的鼻烟盒。庭院中央的花园也是划分为一小块一小块的，各位老公公老奶奶都有自己的一块。一个年轻园丁正在那里锄掉圆卵石之间的杂草，并修整好边线；但每小块里边则由各位老人自己动手。那些有亲属的老人在子女们的帮助下把自己的花园栽植得既漂亮，又有出产。葛莉塞尔达跟在格林道浦夫人的后面，沿着那些小块花园走去，心里在盘算，哪一块是属于太奶奶的，她要用她积攒的几个便士为她栽豌豆苗和红醋栗。

有一两位参观者在四处溜达，正停下来和看上去最有趣的老人在交谈。一位外貌悦人的女士和一位模样聪明的先生，正停在发牢骚的爱密莱·迪恩的房门口。一百零一岁的爱密莱·迪恩，长期来一直是这座著名的、古老的救济院里的展览品。

"不要相信她!"老爱密莱喋喋不休地说，"一句话都不要相信她。她还不到九十九岁。你们看到她的牙齿没有?她有六颗牙，而我只有两颗。嗨，这是有原因的!"

"早安，爱密莱。有什么麻烦吗？"格林道浦夫人问道。

"早安，夫人。就是那个科菲老奶奶，她是个麻烦。她会有一百一十岁？最多不过九十九岁！喂，葛莉茜，你来领你的太奶奶吗？接回去吧，越快越好。"

葛莉塞尔达也是这样想的，然而，格林道浦夫人却只是笑笑，说："不，爱密莱，葛莉塞尔达只是来看望她的太奶奶，来看看她在这里生活得怎样。"然后，她转向那两位女士和先生，她显然认识他们，"噢，玛格丽特，噢，教授，你们看过科菲太太了吗？"

"真是位身体健壮的老太太。"教授说。

"我不是这样对你们说的吗？"

"绝对不超过九十九岁。"爱密莱·迪恩咕哝着。

那位外貌悦人名叫玛格丽特的女士和蔼地望着葛莉塞尔达，问："这就是她的一直生病的小曾孙女吗？科菲老太太把她的情况都讲给我们听了，说她歌唱得非常甜美动听。你现在身体怎么样，亲爱的？"

葛莉塞尔达行了个屈膝礼，说："我很好，谢谢，夫人。"

"你能唱歌给我们听听吗，葛莉塞尔达？"

"好的，夫人。"葛莉塞尔达很难为情地轻声说道，因为她只对她的太奶奶和宝宝理查德唱过。

"改日再唱吧。"格林道浦夫人接口说，这使葛莉塞尔达大大地松了口气。"因为现在我们得去看她的曾祖母。你知道，她们俩已有三个月没有见面了。别忘了今晚到我家来，玛格丽特。如果你来得早，你还可看理查德洗澡。"

随即她和葛莉塞尔达顺着那照满阳光的小路继续往前走去，然后在拐角处的一间房间门前停下，只见科菲曾祖母正坐在炉边一把旧摇椅里打瞌睡。葛莉塞尔达再也控制不住，她飞奔进去，用双臂把太奶奶紧紧搂住。科菲老太太睁开眼来，说："嗨，葛莉塞尔达。你终于回来了。你的头发怎么了？"

"我生病时他们把我的头发剪短了，太奶奶。"

"我不喜欢短头发。"老太太说，"他们不该不问我一声就把这剪了。我们现在就回家去吗？"

"唔，太奶奶！"葛莉塞尔达低低地说了一声。又是格林道浦夫人解围了，她说："今天不回去，科菲太太。现在你该让葛莉塞尔达看看你在这儿生活得多好，多舒服。瞧，葛莉塞尔达，你的太奶奶简直就像生活在家里一样，对不对？她带来了她自己的摇椅、被子、跪垫、书和茶壶，那窗台上的花也是从你们花园里摘来的。"

"喔，还有贝拉！"葛莉塞尔达看到了在科菲曾祖母的大围巾里向外窥望的洋娃娃，便惊叫起来。

"对呀，你一一直替葛莉塞尔达照料着贝拉，是不是，科菲太太？"

"她乖不乖，太奶奶？"

"有时乖，有时不乖。"老太太说。

"我给你带来了薄荷糖，太奶奶。"

葛莉塞尔达把一包糖塞在她那瘦小的手里，它立刻被藏到厚厚的大围巾里去。科菲曾祖母的眼睛顿时明亮起来，脸上显出甜蜜的笑容。"那个爱密莱·迪恩！"她格格地笑道。

"爱密莱·迪恩怎么啦，太奶奶？"

"她嫉妒我。我来以前，她是这里年龄最大的老人。现在不是了。她刚一百出头，是个毛头姑娘。别去管她。你接我回去后，明天随她怎么样。"

"喔，太奶奶！"葛莉塞尔达又轻轻地说了一声。

"明天早上我准备好等你。"科菲曾祖母说道；随即，她忽然像个婴儿或一只猫似的，一下子睡着了。

"走吧，葛莉塞尔达。"格林道浦夫人非常温和地说，"你想把贝拉带走，是不？"

"不，夫人。"葛莉塞尔达说，"我把贝拉留给太奶奶。我有宝宝呢。"

她跟着格林道浦夫人走出大门，走过一条铺着卵石的小径。一路上，她一直把脸侧向一边，并在她的太阳帽底下，不让她看到她那伤心的面容。

那天一整天，葛莉塞尔达硬逼着自己去照料宝宝理查德，谁也不去打扰她。格林道浦夫人十分理解她的心情，因此，当她更换衣服准备吃晚饭时，她对丈夫说："我看这件事也许不行吧，约翰？"

"就这样，别再去管它，亲爱的。"村长劝道，"她们两个很快就会习惯的。那老太太今后越来越需要更多的照顾。那女孩绝对挣不到付房租的钱。此外，还要照料那老人。何况，我不想再出租，小屋卖掉后，钱可用来修补篱笆和翻盖山谷里的两间屋顶，剩余的钱可用在新建谷仓上。农夫劳逊愿出三十英镑的价，但我想他会加到三十五英镑的。无论如何，那间小屋不值一修，应该卖掉。"

"嘘，轻点！"格林道浦夫人说，因为正巧葛莉塞尔达从门口经过，她口中哼哼，抱着理查德去洗澡。

"你心肠太软了。"格林道浦先生边说边拧了一下她的耳朵。"别延误时间了，要是我没听错的话，门铃响了。"

他们的晚宴客人到了，玛格丽特吻过格林道浦夫人后，第一句话便问："我可看看理查德吗？"

"他正在洗澡呢。"格林道浦夫人说。

"喔，天哪！"玛格丽特惊叹一声，二话没说，便往楼上的儿童室跑去。格林道浦夫人也跟着往上跑，因为她要目睹玛格丽特看到她那宝贝心肝时的情景；她回过头，从她的肩膀上问教授道："你也一起来吗，詹姆士？"她颇自信，感到人人都喜欢看看她的宝宝洗澡。

"他当然不会去罗，亲爱的。"格林道浦先生有点不耐烦地说。教授却很随和地说："我当然要一起去！"于是，两位先生跟在两位女士后边跑上楼去；只见在儿童室门口，格林道浦夫人微微推开门，把一个手指贴在嘴唇上；因为，除了宝宝理查德洗澡时发出的溅水声和哼哼声之外，还传出了葛莉塞尔达的甜美歌声：

"睡吧，睡吧，快快睡吧！
摇啊，摇啊，我的小宝贝，
摇啊，摇啊，我的小宝贝，
睡吧，睡吧，快快睡吧！"

"哟，多么美妙动听啊！"玛格丽特轻轻地说道。

不料，教授一个箭步推门进去，径直走到浴盆前，问葛莉塞尔达："你唱的是什么歌，孩子？你从哪儿学到这曲子？你知道你唱的是首什么歌？"

葛莉塞尔达吓了一跳，抬头一望，顿时羞得脸孔通红，她一边把两脚乱踢的宝宝从水里抱起，一边回答道："知道的，先生。这是我让太奶奶入睡时唱的歌。别叫，宝贝儿！做个乖孩子。你听：'摇啊，摇啊，我的小宝贝，摇啊，摇啊，我的小宝贝！'葛莉塞尔达边唱，边把裹在浴巾里的理查德放在她的膝盖上上下摆动着。

"谁教你唱这支歌？"教授又问。

"怎么回事，詹姆士？"玛格丽特问。

"不要响，潘琪。"教授说，"谁教给你那曲调和歌词的，葛莉塞尔达？"

"没人教过，先生。太奶奶以前一直对我的祖父和我的爸爸唱，后来又对我唱，现在我就唱给她和宝宝听。"

"是谁唱给你太奶奶听的？"

"她的奶奶呀。"

"那么又是谁对你的太奶奶的奶奶唱的呢？"

"别傻了，詹姆！"玛格丽特笑道，"这叫孩子怎么弄得清呢？你得追溯到英国玛丽二世女王和威廉三世①的时代去。"

"我想追溯到再远一点的年代去呢。"教授说，"好吧，葛莉塞尔达——葛莉塞尔达！哎哟！你的太奶奶谈到你时，叫你葛莉茜尔！"

"她叫我葛莉茜，先生。"

"好，葛莉茜也行。你的祖母叫什么名字？"

"我奶奶的名字叫葛莉塞尔达，她的奶奶也叫葛莉塞尔达。我们都叫葛莉塞尔达，因为这首歌的缘故。这名字是用来叫葛莉茜尔的儿子的，先生。"

"是的，我知道。"教授颇为惊奇地说。

"这是我们的歌。"葛莉塞尔达说着，把理查德周身仔细地擦干。

"小宝贝儿！"玛格丽特俯下身去吻他并喊道。

"别来打岔，潘琪。"教授说，"葛莉塞尔达，你说这是'我们的歌'，你们的歌，这是什么意思？"

"我的意思是，这首歌是写给我们的。"葛莉塞尔达说，"很久很久以前，它写给我们这许多葛莉塞尔达中的一个，可我不知道究竟是哪一个？"

"你知道这歌是谁写的吗？"

---

① 英国玛丽二世女王和威廉三世于1680—1694年共同执政。

"戴克尔先生写的，先生。"

"完全正确！"教授高兴地说。

"有什么使得你这样兴奋的，詹姆士？"玛格丽特问。

"别啰唆，潘琪。现在，葛莉塞尔达，你怎么知道这首歌是戴克尔先生所写，而且是写给'你们中的一个'的？"

"因为书上写着呐，先生。"

"哪本书？"

"太奶奶的书。就是那本印刷很怪、里边有许多错别字的书。"

"喔，是本印好的书。"教授的声音里带点失望。

"是的，先生。这首歌就印在封里，下面还写着'献给我亲爱的葛莉塞尔达。托马斯·戴克尔。'还具有年月日。"

"哪一月？哪一年？"

"十月十一日，一千六百零三年。"葛莉塞尔达回答道。

"我找到了！"教授说。

"你疯啦，詹姆士？"玛格丽特问道。

可是教授只顾提出另一个问题。"那本书现在在哪里？"

"我想贝拉正坐在上面呢，先生。"

"贝拉？"

"我的洋娃娃，先生。它垫在她下面，她看上去好漂亮哩。"

"那么，贝拉在什么地方？"教授的目光在房间里四处扫射。

"我把她留在救济院，跟太奶奶一起做伴，先生。"

"噢，原来你把自己的宝贝留给了别人，是不是，坚韧的葛莉茜尔？明天我们一起到救济院去看望你的太奶奶。"

葛莉塞尔达的眼睛闪起了欢乐的光芒，她扣好理查德天鹅绒睡衣上的纽扣；但她只说一句话："'坚韧的葛莉茜尔'就是那本书的书名，先生。"

"是的。"教授说，"我知道。"

翌日，教授来找葛莉塞尔达，要带她一起前往救济院。他来时，她还没给理查德喝完第一瓶牛奶，所以，格林道浦夫人说："噢，你真早啊，詹姆士！"教授回答说："我有点小事要办。"

他们去时，看到科菲祖母还躺在床上，用枕头枕着，贝拉在她的身旁，从打补丁的被子里探头向外窥望。她急切地望着葛莉塞尔达，问："葛莉茜！我们现在就回家去吗？"

"有位先生要看看你那本书，太奶奶。"

"好的，就在那儿窗台上，他要看就看吧。"

教授拿起那本皮面旧书，小心翼翼地把它打开，先看书的扉页，然后再看封里。他点了两次头，似乎表示很高兴的样子，接着，他就像位医生那样，在科菲曾祖母的床边坐了下来，说道："科菲太太，跟我讲讲这本书吧。你还能记得你听到的有关这本书的情况吗？"

"记得！"科菲曾祖母气鼓鼓地说，"我当然记得！我的奶奶把她的奶奶告诉她的都讲给我听，我记得清清楚楚，就像是昨天的事一样。你把我当做什么人？像爱密莱·迪恩那样的可怜老人，什么都记不得？"

"当然不是，科菲太太。就把你所记得的告诉我吧。"教授说。

科菲曾祖母回首往事，她的眼睛变得从未有过的明亮。"我的奶奶，"她开始说道，葛莉塞尔达从没听到她吐字这样清晰，"出生在奥伦治的威廉国王即位的时期，上帝保佑，她的奶奶当时九十三岁，可怜的老人，虽然她活到一百零四岁，但有十一年她给我奶奶唱书里的这首歌，而这首歌是她的爸爸在她出生那年为她谱写的，而且铅印了出来，还有手写本的。"

"托马斯·戴克尔先生。"教授说道。

"好像是这个名字，先生。"

"他是你几代以前的曾祖父？"

"是的，先生。"

"他是位名人，科菲老太太。"

"我并不感到奇怪，先生。"

"你奶奶的奶奶叫什么名字，科菲老太太？"

"葛莉塞尔达，先生。"

"那么这小女孩也叫葛莉塞尔达啦。"

"当然是啦！"科菲曾祖母咛咛地笑了起来。"为一个相同的名字竟提出这么多问题。"

"科菲老太太，你该知道，这本书很值钱。你肯卖给我吗？"

科菲曾祖母望着他，面露可爱的笑容，却带点贪婪而狡猾的样子，问道："值多少钱？十个先令？"

教授迟疑了一下，说："比那值钱得多，科菲老太太。"

突然，葛莉塞尔达鼓足了勇气说："请问，它能值三十五英镑吗，先生？"

教授又犹豫了一下，说："我想它能值五十英镑，葛莉塞尔达。不管怎样，我可以给你太奶奶五十英镑买下这本书，假如她愿意卖的话。"

"喔！"葛莉塞尔达松一口气。"谢谢您，先生。"

"你为什么要谢这位先生，葛莉茜？"科菲曾祖母尖刻地问，"这是我的书，不是你的。"

"是的，我知道，太奶奶。"葛莉塞尔达焦急地说。

"我不卖给他……"老太太顽固地说。

"喔，太奶奶！"

"……低于十个先令，"科菲曾祖母说。

教授笑起来了；而葛莉塞尔达几乎欣喜得要哭出来。

"好啦，葛莉茜，真是胡搞一通！"科菲老太太说，"你为什么还不帮我起床穿衣？他们把你的头发怎么啦，孩子？"

"我住医院时他们把它剪了，太奶奶。"

"你住过医院了？"

"是的，太奶奶，你不记得了？"

科菲太奶奶呆呆地盯着葛莉塞尔达那剪短了的头发。"我不喜欢它。"她说道，"没经我同意，他们不该剪。"她忽然显得很不耐烦的样子。"帮我起床穿衣服，葛莉茜。我要回家去。"

"今天下午，太奶奶，就今天下午！"葛莉塞尔达应诺着；她把那本托马斯·戴克尔先生著的书《坚韧的葛莉茜尔》往教授的手里一塞，便尽快地奔了出去。她上气不接下气，气喘吁吁地跑进了村长的书房，也不敲门，就叫喊道："喔，请答应，先生，请答应吧，格林道浦先生，农夫劳逊给您三十英镑买我们住的那间小屋，我们给您三十五英镑，喔，请答应，格林道浦先生，我们可以给您五十英镑！"

毋需多讲，等教授在葛莉塞尔达之后赶到，事情就水落石出了；格林道浦先生明白科菲曾祖母在这世界上确实拥有五十英镑的钱财；他又听到葛莉塞尔达又哭又笑，恳求允许她把曾祖母接回家去，以及愿在太奶奶不需要她时，她再回来照管宝宝理查德直到永远；他马上就同意了，说："好吧，葛莉塞尔达，那间小屋就以三十五英镑卖给你，另外十五英镑我代你保管，等你和你的曾祖母需要时再给你。"

当天下午，葛莉塞尔达乘坐格林道浦夫人的双座四轮敞篷马车去救济院，后面跟着一辆格林道浦先生农场的运货马车。她把曾祖母安顿在双座马车里，同时还放进了她的圣经、跪垫、茶壶、打补丁的被子和贝拉；在运货马车里，放进了她的摇椅、钟和木制小衣箱；她们一起回到了小巷尽头的小屋，里面炉火已生得旺旺的，床也铺得整整齐齐的。花园里母鸡在咯咯叫，蜜蜂在嗡嗡飞，玫瑰盛开竞相争妍，科菲曾祖母回到家，劈头就说："你让我坐在红醋栗树丛旁，葛莉茜，你去泡茶，我来赶走椋鸟。"

当天晚上，快乐的葛莉塞尔达送太奶奶上床睡觉，洗去她干瘪指尖上染的红斑渍，说道："今晚你得吃点药。"

"不，我不吃，葛莉茜，药很苦。"

"要吃，你一定得吃，太奶奶。吃好药后给你吃一颗糖。"

"两颗糖好吗？你再讲个故事给我听？"

"我会给你讲那个巨人的故事，他有三个脑袋，他住在一座铜城堡中。"

"我喜欢那个故事。我想，爱密莱·迪恩今晚该是个快活的女人。"

"现在，太奶奶，吃药吧。"

"贝拉吃过药了吗？"

"吃过了，她一声也没哼。给你一颗糖，这儿还有一颗。让我给你盖好被子，你静静地躺着，听我讲。从前有个巨人。"

"啊！"科菲曾祖母说。

"他有三个脑袋！"

"啊！"

"他住在一座铜城堡里！"

"啊！"科菲曾祖母闭上了眼睛。

"睡吧，睡吧，快快睡吧！"快乐的葛莉塞尔达唱着，"摇啊，摇啊，我的小宝贝！摇啊，摇啊，我的小宝贝！……"

鹦 鹉 鸟

街的尽头有所小学校。它的右边拐角处坐着吉普赛人老迪娜，她的鸟笼里养着一对鹦鹉。它左边的拐角处坐着卖靴带的苏珊·勃朗。苏珊认为自己大约九岁，但从来也不能肯定。至于老迪娜的年龄，已是大得无法记忆，很久以前她就忘记了。

每天中午十二点半，学校放学了，小男孩和小女孩从学校大门里成群走出来回家去，苏珊·勃朗也就想起午饭时间已到；她便开始吃她的小块涂油面包，边吃边赞赏小女孩头发上系的缎带蝴蝶结和小男孩脚上穿的无孔靴。他们的靴带总是断了，然后打个结再用的，所以他们的靴带是个什么样你也就可想而知了。不过，苏珊·勃朗从来也不盼望那些小男孩到她那儿来，用他们的便士买副新靴带。他们的妈妈会替他们到店里去买的，他们所需的便士是用来购买其他的东西，如陀螺、一盎司球糖或一只气球什么的。小女孩的便士则是用来购买珠子、梨子糖或一束紫罗兰。然而，差不多每天至少有一两个小女孩或小男孩停留在老迪娜的鹦鹉跟前，拿出他们的便士来说："请给我算个命。"

那对鹦鹉真是再奇妙不过的了！不仅因为它们长有草绿色光滑的身躯和长长的蓝尾巴，令人欣赏不已，而且还因为它们会给你算命，只收费一个便士；算命没有比这更便宜的了。

每当有孩子来付一便士算命时，老迪娜就说："把你的手指伸进笼子里，小宝贝！"等孩子这样做后，其中的一只鹦鹉就跳到他的手指上，拍几下翅膀。随即老迪娜取出一个挂在鸟笼外边的命运小纸包，里面有红、绿、紫、蓝、黄各色的折叠纸签。那只奇妙的鹦鹉便用弯弯的嘴从中衔出一张纸签来，让孩子拿去。不过，鹦鹉怎么会知道哪张纸签是那孩子的命运呢？——是玛丽安的、西利尔的、海伦的和荷格的命运？他们几个孩子一齐把头凑在那几张彩色的小纸签上看着，感到奇妙极了。

"你是什么命运，玛丽安？"

"我将和一位国王结婚。是张紫色的纸签。你的呢，西利尔？"

"我是张绿色纸签。我将进行一次长途旅行。海伦的命运怎么样?"

"我得到一张黄色纸签。"海伦说,"说我将生七个孩子。你的命运怎么样,荷格?"

"我将来无论干什么,都会取得成绩。这是张蓝色的纸签。"荷格说。随后,他们就各自跑回家去吃午饭了。

苏珊·勒朗坐在那里,伸长了耳朵听着。能算到一个命该有多美啊!她若是有一个便士用来算命就好了!可是,苏珊·勒朗永远别想有一个便士去随便花花算个命,她买块面包块糖呀什么的便士也不常有。

但是有一天,孩子们都已走了,老娜迪坐在阳光下打瞌睡,好机会来了。由于某种偶然的情况,鸟笼的门竟开着一条缝,其中一只鸟跑了出来。老迪娜在角落里睡着了,没看见。苏珊没睡,看到了。她看见那只绿色小鸟从它的栖木上跳下,又拍着翅膀飞到了地上。她看到它沿着路边的镶边石跑了过去,而恰恰就在这时。路沟里蹲着一只饿瘪的猫。苏珊的心怦怦直跳,甚至连她的人也跳了起来。她跳得比猫早,一路奔过去,口中还嚷着赶那猫:"嘘!嘘!"

那猫转身跑开了,好像它正在动其他什么东西的脑筋,苏珊把手伸向那只鹦鹉,它马上跳到了她的手指上。在这么个夏天的晴朗

日子里，有一只鹦鹉栖息在你的手上，真是人人盼望的最幸运的时刻；这也是苏珊·勃朗有生以来所遇到的最大的幸福。但岂止这一点，好兆头还有呢；当他们回到笼子门口时，那只鹦鹉竟伸出了它的尖嘴，从小纸包中衔出一张玫瑰红的命运纸签递给苏珊。她简直不敢相信这是真的，然而这却是事实。她把那只鹦鹉关进了笼子，然后手里拿着她的命运纸签，回到了她自己的左边屋角处。

过了一段时间，玛丽安、西利尔、海伦和荷格都不再上学了。他们的命运纸签早就丢掉了，他们也就把这件事给忘了。玛丽安跟一位青年化学家结了婚，西利尔整天坐在办公室里，海伦根本就没有结婚，荷格从来也没好好干过工作。

苏珊却一直把她的那张命运纸签藏得好好的。白天，她把它藏在口袋里，晚上，她把它藏在枕下睡觉。她不识字，所以也就不知道那上面究竟写的是什么。不过，那终究是张玫瑰红的命运纸签，而且不是她出钱买的——而是鹦鹉送给她的。

圣佛莉安

（一）

凯茜·古德门正在绿色村头一所房子的前院里摘青豆。她虽在摘豆，但仿佛很恨那些青豆似的。她被疏散来这里，已整整四年了，她的脸始终没一丝笑容，一直是皱着的。真可惜，凯茜·古德门的脸蛋生得倒挺漂亮。

老维宁太太在那所房子的窗口里望着外边。她的一条腿有病，所以大部分时间总在窥望这片绿油油的村子发生些什么，有何动静。就像现在，她盯视着凯茜，看看她有没有偷吃太多的青豆；她还同时在眺望那边的医生太太莱恩夫人和小学教师巴妮丝小姐，她们俩正站在绿草坪上的一个鸭池旁，向池子里凝望着。

巴妮丝小姐正在说："这池子实在令人看了作呕！"

"还有那臭气。"莱恩夫人边说，边皱起了她那漂亮的小鼻子，并用法语说，"喔，天哪！"

一年以前，莱恩医生和她在伦敦结婚。在这埃格汉姆小村里，人人都喜欢莱恩医生，而对他的那位法国夫人却充满了好奇心。她长得漂亮，还是一般？她很漂亮。她的为人是令人愉快，还是冷漠不易亲近？她很令人愉快。她是年轻还是年老？两者都不是。莱恩夫人现年三十五岁，处于最佳年龄，也可以说，恰好既不年轻也不年老——埃格汉姆村的人认为，对四十四岁的医生来说，这年龄正合适。没多久，村里人就像喜欢医生那样地都喜欢上她了，尽管她有很多地方与众不同。她活泼、善良，讲究实际，对每桩事每个人都感兴趣。她的服饰虽然朴素，但别具一格；看她在街上行走真是一种享受。还有她的烹饪本领也是棒极了——瞧，她跟别人同样食物是定量的，却能烹制出各式各样新颖的美味食品来。她用一棵卷心菜或一磅小牛肉煮成的菜肴将会使你大吃一惊；教区牧师弗莱彻先生就这样说的。当然，她讲话的方式有些两样，但作为一位外国人，可称得上是讲得挺好的了，她是第二次世界大战结束后不久才来英国的。即使说，她的思想和举止和埃格汉姆村的习俗有所不同，但村里人发现自己还是喜欢那一套的。自从医生的妻子在他们中间住了十二个月以来，无论如何，村里的生活增添了不少乐趣。她总想干些什么。维宁太太从她的花边窗帘后面向外窥望着，心里在琢磨："现在，她又在想干什么了？"

莱恩夫人正在问："这池塘从上次清除到现在有多久了？"

"一九三九年被疏散的人来村以前，一直没有清除过。"巴妮丝小姐说，"我们对这个池塘一向特别注意，绝不让它变成一个垃圾桶。可是，有几个疏散来的人很粗鲁，他们游手好闲，无拘无束，经常坐在栏杆上往池里乱扔东西，抓到什么就扔什么，觉得好玩。现在长住下来了，当然，他们也喜欢待在这里了。"

"凯茜·古德门还不喜欢这里呢。"莱恩夫人瞅着村头的那所房子说道。

小学女教师皱起双眉。凯茜·古德门的确使人不放心。她不适应这里的一切。她根本就不想适应。她没有父母，似乎也无亲无戚；从她来到埃格汉姆村的头一天开始，她就习惯于愁眉苦脸，别人对她的一切友好尝试，都遭到她的拒绝。巴妮丝小姐最讨厌看到孩子闷闷不乐，不过，她说凯茜的情况她还是很关切的。

"让她跟维宁太太住在一起实在可怜。"

"不能换一下吗？"莱恩夫人问。

谁肯收她？"巴妮丝小姐有点不耐烦地摇摇头，随即又望着那池塘说："天哪！真没想到，这个旱季竟扔进去这么多东西。"

埃格汉姆村正遭受着严重的干旱。水井都已干枯，花园也干透了，池塘都露出了底。那鸭池缩小到只剩中央一小块软泥上还有那么一点绿色的浮萍，四周的泥土都已干硬，里面堆着许许多多乱七八糟的东西：鲑鱼罐头盒啦，沙丁鱼和汤罐头盒啦，生了锈的厨房用具啦以及各种破瓶子啦；在一处还有只硬得像铁一样的旧长筒靴，被掷进时，它那皱皮的靴头正好倒插在泥块里；鸭池的正中央，一条木头椅腿像古代沉船的桅杆那样竖立在那儿。

"太不像样了！"莱恩夫人愤愤不平地说，"既不卫生，又难看。必须清除一下。"

"我对弗莱彻先生讲过了。"巴妮丝小姐说"但是村里劳动力短缺，抽不出男人来。"

"那好！"莱恩夫人用法语叫了一声，接着说："没有男人，总有女人的！我自己来清除池塘。"

"什么时候？"巴妮丝小姐问。

"晚饭以后。"莱恩夫人说。

"我来帮你。"巴妮丝小姐说。

"我们需要耙和铁铲。"莱恩夫人又说，"我穿上短裤和医生的威灵顿长靴。八点，我们喝过咖啡就干。"

"我会来的。"巴妮丝小姐笑道。她高兴地向靠近学校的一所房子走去，莱恩夫人则穿过草坪回到她那幢面临草坪的漂亮白色房子去。她们两个看上去都很快活，意志坚定地走着，因此，老维宁太太不禁自言自语地问："她们究竟准备干什么？"她从窗口叫唤凯茜，问道："莱恩夫人在鸭池旁干什么来着？"

凯茜不回答。

"难道你的嘴没长舌头？"维宁太太责骂道。

凯茜把舌头伸给她看。

"摘豆去！"维宁太太大喝一声；随即又自言自语道："也许有人会想她盼望在池塘里找到珍宝吧。"

凯茜把几颗青豆塞进嘴里，不让自己哭出声来。一件珍宝！只有她一人明白那鸭池里有件宝贝。喔，她多么恨那个鸭池！就是这个鸭池使她的美丽小脸愁眉不展，皱了整整四年！

（二）

原来，鸭池里的那件宝贝是个名叫圣佛莉安的洋娃娃。她就埋在池中央那把破椅子下面的污泥里。那把破椅子压在她胸口上，把她埋得深深的，从此，她丢弃了重见天日的希望。她已有四年没有见到阳光了。她的衣裙是用古代上等丝绸制成的，有蓝白相间的条纹，白条纹上还点缀着一朵朵玫瑰花蕾，眼下，她这件漂亮衣裙肯定已毁坏了。她的木屑身子已完全湿透，变成软绵绵的了。圣佛莉安只盼望自己的脸能完好无损。她生来有一只红润发亮的白瓷脸，乌黑光滑的瓷头发，大大的蓝眼睛，配着一张樱桃小嘴——这是她很久以前出生在法国的模样。躺在绿草坪上鸭池的淤泥里，圣佛莉安只得靠回忆来苦度岁月。她算算自己差不多快八十岁了。她想起了那座可爱的、有塔楼的法国城堡，以及架在干涸的护城壕沟上的一座桥，还有玫瑰花园和在阳光照耀下熟透了的大蜜桃；真是一座仙女的城堡，里面住着一位天仙般美丽的女士。那位女士正坐在桌旁缝制，桌上堆放着一块块锦缎，一卷卷彩色丝线和一条非常漂亮的荷叶花边。圣佛莉安没穿衣服，光着身子躺在这堆漂亮东西中间。那位女士将为自己缝一件蓝白条子的睡衣，袖口上镶着花边。还剩下一条花边和一块绸料。"这些刚够替塞莱斯汀的洋娃娃做件衣裙。"她说。她熟练地裁剪好，又用精巧的针脚缝制了一件花边衣裙和一件绸上衣。第二天，她把这洋娃娃送给了她的小女儿，这天是她的生日。七岁的小女孩替洋娃娃取了个跟自己一样的名字，也叫塞莱斯汀。她爱这个洋娃娃胜过其他任何玩具，非常小心地爱护她。若干年后，她又把这洋娃娃送给了自己的小女儿，她的小女儿同样也名叫塞莱斯汀。三十年以后，又有了另一个名叫塞莱斯汀的小女孩，她把祖母的这一身穿古代法国丝绸和真丝花边衣裙的洋娃娃当做宝贝。那洋娃娃还以为自己能在这座仙女城堡里永久住下去，永远属于一个接一个名叫塞莱斯汀的小女孩。然而到后来，她终于懂得，事情并不是一成不变的。

那是第一次世界大战爆发的那年。城堡的周围枪林弹雨，城墙上弹孔累累，有的天花板也塌下来了。一天晚上，她的小女主人跑来把她从摇篮里抱起，说着："我们要逃走了，塞莱斯汀；妈妈说我们得赶紧，可我不能自顾自走，不带着你啊。"

"快一点，塞莱斯汀，快！"妈妈在楼下叫着。有血有肉的塞莱斯汀双臂抱住那个木屑的塞莱斯汀，飞快跑下楼去。外边是满空繁星闪烁的夏日夜晚，他们穿过玫瑰芬芳的花园，跨越护城壕沟上的那座桥——那女孩忽然绊了一脚，洋娃娃从她手臂中摔了出去，跟在后面的仆人一脚把她踢进了沟里。"塞莱斯汀！"女孩哭叫道。"快走！"妈妈在一味催促。

"塞莱斯汀掉下去了呀！""喔，宝贝，我们不能等呀……"那洋娃娃最后听到就是她的小女主人为她流泪的哭泣声。

那洋娃娃也不知道自已在干涸的壕沟里究竟待了多少时间。她后来记得有个身穿黄军装的男子把她从枯叶堆里捞了出来，拍掉她身上的灰尘。"唷！"他说，"正合适送给我的基茜！"

枪炮继续在轰鸣，那座仙境般的城堡比先前更加满目疮痍，已经是遍体鳞伤了，玫瑰花园也到处是瓦砾弹片，被摧残得不成样子，那个英国士兵把洋娃娃带回家去。这就成了她对法国的最后回忆。

接下来，她记得那个士兵在英国的一间小房间里把她从行军袋里取出来，他的妻子偎依着他，高兴得流出泪来，他的膝盖上正坐着那个他叫基茜的小女孩。

"瞧，爸爸给你从法国带回什么东西来，宝贝！"

"哦！"小女孩说，"多可爱！叫她什么名字？"

"让我想想看。"士兵说，他不知道那洋娃娃原来名叫塞莱斯汀，所以说："就叫圣佛莉安吧。"

"那是什么意思，爸？"

"意思是，她是一个仙女，你看，她将给你带来幸福。"

因为她是仙女，所以基茜很喜欢她，而且世界上没有别的洋娃娃有她这样漂亮的脸蛋，和她这样美丽的衣裙。裁缝赫金斯小姐评论她那件衣服说：

"这是最最上等的丝绸料。"她对那条裙子说，"啊！我完全相信那是真丝花边。"不过，基茜最喜欢的倒是圣佛莉安本身。

那洋娃娃变成圣佛莉安后，先是属于基茜，她像以前三个法国小女孩塞莱斯汀把她当做宝贝那样地喜欢她，接着，过了好多年以后，她就属于基茜唯一的小女儿，凯茜·古德门了。凯茜·古德门喜爱圣佛莉安胜过任何人，甚至胜过基茜，胜过很久以前三个塞莱斯汀中的任何一个。

第二次世界大战爆发前夕，不幸的事在基茜的生活中发生了。她失去了双亲，该照顾她的人对她漠不关心。她在这世界上只剩下了圣佛莉安，圣佛莉安就是她的整个世界。

（三）

一九三九年，第二次世界大战爆发，就在大战爆发前不久，凯茜跟一群其他儿童被疏散来这小村。在这埃格汉姆村里，她被分到老维宁太太家里居住，那实在是个厄运，因为维宁太太既自私又怪癖，根本就没有想使孩子快活的念头。本来，凯茜会在村里交上几个朋友，那么，情况就不大相同。可就在她来村的第一天，就碰到了一件很不幸的事。

埃格汉姆村里有个低能男孩。约翰尼已经长得很高大，却还跟最小的孩子坐在一起上课，巴妮丝小姐对他很和善，总对他特别关怀。约翰尼没有想伤害别人的坏脑筋，但他有一个弱点，专爱拿别人漂亮的东西，如果有哪个孩子抱怨这样或那样东西不见了，巴妮丝小姐就会把约翰尼叫到她的办公室，对他说："你这个小松鼠，让我来看看你的口袋里有些什么。"约翰尼对自己被称作小松鼠咧嘴一笑，随即迅速把口袋向外翻——里面准会有达莉·卡特的发夹，还有别人的缎带，树篱上摘下的鲜艳的玫瑰花蕾，以及不知从哪儿弄来的玻璃纽扣。疏散的人来到的那天上午，妇女协会举行茶会欢迎他们，约翰尼到那里闲逛，眼睛死盯住一只金属茶壶。"注意茶匙。"巴妮丝小姐悄悄对帮忙的人说。她知道约翰尼对那些东西手指会发痒。谁知他的手指很快对另一样东西发起痒来。约翰尼瞥见凯茜抱着圣佛莉安，孤零零一人坐在一个角落里。她来到这个陌生地方，心里怪纳闷的，还不知道谁来挑选她去他们家同住，不过，她得知圣佛莉安可以和她一起去并睡在一张床上，所以也就放心了。总有一天，她这仙女娃娃会带给她幸福的。

约翰尼走过来，抓住了洋娃娃的丝绸衣。

"把它给我！"他说。凯茜只是瞪着他，把圣佛莉安抱得更紧一点。"把它给我！"约翰尼又说一遍，这一次，凯茜把他猛力一推，大声喊道："走开，你这个讨厌的小畜生！"

布里奇瓦特女士正在挑选五个孩子，她在凯茜面前停了一下，又走了过去，评论说："我怕你是个麻烦的小女孩。"这句出自一位有身份的妇女的话竟起了很大作用。没人要凯茜了，到最后，老维宁太太把她领了回去。

那天傍晚，凯茜站在村头那所房子的前院里，正在向圣佛莉安介绍这个新天地。绿色草坪上一片寂静，家家户户似乎都在吃晚饭。约翰尼跑来了，从外边往里盯望着。

"把它给我！"他说。

"走开，否则我就叫警察来抓你。"凯茜怒气冲冲地说。

她绝想不到会发生这一切——约翰尼从篱笆上面伸过手，把圣佛莉安从她的手臂中一把抢了过去，逃走了。凯茜飞快地从大门口穿出去，在草坪上追他，尖声叫嚷："我去叫警察来！我去叫警察来！"

是不是她的威胁把那个低能儿给吓坏了？只见约翰尼突然举起双臂，把圣佛莉安向池塘中心抛去。那洋娃娃凭着她身上的丝裙，在水面上漂浮了一会儿；等衣裙一湿透，她就沉下看不见了，大家都跑到门口来了。他们看到约翰尼正仰面躺在草坪上，被一个疏散来村的小女孩猛烈地抓呀，打呀。

两个孩子被拉开了。约翰尼说不清楚，凯茜却不愿说明原委。她不愿把自己那颗破碎的心在这批冷漠的陌生人面前显露。她宁愿默默地忍受——喔！她忍受着多大的痛苦的煎熬啊！她的痛苦越来越深，她始终闭口不语。她怒视着约翰尼，怒视着那个鸭池，怒视着埃格汉姆村以及村里的一切。

这就是从伦敦来的那个"麻烦的小女孩"的不良的开端。这就是为什么凯茜·古德门一直没适应，也从来不想适应这小村的原因。可是，没有人知道这个原因。

晚上八点钟到了，由于七月的夏令时间关系，要再过三小时天才黑。老维宁太太跟往常一样在窗口窥望着，看见鸭池周围，孩子大人越聚越多，他们的欢笑声、谈话声以及偶尔的叫喊声混合在一块儿。池子的中央站着莱恩夫人，她卷起袖子，棉布衬衫塞进了短裤，腿上穿着医生的橡胶长筒靴，用灵巧的双手在淤泥中耙着杂物，然后一一递给站在硬泥块上的巴妮丝小姐。岸上的孩子们又把杂物堆积起来，准备明天装车运走。

"饼干盒子，是战前的！"莱恩夫人报道说，"板球，属于征服者威廉的。""诺亚方舟中使用的茶壶。"她每耙出一件东西，围观者发出阵阵欢笑并报以热烈的喝彩声，就像在看一出好戏似的。"特洛伊的木马！"莱恩夫人又喊道。

"那是我的木马！"伯比·梅脱莱特叫了起来，"我没想到它竟会在这儿！"

人群的边上，站着凯茜·古德门，她在全神贯注地望着。如果伯比·梅脱莱特的木马找到了，为什么圣佛莉安找不到呢？

搜寻还在继续。九点敲过了。妈妈们都赶孩子回去睡觉。维宁太太大声叫喊凯茜回屋去。凯茜溜到一簇树丛后躲了起来。等时钟敲十点时，几乎除了莱恩夫人和巴妮丝小姐外，一个人也没有了。草坪上出现了三大堆垃圾，池塘里已看到一只罐头听子了。可是圣佛莉安尚未露出来。莱恩夫人用她那沾满淤泥的前臂，把汗淋淋的前额上的头发往上掠。

"差不多了吧,我想。"她一边说,一边随随便便在淤泥里耙着("喔,继续耙吧!继续!继续!凯茜心里默默地在祈祷)。莱恩医生倚在白房子花园的围墙上抽着烟斗。"够啦,蒂娜!快回去吧。"他喊道("请继续耙下去!请继续耙"凯茜·古德门又默默地祈祷)。

"嗬!挺有趣!"莱恩夫人笑道。她慢慢地拔出自己陷在淤泥里的长筒靴。

"明天你感冒打起喷嚏来,"医生说,"那才有趣呢。"

"还有我的肩膀疼呢!"莱恩夫人耸耸双肩,穿过草坪走回家去。

巴妮丝小姐说:"明天上午我们来清除这几堆垃圾。"她随即也走掉了。

草坪上空无一人,只有凯茜还蜷缩在树丛后边。老维宁太太也随她去,自管自睡觉去了。

圣佛莉安却依然躺在鸭池中央的淤泥底下。难怪莱恩夫人没有把她耙出来,原来,在耙的过程中,她一直站在她的上面。

半夜,十二点敲过了。医生已经睡熟。莱恩夫人溜下床,想嗅嗅窗台上的茉莉花香,再欣赏一下绿草坪上的月色。这是埃格汉姆村最美丽的景色之一,可惜极少有人关注它。蒂娜·莱恩穿着睡衣站在窗前,眺望着在安谧的榆树后面那方方的教堂钟楼,还有那几百年来孩子们在那儿嬉耍的宁静的草坪,以及一幢幢沉睡在银色月光下的黑色住房。多么可爱的埃格汉姆村啊!莱恩夫人觉得那教堂的钟楼简直就像是一座仙女城堡里的塔楼。

突然,她屏住了呼吸。夜深了,哪来的低声抽泣?——还有,那池子中央有个什么东西?是不是一条狗或是一只羊正在那里挣扎?"喔,天哪!是个小孩!"

莱恩夫人一个箭步奔下楼去。她在大厅里一边跑,一边抓起了那双沾满了淤泥的威灵顿长筒靴,她几乎停也不停,就把穿着睡裤的双腿塞进靴子里,跑到屋外去。不到两分钟时间,莱恩夫人已把凯茜·古德门从淤泥里拉了起来。她们俩紧紧搂在一起,站在鸭池当中。凯茜那时浑身是泥,湿漉漉的头发挂满了浮萍,样子怪怕人的。

"圣佛莉安!圣佛莉安!"她呜咽道。

"凯茜，亲爱的，什么事？"

"圣佛莉安！"

"告诉我，可怜的孩子。"

"我要圣佛莉安。"

"圣佛莉安是谁？"

"你一直没有把她耙出来。你耙出伯比的马，可你却漏掉了圣佛莉安。"

"她是你的洋娃娃！"莱恩夫人叫道，脸上绽出了笑容。"不要哭，亲爱的，哪怕我们耙个通宵，也要找到她。"她又用她自己本国的法语，笑着说道："没什么不得了的事！"

凯茜停止了哭泣，两眼盯住莱恩夫人。那么，归根结底，人们是善良的罗？莱恩夫人顾不得身上还穿着睡衣，跪在淤泥里，用双手摸了起来。这是什么东西？不过是另一只听子。她必须得十分仔细。啊！这儿有样东西又硬又光滑。是块石头？她把它拿到月光里一瞧。不是石块，是个瓷脑袋，上面有光滑的乌黑头发，一双蓝眼睛和一张樱桃小嘴。

凯茜·古德门快活得满脸通红。"圣佛莉安！"她大叫起来。可是莱恩夫人却脸色转成灰白，说："塞莱斯汀。"

穿着睡衣的莱恩医生在大门口等候莱恩夫人，只见她身上还在淌着泥浆，双臂抱着一个小女孩和一个洋娃娃，更是满身淤泥。

"蒂娜！究竟是怎么回事？"

"别站在这里光提问，亲爱的。打开浴缸里的热水龙头，再热一些牛奶。"

莱恩夫人、凯茜和圣佛莉安一齐去洗了澡。凯茜对待圣佛莉安真是爱不释手，她那瓷脸、瓷臂和瓷腿一洗又光亮了，不过可怜她那湿淋淋发软的身子！还有她那污损了的衣裙！但是，这又何妨？她裹着毛巾，躺在凯茜旁边的一张干净的床上。凯茜正在喝热牛奶，莱恩夫人坐着也在喝，她的一只臂膀搂住了凯茜。到这时，莱恩夫人才向她提出一个问题。

"凯茜，你是从哪儿得到我的塞莱斯汀的？"

"她不是你的塞莱斯汀，她是我的圣佛莉安。"

"是的，亲爱的，这我知道。不过，很久以前，当我还是个小女孩在法国时，她是我的。讲给我听吧。"

"我的外祖父从法国带回来送给我妈妈的。"

"是吗?"

"他是在一座城堡找到她的。"

"是的。"

"我妈妈把她送给了我。"

"你想想看,凯茜!我的妈妈也把她送给了我。后来我也因为丢失了她而大哭一场,就跟你一样。"

"她是我的。"凯茜·古德门凶狠地,却也是哀求地说。

"不错,她是你的。她将一直属于你,直到有一天你把她送给你的小女孩。明天我来替她重新做一个身子,再做件新衣裙。你能猜得出我准备替圣佛莉安做件什么样的衣裙吗?"

凯茜摇摇头。莱恩夫人走过去,从抽屉里拿出一件漂亮的小衬衫,是用蓝白相间的条纹绸做的,白条子上缀有玫瑰花蕾,袖口上还镶着荷叶花边。

"啊!"凯茜惊得喘不过气来。

"这件小绸衫,"莱恩夫人说,"是我曾祖母的。是用她奶奶的一件衣裙改制的。她的奶奶曾穿着那件衣裙跳过舞,那时她是法国的一位公主,住在一座仙境般的城堡里。"

"喔!"

"明天,"莱恩夫人说,"我们用它替圣佛莉安裁制一件新衣裙和一条花边衬裙。"

凯茜望着她,说不出话来。她脸上的皱纹一下子消失了,原先的愁眉苦脸如今绽出了笑容,她那小脸蛋显得如此可爱。也就在此时,塞莱斯汀·莱恩的眼睛里一下子充满了欢乐的热泪。她用双臂抱住了小女孩和洋娃娃,问道:"凯茜,你和圣佛莉安愿意留在这里和我一起住吗?"

"喔!"凯茜·古德门激动得喘不过气来。

玻璃孔雀

安娜·玛丽尔住在伦敦最古老、最古怪地区中的一条又古老又古怪的小巷里。原本，这地区曾是一座独立的村庄，从这里的山顶往下俯视，那一块块农田和一条条小径正好把这村庄跟伦敦市区划分开来。后来，逐渐市区往山上发展，一块块农田为房屋所吞食，一条条小径演变成了一条条大街。但是，由于小山甚是陡直，山路甚是蜿蜒，尽管市区已发展到了山顶，却不能把这座村庄全部吞没。要把所有那些弯弯曲曲、稀奇古怪的羊肠山路都改建成宽阔大道实在是太困难了，所以，有一部分只得随它去，任其保留着原样，安娜·玛丽尔所住的小巷就是其中之一。它从一条大街贯通到另一条大街，只供行人穿越而已，不是给卡车和汽车行驶的。那两条大街在稍远处汇合成一条，因此毋需把安娜·玛丽尔住的那条小巷改为交通要道，它仍然保持着原来一个大院落的格局，沿着小巷两侧是些凌乱不合规格的破旧住房，还有几家小店。由于这条小巷的路面是由砖石铺成的，又没有车辆来往，也就自然而然地成了住在这院落里的孩子们的玩乐场所；甚至连附近小巷里的孩子们也会到这梅林大院里来玩。那个串巷走街的手摇风琴师，有时也会打这梅林大院里穿过。一天，他经过这里时，一群孩子正围在一家小糖果店门口，这家小店出售半个便士乃至四分之一个便士一颗的便宜糖。这家店铺有一扇古老的凸肚窗，低得差不多快碰到地面——它的下边低到跟小女孩的裙子一样齐，它的上边高到只齐男人的衣领。要进店堂，需得先走下三级石阶，才走进那间昏暗的小店堂。那天，除了安娜有整整一便士外，其余的孩子身上连四分之一便士都没有。她的小弟弟威廉姆拉着她握有一便士的那只手，正在告诉她橱窗糖罐里他最喜欢那一种糖。他完全了解他的姐姐安娜·玛丽尔，其余的孩童虽然不是她的亲弟弟亲妹妹，也都十分了解她。

"我喜欢甘草线糖。"威廉姆说。

"我喜欢上面有斑纹的糖。"梅布尔·贝克说。

"我喜欢红白耗子糖。"威廉姆又说。

"那些牛眼糖好吃极了。"达丽丝·古德诺看到了说。

"还有巧克力耗子糖。"威廉姆接着说，"我还喜欢那些长长的有条纹的棒糖和里面是红心的奶油巧克力棒头糖。"

"梨子块糖。"凯蒂·法默低声说道。

"里面还要是白心的。"威廉姆加上一句说。

正当安娜·玛丽尔盘算再盘算如何把她的一个便士使人人都能轮到一份时，她一眼看到了那个手摇风琴师，便叫道："嗬！手摇风琴！"孩子们都转过身来。"给我们摇个曲子，先生！"他们嚷嚷道，"给我们摇个曲子吧！"那手摇风琴师摇摇头。"今天没空。"他说。安娜·玛丽尔便走过去，对手摇风琴师微微一笑，拉了拉他的上衣。

"给他们摇个曲子，让大家跳个舞吧。"她说着，便把一便士递了过去。然而，不是这个便士，倒是安娜·玛丽尔可爱的微笑起了作用。安娜是个相貌平平的小姑娘，不过她那可爱的微笑怪惹人喜爱。那时，你就会乐意为她干任何事情。同时，安娜·玛丽尔平时

也总是帮助别人干这干那的。给别人帮助出自她的微笑，别人也用微笑回报她的帮助，也可以这么说，她是以自己的方式来赢得她人的帮助。梅林大院里，整天都在呼唤着她的名字。"安娜·玛丽尔！约翰尼被箱子压伤啦。""安娜·玛丽尔！快来呀！伯比和琼打起来了，多可怕哟！""安娜·玛丽尔，哎唷！我把洋娃娃撕坏了！"有时也会是大人的声音在喊："安娜·玛丽尔！我到拐角处去一趟，请照看一下我的孩子。"是啊，人人都知道安娜·玛丽尔随时会帮助他们医治伤口，平息吵架，缝补洋娃娃和照看孩子。她不仅乐意，而且能做好；因为人人也能干好她请他们所干的事。

那个手摇风琴师没收她的钱，凭她那可爱的微笑，他就停下来摇了三支曲子；孩子们就这样免费跳了一次舞。威廉姆得到了四分之一便士两根的甘草线糖。安娜把余下的钱买了一小袋糖屑，每个孩子都用手指蘸一下，然后舔舔手指。轮到安娜，已蘸不满一手指了，她只得把小纸袋撕开，用舌头去舔个精光。

后来，那个手摇风琴师继续去兜他的圈子，穿过梅林大院，在另一些歪歪斜斜的房屋外边最宽广的地方停了下来，摇他的曲子；那里的孩子也都聚拢来跳舞，有时，因他的好心，手摇风琴师会收到一个铜板，不过，不管收到不收到，他都一样，每星期总来这里一次。

圣诞节即将来临，梅林大院的小商店里开始呈现出一派欢乐的气氛。糖果店的橱窗中央放着一个仙女娃娃，穿着饰有金箔的白纱衣，玻璃瓶之间也布置了一些彩纸和廉价玩具。蔬菜摊水果摊摆满了整个院落，各种常绿植物和菠萝展出。到了某天早上，还会像变戏法似的，变出了不少圣诞树来。拐角处杂货店的橱窗里，栗子呀、无花果呀、蜜饯呀，以及蓝白罐头的白糖姜饼呀什么的，早已陈列得琳琅满目；高街上那家大糖果店的橱窗里放着一盆盆布丁，还有一大块圣诞蛋糕，足有一米见方，上面缀有糖制的景物；好几只知更鸟、几辆风车、许多雪孩和一位深红色的圣诞老人拉着一辆载满了各式各样小玩具的雪橇。这块圣诞蛋糕不久就将切开，论磅出售。如果你碰巧的话，也许也会买到那个圣诞老人的雪橇！梅林大院的孩子们早就在那些丰富多彩的橱窗里挑选各自喜爱的玩具、蛋糕和水果了，安娜·玛丽尔和威廉姆也跟别人一样。当然，他们从来也没有想过他们会得到仙女皇后、圣诞树、大盒蜜饯，或珍奇的蛋糕，可是，他们多么盼望能得到这些东西呀！随着圣诞节的临近，在各个不同家庭中，实际可得到些什么礼物也开始有点眉目了。伯比的妈妈关照伯比在圣诞节前夜把袜子挂起来，等着瞧，将可得到什么礼物。古德诺家的几个孩子将会收到一只大篮子。梅布尔·贝克将被带去看一场童话剧！杰克逊家的孩子将去拉姆贝斯的祖母家去参加圣诞晚会。这个或那个孩子将在糖果俱乐部里或多或少得到一些糖果。

然而，随着圣诞节的临近，安娜·玛丽尔越来越清楚地知道，由于某种缘故，今年的圣诞节不会给她和威廉姆带来任何东西。情况确实如此。到最后，他们俩只能在橱窗跟前受到"款待"，看看橱窗就算是买过所喜爱的东西了。逢到圣诞节这样在橱窗"购物"，安娜·玛丽尔是从不吝啬的。

"你要什么，威廉姆？我想我要那个仙女皇后。你喜欢那些火车吗？"

"不，"威廉姆说，"我要仙女皇后。"

"好吧。你拿仙女皇后吧。我拿那个百音盒。"

他们走到糖果店的橱窗前说："我们俩共要一个大布丁呢，还是每人一个小布丁，威廉姆？"

"每人一个大布丁。"威廉姆说。

"那好。还要几个带金铃的红爆竹。而且要叫他们把那块大蛋糕也送去，是吗？"

"对！"威廉姆说，"我要那上面的圣诞老人。"

"可以，亲爱的，就这样。"

到了杂货店的橱窗前，威廉姆要"买"一大盒蜜饯，在蔬菜水果摊上，他"买"了一个最大的菠萝。不过，他同意他们俩合"要"一棵圣诞树，但是"要"最大的一棵。在安娜·玛丽尔的挥金如土之下，他们"买"了大量的东西，不光是他们俩自己喜爱的应有尽有，就连圣诞节的访客也都能享受到。

圣诞节终于来临，又过去了。橱窗里那些吸引人的东西开始被更换，为新年在作准备了。梅布尔·贝克去观看了童话剧，回来把剧情详细地讲给大家听。安娜·玛丽尔好几个晚上都梦见它；她认为自己有一个看过童话剧的朋友是很幸运的。

日子一天天过去。新年的钟敲响了。到了一月六日的主显节黄昏，安娜·玛丽尔跪在梅林大院的石头平地上，回想着白天她输掉的一场粉笔游戏。这时，周围只有她一个孩子，这是难得有的事情。

她听到有脚步声走过，但她没有立即抬起头来看；等脚步过去后，她觉察到那声音还伴随着轻微的叮当声。她这才抬头观望。只见一位女士正慢慢地在小巷里走去，手里提着一件令她惊异的东西。

"嗬！"安娜·玛丽尔惊异地叫了起来。

那位女士停住了脚步。她手里提着的是棵圣诞树，树身很小，只值十八便士一棵的，然而却是光彩夺目！小树上挂满了各式各样为庆祝圣诞而设计制作的玻璃小玩意儿，十分艳丽可爱，闪闪发光，叮当作响；有小油灯，小蜡烛，五颜六色亮晶晶的玻璃球，红衣镶白边的玻璃圣诞老人，一串串金银玻璃珠子，一颗颗银色小星星，一朵朵玻璃彩花，一串串长长的像冰柱那样的透明水果糖；还有许多蓝色和黄色的玻璃小鸟，形象逼真，仿佛在飞翔一般，一只孔雀尤为突出可爱，闪烁着蓝色、绿色和金色的光芒，它那冠毛和长尾巴都用上等的像真丝一样的玻璃丝制成。

"嗬！"安娜·玛丽尔，赞叹道，"好一棵圣诞树！"

那位女士竟作出一件谁也梦想不到的事来。她径直向安娜·玛丽尔走来，问道："你喜欢它吗？"

安娜·玛丽尔直瞪着她，慢慢地微笑起来。那位女士把那棵叮当作响的圣诞树放到她手里，说：

"这棵树是送给第一个对它发出赞美声的小女孩的。你就是这个小女孩。"

安娜·玛丽尔开始格格地大笑起来，连声"谢谢"都说不出来。她只是格格地笑呀笑的。不管怎样，那格格的笑声也是极其可爱的，笑声犹如在说："谢谢你。"那位女士跟着也笑了起来，随即就从梅林大院消失不见了。

威廉姆出现在她站的地方。"那是什么？"

"一棵圣诞树。一位女士送给我的。"

威廉姆连蹦带跳地在巷里大声叫喊："安娜·玛丽尔得到了一棵圣诞树，是位女士送给她的！"

大院里的人都蜂拥而来，围住了那棵树看呀，摸呀，赞叹呀，不约而同地喊了声"嗬"。

"嗬！瞧那个圣诞老人！"

　　"嗬！瞧那些鸟儿，都像在飞，是不？"

　　"那些灯真能点亮吗，安娜·玛丽尔？"

　　"嗬！那些花多可爱啊！"

　　"你准备把它怎么办，安娜？"

　　"今晚我要把它放在我的床边。"安娜·玛丽尔说，"明天我要举行一个联欢会。"

　　渴望的目光从周围向她射来。

　　"我能来吗，安娜·玛丽尔？"

　　"我可以来吗？"

　　"我呢？"

　　"让我来参加，好吗，安娜？"

　　"你们大家都能来。"安娜·玛丽尔说道。

　　那天晚上，那个充满幸福的夜晚，那棵光亮而绚丽的小树始终闪耀着安娜·玛丽尔的梦——醒着的梦，因为她一夜没有合眼。她一直望着它，在黑暗中看不清，就用手指轻轻去摸那些玻璃珠子，易碎的玻璃花朵和星星，并抚摩那只奇异的孔雀像真丝一般的尾巴。她知道，明晚这棵树上的小玩意儿将要被大家分光，但是，她转眼又想，也许她可以特殊一点拿到那只孔雀。如果是这样，它就可以永远栖息在她床边的这棵小树上，她也就可每晚抚摩它那玻璃丝的尾巴。

　　到了第二天，午茶以后联欢会就开始了。梅林大院的每个孩子都得到一件宝物带回家去。威廉姆想要圣诞老人，他如愿以偿了。其他的孩子没一个提出要那只孔雀。因为他们都知道安娜·玛丽尔是多么的想要它，他们也都认识到，她应该从这棵树上得到她最珍贵的东西。小莉莉·凯茜在轮到她时曾轻声咕哝道："我想要那只孔……"但是她的大哥用手一巴掌捂住了她的嘴，坚定地说："莉莉要朵玫瑰花，安娜·玛丽尔。瞧，莉莉，玫瑰花花蕊中还有颗钻石呢。"

　　"嗬！"莉莉贪婪地说，她就一心要那朵玫瑰花了。

　　就这样，到晚会结束时，小树上已是空荡荡的了，干枯的松针落了一桌子。安娜·玛丽尔拥有了那只奇妙的孔雀，她曾在梦中抚摩过它的尾巴。

　　当她安顿威廉姆上床睡觉时，发现他正在伤心地流着泪。

"什么事，亲爱的？"

"我把圣诞老人打碎了。"

"喔，威廉姆……你不会的吧。"

"真的，给我打碎了呀。"威廉姆极度沮丧地说。

"别哭，宝贝。"

"我要你那只孔雀。"

"好的，就给你。别哭了。"

安娜·玛丽尔把她的孔雀给了威廉姆。它紧紧握住了孔雀，呜咽地睡着了，半夜里，他把它落到床外。安娜·玛丽尔躺在空荡荡的小树旁边，听到孔雀落地的声响。一整夜，那棵圣诞小树的浓郁香味灌满了她的鼻子，那松针落地的窸窣声在她的耳朵里不断地响着。

梅林大院其他小孩的房间里都有一件可爱的玻璃小玩意儿在陪伴他们做着甜蜜的梦，一只鸟，一朵花，或是一颗星星，或许可持续一天，一个星期，几个月，或一年——乃至好多年。

善良的农场主

我想，假如你听到有人说，某人素来是个严格的戒酒者，甚至连酒味都拒绝嗅一嗅，后来，过了壮年以后，他尝了尝啤酒，结果竟变成了个酒鬼，你听后不会感到惊奇吧。

那好，你听了这个故事，也别惊奇啊。

一天，农场主罗伯特·邱登嫌威廉·司托懒散好闲，辞退了他，威廉来到他的屋门口，声音哆嗦地说："邱登先生，你这样做将毁了我和我的一家。请再考虑一下吧。"

"我没那么傻，伙计，"罗伯特·邱登说，"我一枪打伤了一只鸟，决不会再发第二枪，去多花一颗子弹。谁浪费我的时间，就是浪费我的金钱。你浪费了我的时间。我已考虑过一次，这就足够了。"

"请再考虑一次，对我来说也就够了。"可怜的威廉答道，"有一天你和你的一家会需要我的。"

"要是我让一个懒散的人干活，"邱登严厉地反驳道，"我老来就什么也积不起了。要是我以前雇用过懒汉的话，我就不会有今天的千亩良田、两百头牛，还有博纳市场里的一家店铺、下博纳的一家旅店、洪尼的一家磨坊，以及博纳市场银行的一笔六厘利息的存款。像我这样的人是不会需要你这种人的，司托；至于说我的一家，我现在还没有成家，即使我成了家，我完全有能力供养十多个孩子和他们的孩子。所以，今天，你跨出这个门时所说的什么需要，他们是永远不会想到的。现在你给我走吧，要面对现实，这是你自作自受。"

威廉走了。那一晚，在这个下博纳村的五十多户人家的茅舍里，别的都不谈，只谈论着他们村中那个严厉冷酷而富有的农场主。

村里人几乎每个都在这一点或那一点上吃过他的苦头。人们给他干活，他总是不让他们有空闲时间，却只付给附近农村的最低工资；那些曾和他做过买卖的人，总是收进的钱少，给他拿去的东西多；他从来不在牧师的盘子里放上一个便士奉献给上帝；他从来不捐赠六个便士给学校作儿童远足经费；在他的旅店里，他从来不让人家赊欠半品脱酒，那旅店由一名受他支使惯了的老熟人经管，一切均按他的主意办事。只要他能找到更便宜的雇工，他就会以极细小的借口把原来的雇工赶出门去。他把他的奶油渣给谁喂猪，谁就得把一部分猪肉抵押给他。拾落穗的人都被从收割的田里赶出来，乞丐走近他的屋门口便都掉回头。于是，他富起来了。年复一年，他积聚起更多的金子，购买了更多的田地，增加了更多的牲畜。他的干草是州里最优质的；他的小麦和水果总是获得好收成；他又以最高的价格卖出去。是的，他富有了，他的邻居们和雇农们都恨他并怕他。当他越来越富裕时，村里人却越来越贫穷了；他们的花园荒废了，他们的房屋坏了修不起，他们的孩子缺吃少穿。他把他们都榨瘪了。从下博纳到博纳市场，或从博纳市场到那收取村民百分之六小麦加工费的洪尼磨坊，听不到一句对这个铁石心肠的人的好话。

不过，要是他没有用冷言冷语去解雇威廉·司托而招来非议的话，事情的结局也许会完全两样。因为可怜的威廉顶他的那一两句话中，有一句话牢牢地印进了农场主的脑海里，就像是临别赠言似的。"你和你的一家。"威廉说，"有一天你和你的一家会需要我的。"然而，"有一天"或"需要"那些字并没有留在罗伯特·邱登的脑海里，倒是"你和你的一家"这几个字，不管他走在耕地里还是翻阅流水账时，总是时刻在他的耳边回响。不是他老在想着那几个字，而是那几个字像一首五谷丰收、财运亨通之类的歌曲在他的耳边不断反复，唱了又唱。要不是那几个字一直在他的脑际萦绕，有时犹如一块卵石被抛到他的澎湃的思潮中的话，那么，也许在博纳市场的耕牛买卖集市上，他的眼睛也许会在简·弗拉尔的脸上一掠而过。如今却是，他的两眼停在那张可爱的脸庞上，他有生以来第一次感到需要某种不能变为金钱的东西。不过，他认为，或许可用金钱买到它。

那天白天，她对他来说还是个素不相识的陌生人，但到晚上就已不是了。罗伯特一旦知道自己想追求什么，那他是从不犹豫不决的。他对她那淡棕色光亮的头发，红润含笑的小嘴，乳白色带雀斑的皮肤，一双天真的灰眼睛还没看上第二眼，他就觉得自己的心在胸膛内翻腾，已为之倾倒了。有个买主前来察看她带来的一头母牛，他听到她在跟那人交谈,眼下,她的嗓音进入他的耳朵像是清泉滴进了干渴的喉咙那么舒润;所不同的是,他到现在才知道自己的干渴,以前,他从未觉察到。

他走上一步,仔细察看她用绳子牵着的那头母牛。

"我正要买牲口,"他说,"这头母牛你要卖多少钱?"

"喔,对不起,"简·弗拉尔说道,"我刚把它卖了。"

"卖了多少钱?"

简讲给他听了。

"我愿多出一镑钱。"农场主邱登说,这话简直连他自己都感到意外。

"你真是太好了,先生。"简说,"可惜它已卖了。"

这还是第一次有人,不管是男,是女,或是孩子,称赞罗伯特·邱登好。

"钱付过没有?"他问。

"我现在就在等着哩。"

"那还不能算成交。你可以再提高一点价格。"

"这交易是公平的,我已说出口了,先生。我不该事后又抬价,是不?不过,我还是一样要感谢你。"简说。

"这是头好牛,他出的价太低了。我以前在这里没有见到过你,对吗?"农场主说。

"我是约翰·弗拉尔的女儿,从坎姆斯托克来。"简说道,"我想,你一定看到过我的父亲。可是他病了,我们需要钱用,所以我只得把我的'美人'牵到集市来卖。它的新主人来了。我想,看上去他很喜欢牲口,你说呢?再见了,我的'美人'。"那姑娘说着,就在母牛的两角之间的额头上吻了一下。她话讲得挺欢快,但她那依依不舍的眼神却使邱登的心再次翻腾不已。霎时间,他嫉妒起那头她亲吻的牛来了。那个买主走过来把钱数在简的手中。她把钱放进口袋里,向两位男人说了声"再见",就走了。邱登望着她的背影。他暗忖,无疑地,她把"美人"牵到市场来卖,如今一去不复返了。再见了,我的美人!不,完全不该这样!他转向那牛的新主人,再看了看那头牛。"你买了头不值钱的蹩脚牛。"他冷酷无情地说道,"你的眼力哪儿去了,伙计?"随即他说了一通那头牛的缺点。

那天傍晚,他去约翰·弗拉尔家敲门,简跑来开门。他看到她从茅屋的陡直的楼梯上走下来，他认识她，但是她没有看出他是谁，因为他的背朝着太阳；等她站到了他的面前——"咦，是你呀！"她说着，并伸出手来。这好像是在说声欢迎呀，罗伯特·邱登的耳朵里仿佛又听到了一个新的话音。接着，他跟她握手，"喔！"她激动得气都透不过来，而同时凝望着他的身后，她像个兴奋的小孩似地，紧紧地握住了他的手。

"不错，弗拉尔小姐，"他说道："这是你的'美人'。它又回到你的身边来了。"

"怎么会的？"

"我把它买下了，她是你的了。把它牵进牛栏去吧。"

简望着他，说不出一句话来。她奔到他的后面，用双臂抱住了"美人"的颈脖。这一次，罗伯特·邱登可忍受得下了，因为，"美人"不就是他的代表吗？

简把母牛安置好后，就请农场主进屋去见他的父亲。"我已告诉他你今天对我的好心。"她说，"但我不知道你的名字。他会比我更热诚地感谢你的。"对此，邱登有些怀疑。不过，他还是进屋去和她的父亲见了面。约翰·弗拉尔躺在枕头上，目不转睛地盯着他看，简则滔滔不绝地诉说着农场主邱登的善良。他结结巴巴地说了几句感谢的话，但是邱登很快打断了他而离去。因为他很了解约翰·弗拉尔，并知道约翰·弗拉尔更了解他。简送邱登到门口。

"我不知道该如何向你说。"她直率地说，"我总觉得我该把'美人'卖掉的钱还给你，但是，我们卖掉它是为了需要钱。"

"我不要你那钱。"邱登说。毋需多提，他把那头牛买下时，比简出售时少了一镑。

"那你是不是把'美人'牵回你自己的农场去？"

"我们以后再看吧。"罗伯特·邱登说。

"那好吧。"简·弗拉尔说，"你什么时候需要，就什么时候来牵吧，先生，再次感谢你的好心。"

从那时算起，三个月以后，邱登把"美人"牵到了自己的农场。当时，约翰·弗拉尔去世。农场主把新娘带回家来，下博纳的村民都惊得目瞪口呆。哼，那姑娘看上去倒挺快活！你可曾看到过像她那样的微笑？你是怎么个看法？一个穷苦人家的姑娘嫁给一个有钱的男人可能是为了他的钱财，不过，为了钱财会使你看上去像六月的野玫瑰那样美丽而容光焕发?

　　婚后的十一个月中,简·弗拉尔看来没有什么变化。邱登对她很亲切,但对外仍是老一套。他在家里,总是暗暗地满足她一下,让她称心满意地说一声:"你多好呀!"他很快发现,常常是一些不花分文的小东西就能使她满足。他只需俯身摘一枚初见的野草莓,就可轻易地换来她那句好话。甚至在这一发现以后,他也还会从集市上给她带回一条彩色手绢,或一包糖果,这些东西他倒是必须付出几个便士的。他就是用这种手段来把她蒙在鼓里,不使她知道自己的为人。不到一年,她替他生下一个女儿后死去了,在她短短的结婚生涯中,她总是说他好,从来没有对他有丝毫的不满。

　　他以母亲的名字给女儿取名为简·弗拉尔,不过,他总是叫她小简,而且叫的时候总突出个"小"字,因为正是这个"小"字把母女俩区分开来,何况,这样还似乎可以显示他没有把大简忘怀。

　　"小简好吗?"他总是这样问照管小孩的女仆。"小简在哪儿?"他会这样问田间的雇工。于是,没出几年工夫,人人都知道她叫小简,整个村子里大家都管她叫小简。

　　你也许会想,像他这样的男人一定讨厌孩子,然而,她一开始就在他的心里替代了母亲的位置,对他继续起着母亲的作用;尽管这个作用直到孩子会讲话以后才显露出来。在那以前,他或是坐在她的摇篮旁望着她,或是像印第安妇女那样,把她系在自己的背上在田间走来走去。那时,他很少跟她说话,也许当他望着她或感受到她压在他那宽阔肩膀上的重量时,他脑海里恰恰在想"我和我的一家"。但是,这句话包含的内容实在广得很哪。她开始会喊"爸"了;慢慢地,其他的话也逐渐跟着会讲了,所有这些对他来说,都有一种奇妙的感觉——就像嫩芽会从泥土中萌发,春天百花会盛开一样地奇妙。可不是吗,仔细想想,这些事情确实怪奇妙的,但是一个个新字眼,如同初开的紫罗兰或返青的麦穗那样从孩子的小嘴里跳出来之前,农场主邱登是从来也不曾对这些事情想一想的。他喜欢听她学讲新字眼,还把学讲新字眼同昔日的回忆联系起来;譬如说,小简两周岁前的一个夏天,他在九亩地里看到了一串初生的野草莓,他就把它带回去给她,并教她学讲这个从泥中来的新字,两年以前,他曾摘了野草莓送给她的妈妈,这就是旧事重现。小简拿着这一串小红球野草莓,高兴得不得了,抬起头望着他,欢叫道:

"好爸爸!"这又是小简学的一个新字眼。它使罗伯特·邱登的心又翻腾开了。小简从哪儿学到这个字的,她这不是从她妈妈那儿学来的吗?

她会说的所有话中,这是他最爱听的一句。他的耳朵一直想听,便开始设法逗她说这句话。他从市场上给她买来各种小玩具,越来越经常地带她到田野里看鸟窠,并看这看那。他开始找一些新鲜东西给她看,还去注意一些他以前从不注意的东西,只不过理所当然地都会使她说出这句话来。现在,渐渐地他不再认为任何事情都能理所当然地使小简说出这句话来。他又觉得这句话本身对他来说也不是理所当然的,除非他听到这句话由她亲口说出来;并且还要经常听到她说。至于这句话的真正含义,他根本不去想它。他自己究竟是好是坏,他压根儿不在乎。但他就是要听小简说一声他好。

一天,他听到大门口有孩子的哭声。他以为是小简,便奔出去,愿不惜任何代价让她停止哭泣。小简是在那儿,不过是另一个比她大一岁的孩子在哭。小简蹒跚地走到父亲跟前,指着那个正在哭泣的孩子解释道:"她丢失了一个便士。"随后,她又摇摇晃晃走到门口对那小女孩解释道:"我的好爸爸会给你一个便士的。"她信心十足地望着自己的父亲。

出乎罗伯特·邱登自己的意料,他把手伸进自己的口袋,掏出一个便士来给了那个哭鼻子的女孩;这是另一件他迄今为止认为理所当然的事被抛在脑后了。因为他向来认为无论谁都不会把钱白送给人家的。他虽然这样做了,但心里极为不安。他觉得好像失去了一笔财产似的;说不定真的会这样呢。不过,小简仍以充满信任的目光望着他,另一个孩子则已停止了哭泣,紧捏住她那财宝,连蹦带跳地一路走去了。

"她是谁家的孩子,小简?"农场主问。

"她是莫莉。"

"莫莉是谁?"

"莫莉就是莫莉罗。"小简说,"那是她的名字。"

农场主邱登并没有比以前聪明些。可是那天晚上,下博纳的五十二户人家正在谈论着,罗伯特·邱登如何有生以来第一次送掉一个便士。何况,在村人中,他送的不是别人,正是威廉·司托的女儿莫莉。

过了几个晚上之后，又有更多的议论像野火般地挨户蔓延开来。一个流浪汉从罗伯特的农场出来。他得到了一些面包和一双旧靴。有人说，罗伯特给了他面包、肉、靴子和一顶帽子，有人说还有一瓶啤酒！不错，还有农场主的一件旧上衣哩。不会的吧！但那是事实。沙尔·温特亲眼目睹，还跟那人谈过话呢。那人看到小简·邱登在后门口玩耍，是她把那人领到农场主跟前，说："他饿了，爸爸。"这正是她说的话。于是，农场主便给了他一包食物以及别的东西。从今以后罗伯特·邱登将会怎样？接下来他将给学校儿童捐赠远足费一个先令！

他真的捐赠了，而且是两个先令。尽管小简年龄还小，不到学龄，但她也去参加了远足，回家来得意洋洋，雀跃欢叫。她父亲在路上迎候远足队伍，把她从大批儿童中领出来，抱着她回家。

"嗯，你喜欢这次远足吗，小简？"

"哦，喜欢，爸！"她说着，便把笑盈盈的小脸贴到他的脖子上去，又一遍说："我很喜欢，我的好爸爸！"但是，透过那微笑而困倦的孩子的脑袋，农场主的脸庞却带着某种古怪的忧虑。

接下来，全村人都知道，他传话给大家说，小简要为村上的孩子举行一次茶会，小简非常感激孩子们让她参加了那次远足，她认为现在该轮到她来请他们的客了。她坐在爸爸的膝盖上，把这一想法说给他听，并且一五一十地告诉他那次远足他们吃的是什么蛋糕和其他食品，玩的是什么游戏，唱的是什么歌。她要求她的茶会要办得跟上次一模一样，所不同的只是地点不在树林里，而是在爸爸自己的干草地上或是大谷仓里。"知道了吗，爸爸？"

罗伯特·邱登说："那么就这样吧。"心里却在暗忖："那至少得花掉三个半英镑。"

下博纳的村民简直不能相信自己的耳朵。大伙认为其中必有蹊跷，然而，却什么也没有。村里的孩子全都来了，受到了款待，样样完美无缺。小简在大家中间跑来跑去，她太快活了，顾不及多吃一口东西，也顾不及跟谁多玩一分钟。孩子们都喜欢她，跟她很亲热，倒并非由于她是有钱人家孩子。"到这儿来，小简！我来给你做个草窠。""对啦，来，从这干草堆上滑下来，小简，——我会牢牢接住你的。""现在该轮到小简跳了——我们来甩绳子。""谁是我的孩子，小简？是你，不是吗？"在这一切背后，罗伯特·邱登却在沉思着，眼神里充满了新的忧虑。

打这以后还不到一个星期，谈话的资料又有了。眼下，小简已在村子里跑东跑西，无论她到哪里，哪儿都欢迎她。到了傍晚，她便坐在爸的膝盖上，喋喋不休地说东道西。汤米·罗宾逊的妈妈卧床不起，汤米整天没东西吃。苏珊·莫尔的床全湿了，雨从墙上漏进来。盖弗·杰尼斯哭个不停，因为老鹰叼走了他的两只母鸡，现在那些待孵的鸡蛋怎么办？我就说你会送他两只母鸡的，爸爸。小简无忧无虑地诉说着村里的伤心事。她知道爸爸有解除一切病痛的万灵药。她的爸爸可以填满他们的食物柜，修补好他们的漏屋。在小简看来，没有任何悲伤的事，只要她爸爸在世，他会把一切都办好的。罗伯特·邱登果真把一切事都给办好了，他还从来没看到过孩子不高兴呢。下博纳村，原先只有他一家农场富有，现在全村家家都得到了发展。最后，村里的孩子没有一个不像小简那样住干燥不漏的房子，睡在暖和的床被里。没有一个男人不拥有足够的土地和优良的种子。它变成了州里最富饶的村庄，成了州里谈话的中心。

可是，它花费了多大的钱财啊！花费掉一个便士，小简今后的财产中就少掉一个便士。他懂得这一点，而且一次又一次地发誓，只此一次，下不为例。一个人谁不为自己的孩子想想？难道小简未来的财产不该得到保障？不过，钱还多着呐，能使小简眼前快快活活对他来说太重要了。于是，他就这样盲目地继续下去。你看，这已像酒一样，进入他的头脑，进入他的心窝，成了生命中不可缺少的东西。不管怎样，他一旦开了头，就再也控制不住了。村里人开始在背后亲昵地叫他鲍勃·邱登了。他走过时，他们也敢于跟他打招呼了。全村没有一个人没得到过他的帮助。然而，他看上去却是心事重重，好像有什么灾难缠身一般。

小简生病了，被送往儿童医院，后来治好了。在她回家以前，邱登急得差点发疯。不久，医院里发生了火灾，小病人全被安全转移，但病房都烧光了。继这一不幸的消息之后，又传来了另一则消息，说邱登已变卖了他在洪尼的磨坊来重建一所医院。由于情况紧迫，他急着出售，损失了很多钱。那买主却为这桩买卖暗暗好笑，自鸣得意；村里人惊得目瞪口呆；医院为邱登祝福；邱登则把小简抱在怀里，眼看着贫困正在向他们俩一步步逼近。

即使在这种时候，可怕的是他那摆脱不了的种种想法，其他任何事情他都不必去担心。可是，事到如今，他已到了无可救药的地步。无论哪儿有对孩子们有益的事，他就去做；其实有的事跟他并无直接关系，你可能会说，他这是自找麻烦。要弄明白这一点，你就得要深入分析；我想真实的情况是这样的，一旦那种赠送礼物的习惯——赠送给小简——吸引住了他，直接赠送给她东西的作用似乎很快就会完结，也就是说，你仅仅花钱赠送东西给某一个人，这样对他倾注感情总有结束的一天。要使对自己孩子的赠送能永久地持续下去，唯一的办法就是施舍给所有的孩子，所以他就这样做了。奇怪的是他越是施舍得少，他送起来越是慷慨。他做的好事有的村里人知道，但更多的村里人却从来也没听说过。他总是愁容满面地跑来跑去，好像他的善心极度不安，而那些他不能不去做的事又总是使他的心情沉重、紧张。他像一个人秘密地做了坏事，想摆脱它，却又办不到。他的财产和储蓄一星期一星期地在减少，远近的人都在称赞他、祝福他，这时他再也不考虑留下哪怕是一小笔钱来保障小简的生活了。保障？多可笑！像她那样目光中充满对善良的爸爸和整个世界的信任，难道会遭受危险？甚至她得知他们在博纳市场的店铺已被拍卖，邱登已转让他最后的一笔投资，他们的铺店换了新主人，她也不会在乎。当有一天她的父亲对她说："小简，我们不再住在农场这所大房子里，你跟我一起去下博纳的小屋，你喜欢吗？"她听后也无动于衷。

"住到村中的小屋里去？"小简惊叫道，"喔，爸爸，我喜欢！"

就这样，他们搬走了，另有人来耕种鲍勃·邱登的那些肥沃土地，而博纳市场的孤儿院却收到一笔前所未有的最大捐款——来自一位不署名的捐赠者。你瞧，鲍勃·邱登开始感到他在破产了，他为此忧心忡忡，身体越来越差，患有隐痛，他没告诉任何人，也舍不得花钱去看医生；他开始想到小简将要变成没有父母的孤儿——因此，他就捐钱给孤儿院。

他和小简俩在樵夫的小屋里住了大约一年。在这段时间里，他的宏伟计划缩小了，因为他已没钱可花。不过，也就是在这段时间里，他的愁眉舒展了，目光中的那种忧虑也消失了。眼下，他连一个便士都没有留给小简，当他想到她的未来时，他知道只有依靠上帝了。一个人有了这种信念，心里什么都无所谓了。他在自己的农场里给人当雇工，他的工资仅供他俩麦粥糊口，星期天，他和小简一起出去散步，还要把仅有的一点零钱施舍给乞丐。他口袋空空走回家去时，总会以一种舒坦而喜悦的心情望着她，而她在他的前面跳跳蹦蹦地穿过树林，敲着小屋的门，竖起耳来听听，再对着自己喊："进来"，然后走进屋去，坐着等候他敲门。

"请进，爸爸！"

"晚上好，小简小姐。"

"晚上好，散步了吗？"

"是的，散步得很愉快。"

"见到谁了吗？"

"一两个乞丐。"

"给了他们什么啦？"

"一两个便士。"

"他们说些什么？"

"谢谢你的好心，先生。"

"是说谢谢你，好心的先生，爸爸！"小简说。

过后，他们便吃晚饭；除了面包和牛奶，还有些别的食物，因为人们总喜欢送给小简一篮水果，或一瓶蜂蜜。人们宰了一头猪，常常送一点给鲍勃·邱登——给"鲍勃家"，现在大家都这样称呼那间林中小屋了。这一年来，他们一直把他叫成鲍勃，并且也用这个名字直接喊叫他了。"快把这副小肠送到鲍勃家去，汤米。"——或是，"路易，你路过鲍勃家时，把这些鸡蛋捎去。"——这些都成了那一年妇女口中常说的话。

后来有一天早上，小简一清早就跑到威廉·司托家来，说："我叫不醒爸爸。"

"是吗？"威廉说，"你坐下和莫莉一起吃早饭，我去看看。"

小简在他家待了好几天，人们把罗伯特·邱登埋葬了。整个村子的人都参加葬礼，把他送到墓地。直到这时，人们才发现他死后竟没留下一个便士，没有比简·弗拉尔·邱登更一贫如洗的了。不知是谁第一个提出送她去博纳市场孤儿院，但是，威廉·司托一听到便暴跳如雷。

"把鲍勃·邱登的孩子送到孤儿院去？"他大叫起来，"决不，除非某天我的孩子也要去！小简到我家来，她可以住在我家里。这件事我已考虑好了。"

接着，一位妇女说话了。"唉，威廉，你养不起两个孩子。让我把小简接回家去。我比你条件好，再说，我还欠她的父亲一大笔债呢。"

"好，这么说来，我也一样。"另一个说，"我感到这孩子就像是我自己的一样。"

其他人也都插话进来，七嘴八舌地称赞鲍勃·邱登为我们做这做那。他为了大家的孩子，却毁了自己。难道他的孩子如今要受苦受难，就是因为她的父亲有一颗比谁都善良的心？哎唷，整个村子都欠他的债。如今他去世了，这整个村子就该是小简的父母。

于是，事情就这样了结。鲍勃·邱登不能给予他的孩子生活保障，这个村子就接替做他孩子的父母，承担起抚养责任。全村五十二户人家一齐提出，每家有权每年养小简一星期。年复一年，从教区牧师到敲碎石的工人，没有一个不是高高兴兴地接她回家一起生活。小简快活地从这一家住到那一家，她听到家家户户都说她父亲是世界上最善良的人。远近各处，在人们的回忆中一直铭记着"善良的农场主"这个名字。下博纳也因他而闻名，因他而骄傲，他为了所有孩子的幸福，不给自己的孩子留下分文。然而你也许会说，他把整个村子留给了小简，村子里的一切可以说都是她的。

老牧羊人与少年

丹恩·肖利是个牧羊人，他在道恩山的半山腰有一间小屋，难得到村上去。他不常住在他的小屋里，倒是较多地住在牧羊人的茅屋里，那茅屋很坚实，旁边是一大片用篱笆圈起来的牧场，他照看的羊群就像一个小村庄的土著那样在这里生活着。有时丹恩有事在村上出现，孩子们就跟在后面喊他"老怪物！"当他把牧羊用的弯柄杖一扬时，他们便一哄而散。难怪他不赞成一般农夫的看法，该找个男孩来做帮手。他似乎不能跟孩子们相处，尤其不能跟那个小纳德·裘厄尔一起生活。

纳德是个孤儿，他和他的姑妈住在一起，盼望着有一天能出去工作。他年纪虽小，却一直渴望着跟哪个叔叔或伯伯当名牧童，可就是不愿做丹恩的牧童。对纳德来说，牧羊人的生活是天底下最好的生活，羊是他最热爱的东西，他爱羊如命。有一天，丹恩发现他在羊圈旁徘徊窥望，就此两人结下冤仇。牧羊人说了许多难听的话把他赶走，纳德站得远远的向他表示反抗。从这以后，每当丹恩经

过村子，纳德总是大叫大喊："老怪物来了！"声响超过任何一个孩子。接着，丹恩也咆哮："讨厌的孩子，纳德·裘厄尔，你最讨厌！"尽管这样，纳德还是一次次地跑到道恩山上去，在羊群的周围徘徊窥望，并且一次次地被丹恩的不堪入耳的话语赶走。这两个人看来倒成了不吵不相识的死对头。

一个圣诞夜里，一场早雪把山全覆盖了起来，纳德的姑妈从这家奔往那家，询问纳德是否在那儿。孩子突然不见了。黄昏时分，又一场暴风雪席卷而来，村里的人都为他的安全担忧。翌晨，天刚破晓，暴风雪停了，姑妈又想出去继续寻找，竟发现纳德像是在梦中一般地站在门口。他的故事说来很怪。他说，有几个年龄较大的男孩告诉他说，布里克纳深谷的雪地里长着一大片草莓，他就像个傻瓜似的跑去寻找；后来暴风雪来了，他在道恩山上迷了路；由于天黑，雪又耀眼，他什么也看不见，不久他撞在一间茅屋上；门开了，一个满脸大胡子的牧羊人把他抱了进去。

"我说啊，他那一双眼睛呀，真像两颗明亮的星星！"纳德说，"他帮我暖和身子，又给我吃了不少好东西。他一整夜都坐在我的身旁给我按摩，整间茅屋被他的那双眼睛照得很亮很亮。除了他那双眼睛，我什么也看不见，后来我就睡着了。等我醒来，发现自己就站在这家门口。"

"那个牧羊人是谁？"姑妈问。

"我不知道。我以前从来没见过他。"

就在同一个暴风雪的夜晚，老怪物那里也发生了一件事，只是他从来没讲给别人听就是了。暴风雪来临的时候，他正坐在茅屋里吸烟，他听到门被撞了一下，打开门，看到一个陌生的男孩躺在地上。丹恩就抱他进屋，给他盖衣，吃东西，又一连几个小时坐在他旁边给他摩擦冻僵的四肢。那孩子一句话也不说，却用一对任何孩子从没有过的眼睛望着他；那对眼睛就像天上的星星闪闪发光，把整间茅屋照亮了。最后，丹恩睡着了；等他醒来，天已大亮，那个他不认识的孩子已不知去向。

到了圣诞节的第二天，牧羊人因事下山到村里去。一两个男孩又像往常那样叫了起来："老怪物！"纳德也和他们在一起，他刚想跟着喊，但他的目光和丹恩的目光相遇了，老人和孩子相视了一会儿，好像是不认识的陌生人，又像是老朋友久别重逢。纳德紧闭着嘴，一言不发，丹恩也默不作声地向农场走去。他在那里办完了正经事，随便说起新年里他想有个孩子帮忙干活。

"很好，欢迎你这样。"农场主说，"你想要谁?"

"那个年轻的纳德·裴厄尔干起活来，跟别人一样地好。"

"他肯去吗?"农场主问道，他知道他们之间的冤仇。

"我想他会肯的。"老怪物说。

出乎人们的意料，纳德同意了；新年那一天，年轻的和年老的牧羊人走在一块儿了。

潘妮奇丝

安德烈·肖奈尔在他的一篇手稿开头，写着这样一段文字："几个小姑娘围住了一个小男孩，爱抚地亲吻着他……""他们说你给你的表妹潘妮奇丝写了一首歌，"……"是的，我爱潘妮奇丝，她漂亮可爱，她五岁，和我一样年龄。"……"喔，快把你的歌唱给我们听听。"……

于是，他以清脆的嗓音开始唱道：

"喔，潘妮奇丝，你得爱我呀！
我们该生活在一起，又是年龄相同。
请看我长得多大多高！昨天我站到同伴的旁边；
北河三星啊，蜜涅瓦星，我声称他们的小角尖还没
高及我的发根！
我用胡桃壳为你做了个蓝色的小盒子来把甲虫放；
还有细软的羊毛做衬里。
今天早晨我在池塘的岸边找到一颗彩色的贝壳，
我们要填进泥土种上花，我们要！
我将带你去看我们的池塘，
那儿飘浮着一条条树皮小船。
看家狗呀多温顺，薄暮时分我扶你到它背上骑一骑；
每晚我会走在你的前面，
骑着驯服的骏马回家去。"

有人——我想是帕尔格雷夫（英国诗人）曾写道，在所有的法国诗人中，安德烈·肖奈尔是最接近约翰·济慈的。因此，我在法国时，买了一本平装的安德烈·肖奈尔的诗集，竟没有找到其中与济慈的作品有任何相似之处。但是不久，我偶然看到上面翻译的几行诗句。对我来说，它们是书中最最可爱而吸引人的诗句了；它们文字清丽，充满孩子气，似乎句句行行都饱含黄金时代的新鲜空气。

肖奈尔把那首诗介绍给读者的方式也颇吸引我——短短几句引子，仅仅是个说明，比一个故事发生时用手向你呼唤所花的时间还要短促，一晃而过。它好像是你穿越阿卡狄亚一带阳光明媚的风景区时，看到一群年轻少女跪在那个男孩周围，正在逗他说出他那天真无邪的爱情故事——随后你就继续往前走，也不知道那些少女是谁，那个男孩是谁，或他所爱慕的小表妹潘妮奇丝又是谁。然而，你却记住了那幕情景以及他们的谈话声；你记住了那可爱而短暂的瞬间，而那个故事却是无头无尾，永远没有个结束。我们不知道那男孩的名字，他生活在什么年代，或是在古希腊的某个地区。我们也不知道他是否属于安德烈·肖奈尔的想象，抑或是这位法国诗人曾阅读过某一传说的片断，也许他觉得非要把它描绘得具有诗情画意不可。他把它描写了一半，却撒手不管了，它只是一个未完成的作品。我们从中只知道潘妮奇丝这个名字，以及她是五岁；对她的其他情况一无所知，到底她是谁，生在何时，何地？

她的表哥，让我们姑且叫他西蒙吧，和她从小一起长大。他们的妈妈是姐妹俩，两家的住宅在一个树林的边缘相毗邻，那个树林的正中央有个非常美丽的湖泊。湖泊三面的土地往下向湖面倾斜；从斜坡上冬青、长春藤和桉树一直长到湖边，它们守卫着这个湖泊，把它当成个神秘的场所；然而，它的顶部却是敞开的，上面是一片广阔的天空，阳光和月光轮流普照着那平静清澈的湖水。在湖泊的第四面，轻巧地布满了各种灌木丛，形成一道樊篱，柳树中间那条水平面沙土一直延伸到一块浅礁旁边，这儿的湖水只有齐足踝深，水里有许许多多宝石似的彩色卵石。稍过去，那礁石突然沉浸在齐腰的深水里；湖中心，在那只有靠游泳才能到达的地方，可看到一块两层的大岩石，上层平坦得像只祭坛。湖边上攀满了迷迭香、紫罗兰、野芹以及各式各样开花的蔓藤，一簇簇叶子像长矛似的金黄色蝴蝶花就直立在那儿的湖水中，和它们在水中的倒影恰好相辉映。这湖位于潘妮奇丝和西蒙两家后边的树林里，相距只有半英里，所以，孩子们常到这儿来玩。他们两家的前边，一片海生石竹花和黑衣草的外面是大海，它平静地躺在银灰色沙滩的包围之中。海水呈碧蓝色，犹如施过魔术般地纹丝不动，天空和大海好像处于暂停的重要时刻，被它们自身的美丽给永远迷住了。这里也是孩子们常来做游戏的地方。

尽管这两个孩子的年龄一样大，都是五岁，但他们的身材却大不，一样。潘妮奇丝是个纤弱而小巧玲珑的小女孩，她的皮肤白嫩像雪白的丝绸，四肢细如花茎，头发柔美呈金黄色，甚至最弱的微风也可把它吹起，在她的脑袋周围形成一圈涟漪。她的母亲用一只手就能把她举起，而她却还不知道自己被握住，已经像只有弹性的皮球般地轻巧地到了空中。有时，她妈妈把孩子一下子放到肩膀上，潘妮奇丝的双腿卷起，轻柔的头发披散到她妈妈的脖子上和眼睛上。"这是我金黄色的喷泉。"妈妈笑着说道，然后，重新把她放下。小西蒙呢，一身棕色皮肤，长得高过他的年龄。他总是瞧着那金黄色的喷泉飘上天空，然后又飘落；她一下来，他就奔过去握住她，似乎怕她又会跳上去，再也不回到地上来。他看着她，就像花儿朝着太阳看，他守卫着她，就像一只鸟守卫它所孵的蛋。他不厌其烦地在海边或林子里寻觅漂亮的小玩意儿来博取她的欢心。一切可爱的宝贝都归她所有，无论是那些最光亮的贝壳，雪白的羊毛，最活跃的甲虫，最稀奇古怪的胡桃，或是最艳丽的花朵，他从来不留给自己。他总是把它们拿去送给她，说道：

"看哪，潘妮奇丝，我刚给你找到一件东西。"

"喔，谢谢你，西蒙。"

"你喜欢它吗？"

"喜欢，它很美丽。"

"我们放一只甲虫在这个胡桃壳里，好不好？这只胡桃壳给甲虫当个家真合适。我们再在这个贝壳里种一株紫罗兰，好不好？我知道那里还有不少白色的贝壳。你会喜欢吗？"

"会的，我会喜爱的。"

"那你爱不爱我，潘妮奇丝？"

"爱的，我爱你，西蒙。"

"你看我长得有多高啊，潘妮奇丝，我早已高出我们的同伴北河三星和密涅瓦星了！你会一直爱我吗？"

"一直爱你。"潘妮奇丝说。

于是她就玩起他的贝壳，种进他的紫罗兰，又把他的树皮小船放在湖里航行；睡觉的时间到了，他便帮她坐到那条大看家狗背上（"你喜欢骑吗，潘妮奇丝？""喔，喜欢，我喜欢！"）领着她回家，她把贝壳、小船、花朵全留在海边或树林里，就是他们从那里回来的地方。她不认为自己不把那些东西放在心上，或是她不想"保存"那些东西；而是因为，对潘妮奇丝来说，所有的贝壳，不管放在哪里，都是她的；所有的花朵，不管长在哪里，也都是她的；世上的一切，无论她在哪里找到的，全属于她吗。怎么能说她忽视或丢失了那些东西呢？那些东西不是始终在那儿，始终属于她吗？这里是她的阳光普照的湖泊，她的碧蓝色的大海，上面有她的颗颗繁星，这里舞动着她草地上的青草，那里蜿蜒着她银灰色的沙滩；这是她的同伴，小山上全都是她的同伴，这是她的西蒙，世界上所有的人都属于她。

西蒙却有所不同——就是说，他要她喜欢他的贝壳胜过其他所有的贝壳，要她觉得他的花比其他任何一朵花更香更美，而且要她比其他所有人都更喜欢他，关于这一点，潘妮奇丝从来没有想到过的。她很随便，无拘无束，她向全世界微笑，她的生活充满乐趣，她不拥有什么，但她却什么都有。

一天，西蒙离开她，去为她谱写了一首歌曲。他的母亲听他说了以后，就去告诉自己的妹妹说："西蒙多么爱你的潘妮奇丝啊！"她高兴地笑着，到处去夸口说，她的小儿子写了一首像诗人的诗。不久，当他沿着海边徘徊，寻找漂亮的小石块和海草时，几个在黄昏凉爽海水中沐浴的小姑娘从水里跑出来，喊他。

"西蒙！小西蒙！"

他站住了，她们围住了他。阿格拉伊娅俯身吻他，她湿漉漉的头发拂在他的脸颊上。

"人们说，你写了一首歌送给你的表妹潘妮奇丝。"

"是的，我爱潘妮奇丝，她很漂亮，她五岁，和我一样年龄。"

"喔，快把你那首歌唱给我们听听！"

于是，他用清脆的嗓音唱了起来。

唱完以后，她们赞扬他，亲吻他。"哎哟，多美的一首歌曲！""多聪明的西蒙！""你把她唱得这般美。你必定是非常爱你的表妹。"

"是的，我爱她的一切。"西蒙说。

"毫不奇怪。不过你得小心些！"阿格拉伊娅说道，"不然的话，你让她骑在你那条大狗背上时，它会带着她跑掉的，就像大公牛带走欧萝芭公主一样。"

"什么大公牛？谁是欧萝芭公主？"

"喔，你去问你的妈妈，她会告诉你的。我们现在没工夫来讲故事呢。"说着，那几个姑娘吻了他，又跑回海里去。

西蒙请求他妈妈把这故事讲给他听，她不单讲了这一个，还讲了其他好几个故事，什么普西芬妮皇后被带到地底下去啦，什么达夫妮变成了一棵月桂树啦，什么茜林克丝变成了一根芦苇啦，又是阿蕾瑟塞最后变为一个喷水池啦。现在，他和潘妮奇丝一起在湖边玩时，他紧握住她的手，再也不让她跑到水中去。谁知道她是否会一转眼变成一棵金黄色的蝴蝶花或一根灯芯草什么的？在树林里，他也不让她拔一棵植物，唯恐地沿里钻出一个哈得斯国王把她带走。他开始害怕那照射在她身上的阳光；太阳神的亲吻不是把一个小姑娘变成了一棵树吗？在海边，他害怕海浪冲上来围住她的脚，晚上他也不再让她骑在看家狗的背上。

"为什么不让我骑？"潘妮奇丝问道，可他不敢直言相告，说是他怕那条狗可能是哪个神的化身。整个美丽的世界，土地、天空、大海，他都曾从中搜寻过珍奇的宝物来讨她的欢心——如今在西蒙的眼里，它们统统变得对她具有危险的了。如果达夫妮、茜林克丝、普西芬妮和欧萝芭都成了它们的牺牲品，那么像潘妮奇丝这么可爱的小姑娘怎能逃得过它们的魔掌？从此，他日日夜夜形影不离地紧跟着她，不再欢笑；他不是握住她的手，便是拉住她的衣裙，她望着他，感到迷惑不解，莫明其妙。

"为什么你老是跟着我，西蒙？喔，别握得我这么紧！"她央求道，"我们到海滩上去赛跑，就像往常那样，好吗？"

"不，不能，别跑开我！"

"我们来玩捉迷藏，怎么样？"

"喔，不行，别躲开我！"

"那么，让我们到湖里去踏水吧。"

"不行，潘妮奇丝，湖水太深了。"

"湖边的水不很深。你说过要教我游泳的呀。"

"改日再去吧——今天不去。"

"为什么不去？上星期我看到湖中心的岩石上面有个野芹的花冠。是你放在那里的吗？"

"不是，我游不到那里。"

"我希望我能游到那里。我奇怪是谁放在那儿。那是奉献给神的祭品。"

"哪个神?"

"我不知道。我也想制作一件祭品奉献给他。西蒙,高兴起来吧。"

"你在这里我就很高兴。你真的爱我,是吗,潘妮奇丝?"

"是的,我真的爱你。那么快高兴起来吧。"

突然,她离开他,一边笑,一边跑进树林里去了。他跟着她跑,又是害怕又是沮丧。"高兴起来吧!高兴起来吧!"潘妮奇丝回过头来大声叫道。她笑啊笑的,继续往前跑,就在树林里消失不见了。是啊,他多么恨那些树木,它们遮住了她使他看不见。她的笑声把他引向湖边,但是他奔到那里却不见她的人影。他朝着湖水凝望——它平静如镜,连小涟漪都没有,他恨得它要命。它是否隐藏了些什么?一缕阳光从一棵蝴蝶花的枝叶中间穿过,照射在他正奔跑的小径上。他的目光顺着那道阳光望上去。一下子他发现自己害怕和仇恨起整个世界来了,害怕和仇恨一切他过去为了潘妮奇丝而喜爱的东西:树木花草呀,光和水呀,所有这些东西里都可能会有可怕的神存在。他怎么能活着而害怕这些东西呢——尽管他害怕它们是为了潘妮奇丝,何况她是一直喜爱那些东西的?不过,潘妮奇丝究竟在哪里,她究竟到哪里去了?

忽然,他听到她轻微的笑声,隐隐约约从湖的彼岸传来。他听见她在叫喊:"高兴起来吧!"他马上跑过去,口中叫着她的名字;在湖的彼岸仍然没有找到她。然而,那个荡漾着的笑声却领着他往前走,往前走,走出了树林,走过了花丛,走到了海边,只见大海被银灰色的沙滩团团围住,这时,在一片灰蒙蒙的暮色中,闪闪繁星已在天空忽隐忽现。一切都那么纯真;可是,潘妮奇丝却一去不复返了。

从此再也没见到过她。他们找遍了各个林间空地,各个洞穴,他们潜入湖底,又密切注视着海潮。可是,到底是谁把她带走,是海,是湖,还是树林,他们永远无法知道。也可能是被阳光或星星带走的吧。

西蒙长大了。成年后,他爱上了一位姑娘并和她结了婚,他很爱他的妻子,虽然他没有为她谱写歌曲。她也知道他的小表妹潘妮奇丝的名字，她长得像一朵林中的花或一枚海里的贝壳那样美丽，可她还是一个小姑娘时就奇怪地失踪了。他有时把那首为潘妮奇丝写的歌曲唱给他的孩子们听，他们都很喜欢这首歌，他们也学她的样子在贝壳里种花，在湖里行驶树皮小船，并骑在他们的大狗背上。西蒙让他们这样干，心里无所畏惧。他已不再害怕，在潘妮奇丝失踪后没多久，他重新获得了他的爱情。不过，他从来没有讲给他的妻子和孩子们听过。只有在他的生活处于艰难时刻时（那也属生活中的常事），那些美丽的东西才会一齐涌上他的心头，从天空到草地，从树木到岩石，从淡水到咸水，从光亮到黑暗，他常会清晰地听到潘妮奇丝那可爱的笑声，就跟她离开他时那样清晰，同时还听到她从天上从地上向他呼喊着："高兴起来吧！高兴起来吧！"